AUSSERIRDISCHE ENTFÜHRUNG

LEE SAVINO

GOLDEN ANGEL

AUSSERIRDISCHE ENTFÜHRUNG

Dieser Krieger aus Tsenturion hat tausend Jahre auf eine Gefährtin gewartet und nichts wird ihn davon abhalten, mich einzufordern.

Ich lag im Sterben, aber jetzt geht es mir gut. Mein E-Reader hat mich in ein anderes Universum gesaugt, in dem ich geheilt bin und als Alien-Braut ausgebildet werde. Versteht mich nicht falsch, ich bin dankbar für die neue Chance auf ein Leben, aber ich bin mir nicht sicher, ob ich mit einem riesengroßen, grüblerischen, herrischen Außerirdischen verheiratet sein will.

Obwohl es schwer ist, ihm zu widerstehen...

Beziehungsstatus zwischen mir und meinem riesigen außerirdischen Entführer: **Es ist kompliziert.**

Außerirdische Entführung ist eine heiße Alien-Krieger-Romanze mit einer sturen menschlichen Frau und einem Tsenturion-Krieger, der stark genug ist, sie zu beherrschen.

Haftungsausschluss: Die Autoren sind nicht verantwortlich für tatsächliche Entführungen durch Außerirdische, die beim Kauf dieses Buches auftreten können ;)

KAPITEL 1

*M**arta*
Ich bin am Leben.

Das sollte ich nicht sein.

Das Letzte, woran ich mich erinnere, ist mein E-Reader, der mich anblinkte und mein halber Körper, der nach einer Bombenexplosion unter einem Haufen Schutt begraben war. Ich war am Verbluten. Ich lag im Sterben, aber jetzt bin ich am Leben. Es sei denn... Soll ich auf das helle Licht zugehen?

Ich blinzle, aber das Licht über mir bleibt dasselbe. Es scheint mechanisch zu sein und es ist nicht das helle Licht des Himmels, das mich anzieht.

"Hallo, Marta Flores Romero, bitte keine Panik." Die tiefe Stimme von der Seite erschreckt mich, aber ich gerate nicht in Panik. Meistens. Mein Gehirn macht sich sofort an die Arbeit, nimmt Hinweise auf. Eine männliche Stimme, tief und mit einem fast flehenden Ton.

"Äh, okay. Panik ist sowieso nicht so mein Ding." Ich versuche, mich aufzusetzen und mein Herz flattert, als ich merke, dass ich gefesselt bin. Okay, die ganze Sache mit dem 'keine Panik' ergibt jetzt viel mehr Sinn. Ich beiße mir auf die Unterlippe.

Ich werde *nicht* in Panik geraten. Ich bin nicht tot, aber es gibt auch Dinge, die schlimmer sind als der Tod. Mir gehen alle Gründe durch den Kopf, warum ich an das, worauf ich liege, gebunden sein könnte und keiner davon ist gut.

"Ich freue mich, das zu hören. Bitte bleiben Sie ruhig und ich werde die Fesseln entfernen."

Okay, das klingt einigermaßen beruhigend. Ich versuche, in Richtung der Stimme zu schauen - sogar mein Kopf ist auf dem Tisch festgeschnallt - und ich kann eine Bewegung im dunkleren Bereich des Raumes erkennen, aber ich kann nicht sehen, wem die Stimme gehört.

"Gibt es einen Grund für die Einschränkungen?" *Bleib gesprächig. Zeig keine Panik, wenn er nicht will, dass du in Panik gerätst. Du kannst das.*

"Die vorherigen Vertreter Ihrer Spezies haben sich nach dem Übergang von der Erde hierher als schwierig erwiesen."

Das klingt ominös. Was meint er damit, *Vertreter meiner Spezies?*

"Wo genau ist 'hier'? Und wer sind Sie?" Ich blinzle in den dunkleren Teil des Raumes, um zu sehen, ob sich der Sprecher dort versteckt.

Die Riemen gleiten auf einmal von meinen Hand- und Fußgelenken, meinem Oberkörper und meinem Kopf ab und befreien mich vollständig. Ich hebe meinen Kopf und starre einen Moment lang an mir herunter, bevor ich mich aufrichte. Erst da merke ich, dass ich unverletzt bin. Völlig. Die untere Hälfte meines Körpers, die zerquetscht worden war, befindet sich in perfektem Zustand.

Ich kann das sehen, weil ich nackt bin, bis auf ein schwarzes Höschen, das mir perfekt passt. Glatte, makellose, bronzene Haut und keine einzige Verletzung, die den Blutverlust erklären würde.

Ich starrte meinen Körper schockiert an, bevor ich mich erinnerte und meinen Kopf ruckartig drehte, um die Quelle der Stimme zu finden. Ich hatte Recht - er hatte sich in den Schatten versteckt, aber es ist kein "er", sondern ein "es". Buchstäblich ein "Es".

Ein großer Klumpen Wackelpudding bewegt sich nach vorne ins Licht. Er ist so groß, dass er mir bis zur Schulter reicht, aber genau so sieht er auch aus, wie Götterspeise. Oder vielleicht Tapioka-Pudding, wegen der Farbe. Ich fühle mich aber nicht im Entferntesten hungrig, wenn ich es ansehe. Es ist ein wenig ekelerregend, ihm dabei zuzusehen, wie es sich bewegt.

Panik steigt in meiner Kehle auf, obwohl ich gesagt habe, dass das nicht passieren würde.

Das ist das Verrückteste, das mir je passiert ist und ich habe nicht gerade ein ruhiges Leben geführt.

Ich kann meine Gefühle zwar nicht kontrollieren, aber ich kann steuern, wie sehr ich sie zulasse. Die gute Nachricht ist, dass ich an verrückte Situationen gewöhnt bin. Und ich habe ein erstaunliches Pokerface. Ich verdränge die Panik, weil ich weiß, dass sie mir im Moment nicht helfen wird. Und ich habe versprochen, dass ich das nicht tun würde.

Außerdem gibt es keinen Grund, in Panik zu geraten, nur weil ich nackt und geheilt an einem fremden Ort mit einem sich bewegenden Wackelpudding aufgewacht bin. Ja, genau. Überhaupt kein Grund. Bei einem Kartell aufzuwachen wäre viel schlimmer, oder?

"Mein Name ist Frllil. Ich bin ein Jabols Luminar. Sie befinden sich in meinem ehemaligen planetarischen Labor auf dem dritten Mond des achten Planeten im jabolischen System." Die Stimme kommt eindeutig aus dem Pudding. Ich starre ihn an. Wie kann er sprechen? Es gibt keine Öffnung, die wie ein Mund aussieht, nichts, was darauf hinweisen würde, dass er Stimmbänder hat, aber es besteht kein Zweifel, dass er zu mir spricht.

Es gibt auch keinen Zweifel daran, was es ist.

"Du bist ein Alien."

"Das ist das Wort, mit dem Fremde mich beschreiben würden, ja."

Mein Gehirn holt endlich auf und läuft plötzlich mit einer Million Meilen pro Minute. *Heilige Scheiße, Aliens! Aliens sind echt! Das ist die Geschichte meines Lebens! Außer...* außer, dass ich in seinem Labor bin, das sich auf dem dritten Mond des achten Planeten im Jabolian-System befindet, was mir absolut nichts sagt, aber ich bezweifle aufrichtig, dass es irgendwo in der Nähe der Erde liegt. Der Drang, meinen Chef anzurufen, lässt nach.

"Und warum bin ich hier?" Die Frage schießt mir durch den Kopf. In jedem Science-Fiction-Buch, das ich je gelesen habe, gibt es nur drei Möglichkeiten, was die Außerirdischen wollen: die Erde erobern, Experimente an Menschen durchführen oder sich mit uns paaren. Ich habe viel über die letzte Option gelesen, aber ich habe Schwierigkeiten zu glauben, dass ich genetisch mit extra glänzendem Tapioka-Pudding kompatibel bin.

"Sie sind hier, um sich der Ausbildung zu unterziehen, die notwendig ist, um der Tribut eines Tsenturion-Kriegers zu werden." Irgendetwas an diesen Worten löst eine Erinnerung in meinem Hinterkopf aus. Hatte ich nicht einige Bücher über Tsenturion gelesen?

Hm. Vielleicht ist das eine Halluzination... aber ich hatte schon öfters Halluzinationen. Am lebhaftesten waren sie während einer Geistersuche mit einem Stamm, über den ich eine Geschichte schrieb und selbst da wusste ich, dass sie nicht real waren. Das hier - trotz allem - fühlt sich echt an.

"Ja, ich brauche ein bisschen mehr Informationen, denn keines dieser Worte ergibt zusammen einen Sinn." Ich verschränke meine Arme vor der Brust und starre Frllil an, in der Hoffnung, dass ich bedrohlich wirke. Kann man Götterspeise drohen? Ich meine, ernsthaft, was soll ich tun, wenn er mir nicht antwortet? Ich bin mir nicht einmal sicher, ob er Knochen hat, aber es muss doch irgendwelche inneren Organe geben, oder?

Zum Glück beginnt er zu reden. Ich kann nicht sagen, ob er eingeschüchtert ist oder nicht, aber ich tippe auf "nein".

Es stellt sich heraus, dass der kleine Teil, an den ich mich aus den Tsenturion-Büchern erinnere, richtig war - es gibt eine andere außerirdische Spezies (nicht die von Frllil) und sie brauchen kompatible Partner. Und die Menschen passen zufälligerweise zu ihnen. Auch wenn ich wahrscheinlich ausflippen sollte, bin ich hauptsächlich aufgeregt. Die Panik hat sich gelegt und die verblüffende Natur meiner gegenwärtigen Position wird mir erst so richtig bewusst.

Das ist... das ist unglaublich. Ich spreche mit einem echten Außerirdischen. Wie viele Menschen können von sich behaupten, das getan zu haben?

Nun, jetzt, da ich weiß, dass es Außerirdische gibt, vielleicht ein paar mehr, als ich vermuten würde, denn wer weiß, wie viele wahre Geschichten als Lügen abgetan wurden, aber trotzdem. *Sie sind real! Sie existieren!* Und sie haben mir das Leben gerettet. Zumindest hat Frllil das getan. Und ich bin sehr froh, am Leben zu sein.

Frllil erklärt mir etwas über die Tsenturion-Krieger und *warum* sie menschliche Frauen brauchen. Ich höre vom Verlust ihres gesamten Planeten durch eine andere Gruppe von Außerirdischen, die Vgotha und wie sie sich mit Frllils Rasse, den Jabols, verbündet haben. Die Jabols wurden ebenfalls von den Vgotha verfolgt, bis sie mit den Tsenturion Kontakt aufnahmen. Jetzt arbeiten die beiden zusammen, indem sie die Technologie der Jabols und das militärische

Fachwissen der Tsenturion kombinieren, um die Bedrohung für das Universum zu beseitigen.

Mein ganzer Journalisteninstinkt kribbelt, als er mit seiner Ausführung fertig ist. Nicht, dass sich irgendjemand auf der Erde für etwas interessieren würde, das Lichtjahre entfernt passiert, aber man ... was für eine Geschichte. Und es ist irgendwie schön zu wissen, dass es nicht nur auf der Erde alle Arten von gewalttätigen und beschissenen Situationen gibt.

Nicht, dass ich anderen etwas Böses wünschen würde, aber irgendwie habe ich mir immer vorgestellt, dass andere Aliens uns aus der Ferne betrachten, all unsere Kriege und Bigotterie sehen und die verächtliche Art, wie manche Menschen behandelt werden und denken: "Nein. Das fasse ich nicht an." Zu wissen, dass sie ihre eigenen Probleme haben, ist irgendwie tröstlich. Vielleicht bin ich entführt und durch das halbe Universum gezogen worden, aber wie beschissen die Menschen zueinander sein können... nun, das ist etwas, das ich kenne und anscheinend ist es artenübergreifend.

Traurig, aber vertraut. Das ist eine gute Beschreibung.

"Okay, du wirst mich also zu einer guten kleinen Alien-Braut ausbilden und... was habe ich davon?" Ich beobachte Frllil ein wenig skeptisch. Zugegeben, er hat mich für die Rolle ausgesucht, aber es scheint, als würde ihm etwas von der notwendigen Ausrüstung fehlen. Er ist ein schwammiges kleines Ding und überhaupt nicht aufregend anzusehen.

"Du darfst leben", antwortet Frllil und seine Worte treffen mich wie ein Schlag in den Magen. "Ich habe dir das Leben gerettet. Ohne mich wärst du jetzt tot."

Oh, okay. Es ist eine Schuld, er bedroht nicht wirklich mein Leben. Denke ich.

"Du meinst also, ich schulde dir etwas?", frage ich, nur um sicherzugehen. Mit Schulden kenne ich mich aus und ich habe meinen eigenen Sinn für Ehre. Andererseits scheint mir der Verzicht auf den Rest meines Lebens - ein besonders langes Leben, wie Frllil meint, da meine Biologie so verändert wurde, dass sie der eines Tsenturions entspricht - ein bisschen viel verlangt.

"Wenn dich das zur Mitarbeit anregt." Da er kein Gesicht hat, ist es schwer zu sagen, wie er sich dabei fühlt.

"Was passiert, wenn ich nicht kooperiere?", frage ich. Statt einer verbalen Antwort bekomme ich nach einem Augenblick einen Schlag auf meinen Kitzler.

Ich meine das nicht metaphorisch. Es ist wie ein Stromschlag direkt an der empfindlichsten Stelle meines Körpers und lässt mich nach Luft schnappen, beide Hände über dem Slip schützend legend. Nur... es gibt kein Slip mehr. Ich kann sie überhaupt nicht von meinem Körper wegschieben. Ich kann nicht einmal meine Klitoris spüren und meine Klitoris kann meine Finger nicht spüren. Die Panik, die sich verflüchtigt hatte, kehrt zurück, denn heilige Scheiße, das tat weh, wie ich es noch nie erlebt habe.

Wer gibt jemandem einen Stromschlag auf die Klitoris?!

Und dann beginnt das Nicht-Höschen zu summen. Die Vibration ist einen Moment lang beruhigend, dann wird sie stärker. Ich stöhne, meine Schenkel zittern, beide Hände sind auf die Vorderseite des Höschens gepresst - aber ich habe keine Kontrolle. Der akute Schmerz hat sich in heißes Vergnügen verwandelt, während alle meine empfindlichsten Stellen kribbeln und pochen. Ich drücke meine Hände gegen das Nicht-Höschen, versuche, die Ränder zu finden, sie wegzuziehen, während die Reizüberflutung mich zu überwältigen beginnt, aber es gibt nicht einmal den kleinsten Spalt, unter den meine Finger schlüpfen können.

"Hör auf... Ich hab's verstanden..." Ich stoße die Worte aus, während die Vibrationen immer stärker werden. Meine Brustwarzen spitzen sich zu, sind geschwollen und schmerzen, während der Rest meines Körpers auf den Orgasmus zusteuert. Aber ich will nicht vor Frllil kommen. Ich will vor ihm nicht so verletzlich sein. Ich will überhaupt nicht verletzlich sein, egal was passiert, ich hatte immer die Kontrolle über meinen Körper und meine Reaktionen, aber jetzt kontrolliert er mich und das ist erschreckend.

Zu meinem Erstaunen und meiner Erleichterung hört die Vibration auf. Die Erleichterung hält aber nur einen Moment an, dann ist mir nach Wimmern zumute, denn obwohl die Vibration aufgehört hat, bin ich dem Orgasmus so nahe, dass das Bedürfnis, die Arbeit zu vollenden, so stark ist, dass es schmerzt. Meine Finger drücken immer noch auf den Nicht-Schlüpfer, genau über meiner Klitoris, versuchen zu reiben... aber ich kann sie überhaupt nicht spüren.

Ich verkneife mir einen Fluch. Mein ganzer Körper pulsiert schmerzhaft.

"Gut." Frllil klingt zufrieden, der Wichser. "Wir werden jetzt mit deiner Grundierung beginnen."

Meine Grundierung?

Die Vibration setzt wieder ein, viel niedriger als zuvor, eine Verlockung, die mir nicht den Orgasmus bringen wird, nach dem sich mein Körper jetzt sehnt.

"Komm hier rüber", sagt Frllil und hüpft auf eine der Wände zu, die sich plötzlich in einen Bildschirm verwandelt. Ich schaffe es, vom Tisch zu klettern und ihm zu folgen, wobei ich mir auf die Lippe beiße, um meine Reaktion auf das leise Summen zu unterdrücken, das gegen meine Muschi flattert und mich weiter reizt. Auf dem Bildschirm erscheint ein unglaublicher Berg reiner Muskelmasse, gewürzt mit einer Prise Sexappeal.

Er hat goldene Haut, die tatsächlich schimmert, einen humanoiden Körper und ebensolche Gesichtszüge, und besteht nur aus Muskeln. Mir fällt die Kinnlade runter. Auch ohne das seltsame Höschen habe ich das Gefühl, dass meine Klitoris brummt, allein wenn ich diesen Kerl ansehe.

"Dies ist Kommandant Arkdhem, der dritte Befehlshaber der verbleibenden Tsenturion-Krieger. Du bist sein Tribut. Der Oberbefehlshaber und Kommandant Bogdan, der zweite Befehlshaber, haben ihre Tribute bereits erhalten: Dawn Cahill und Dr. Pareena Singh."

Mir fällt die Kinnlade runter. Andere menschliche Frauen?

Eigentlich ist das ermutigend. Es muss verdammt beängstigend gewesen sein, der erste Mensch zu sein, der von diesen Aliens entführt wurde. Zu wissen, dass zwei andere vor mir da waren und überlebt haben, um die Geschichte zu erzählen, beruhigt mich.

Als er seine Erklärung darüber beendet, wie ich mit Commander Arkdhem gepaart werde und dass es Frllils Aufgabe ist, mich für die Paarung "vorzubereiten", konzentriert sich der Wackelpudding wieder auf mich. Woher ich weiß, dass er das tut, wenn er einem Pudding gleicht, weiß ich nicht, ich kann keine Erklärung abgeben, aber ich kann es fühlen.

"Anscheinend bist du der ruhigste und angenehmste der bisherigen Tribute", stellt er fest und klingt zufrieden.

Ist es seltsam, sich dabei gut zu fühlen? Ich zeigte schon immer eine gewisse Wettbewerbsneigung. Ich bin die Beste darin, ruhig zu bleiben, nachdem ich von Aliens entführt wurde? Cool! Obwohl ich mich frage, wie sie reagiert haben. Schreiend? Kämpfend? Vielleicht hat er ihnen nicht das Leben gerettet. Das rückt die Dinge ins rechte Licht.

Trotzdem machen mich diese Nicht-Höschen jetzt ein bisschen verrückt und ich fühle mich nicht mehr so wohl, aber ich kann es noch eine Weile vortäuschen. Zumindest so lange, bis ich mehr Zeit hatte, mir über meine Situation klar zu werden und darüber, ob ich tatsächlich etwas dagegen tun kann oder nicht. Im Moment bin ich Frllil völlig ausgeliefert und das weiß ich.

"Ich bin jetzt hier. Wie du gesagt hast, du hast mir das Leben gerettet. Ich wollte nicht sterben und jetzt, da ich hier bin, kann ich genauso gut das Beste aus der Situation machen. Außerdem habe ich eine Menge Bücher über sexy Außerirdische gelesen und viele Fantasien darüber gehabt. Und jetzt soll ich protestieren, weil eine meiner Fantasien wahr wird?" Ich höre mich angenehmer an, als ich mich tatsächlich fühle, aber es steckt auch viel Wahrheit in dem, was ich sage.

Und je stärker die Vibrationen gegen meine pochende Muschi summen, desto mehr bin ich daran interessiert, dass diese spezielle Fantasie erfüllt wird.

Vielleicht sollte ich regelrecht ausflippen, aber mein ganzes Leben lang habe ich mich stets mit den Schicksalsschlägen abgefunden. Warum jetzt damit aufhören?

"Genau deshalb haben wir dieses Buch zur Verfügung gestellt", informiert Frllil mich und klingt noch zufriedener. "Der Zweck war, Frauen zu finden, die bereit wären, am Tribute-Programm teilzunehmen."

Oh. Ach *so*. Es waren also meine Lesegewohnheiten, die mich hierzu gebracht haben. Das... ergibt tatsächlich eine Menge Sinn.

"Cool, erzähl mir mehr", stelle ich fest und tue mein Bestes, um das Brummen meiner Muschi zu ignorieren. Ich winde mich und versuche, einen Weg zu finden, den Druck zu lindern - oder zu verstärken - aber anscheinend liegt das an dem magischen Höschen und ich kann nicht herausfinden, wie ich es für mich arbeiten lassen kann. Das Beste, was ich tun kann, ist zu versuchen, mich abzulenken.

Wenn ich mehr über Frllil und seine Technik erfahre, kann ich vielleicht einen Weg finden, das Höschen weniger frustrierend zu machen - oder es sogar von mir selbst zu entfernen.

* * *

AM DRITTEN TAG, an dem ich mit Frllil eingesperrt bin, bin ich soweit, vor sexueller Frustration zu schreien. Vorbereitet zu sein, ist Schwachsinn. Vor allem, wenn es so lange dauert. Das vibrierende Höschen - auch 'Braut Trainer' genannt - ist ein Foltergerät, davon bin ich überzeugt.

Nicht, dass ich jemals eine Schwäche zugeben würde, also tue ich mein Bestes, um sie zu ignorieren und versuche stattdessen, mich abzulenken, indem ich Frllil eine Million Fragen über seine Arbeit, seine Technologie, die Jabol-Kultur, Dawn und Pareena stelle... das Zeug, das mich nicht so anmacht, wie es der Gedanke an einen Tsenturion-Krieger jetzt tut.

Ja, ich werde nicht über Arkdhem nachdenken. Denn vorbereitet zu sein bedeutet, ständig erregt zu sein, ohne dass es zu einem Abschluss kommt. Es ist Orgasmus-Folter in höchster Form und es ist zum *Kotzen*.

Dennoch scheint mir meine Grundierung viel einfacher zu sein als das, was Dawn Cahill durchgemacht hat. Wenn ich die Unterlagen über ihre Ausbildung zum ersten Tribut lese, bin ich sehr froh, dass sich der Ausbildungsprozess nach ihr geändert hat. Das habe ich ihr zu verdanken. Wie auch immer. Mit Nadeln voller Aphrodisiakum gestochen zu werden, klingt furchtbar. Der Nanotech-Gürtel ist schon schlimm genug - und er hat wenigstens ein paar Vorteile, wie die Selbstreinigung und die Entsorgung meiner "Abfälle".

Ich verbringe meine Tage mit Frllil, der versucht, mich dazu zu bringen, mich auf das zu konzentrieren, was eine gute kleine Tsenturion-Partnerin tun sollte - bereit und willig sein,

Sex zu haben, soweit ich das beurteilen kann - während ich versuche, ihn mit all meinen Fragen abzulenken. Er scheint meinen Wissensdurst lobenswert zu finden. Da er nicht seine ganze Zeit mit mir verbringen kann, gibt er mir Zugang zu den Archiven und nachdem er mir gezeigt hat, wie man das jabolische Äquivalent eines Computers benutzt, verbringe ich meine Freizeit damit, alles zu durchsuchen und zu versuchen, den Zustand meiner bedürftigen Vagina zu ignorieren. Und, ehrlich gesagt, abgesehen von der unaufhörlichen sexuellen Erregung ist das keine schlechte Art, meine Zeit zu verbringen.

Ich lerne etwas über Außerirdische aus dem echten Leben! Gott, wenn ich jemals zur Erde zurückkehre, werde ich ein Buch schreiben. Es wird wahrscheinlich Fiktion sein, es sei denn, ich kann ein paar Beweise mitbringen, aber wen kümmert das? Es wäre ein verdammt gutes Buch und hoffentlich informativ für jede andere arme Frau, die durch ihren E-Reader zum Tribut gesaugt wird.

Meine Chancen, auf die Erde zurückzukehren, scheinen ziemlich gering zu sein, aber träumen kann man ja.

Es gibt eine Menge Informationen über die Tsenturion - ihre Bräuche und wie sie lebten, bevor ihr Planet von den Vgotha zerstört wurde. Ihr Bündnis mit den Jabol. Die Kultur der Jabolianer - die sich hauptsächlich auf das Sammeln wissenschaftlicher Daten und Forschung zu konzentrieren scheint, sowie auf das Studium anderer außerirdischer Spezies. Ich suche, aber es gibt nur sehr wenig über die Vgotha. Die vielen Unbekannten lassen sie noch bedrohlicher erscheinen.

Aber es gibt auch viel über die Erde und die beiden anderen weiblichen Menschen, die vor mir hierher kamen. Dawn Cahill und Dr. Pareena Singh. Es gibt auch Bilder, die beruhigend sind. Beide sind schön, aber im normalen Bereich. Sie sind keine Supermodels oder so, was bedeutet, dass Arkdhem nicht von mir enttäuscht sein sollte.

Und was kümmert es dich, ob er von dir enttäuscht ist?

Halt's Maul, sage ich der kleinen Stimme in meinem Kopf. Ich weiß, dass mich manchmal mein Konkurrenzdenken überkommt, aber ich muss mit diesen Frauen nicht um ihr Aussehen konkurrieren. Außerdem wurde ich von Frllil einer Gehirnwäsche unterzogen, damit ich mich kümmere.

Aber ich kann nicht einmal wütend auf Frllil sein. Er macht nur seinen Job und er tut mir nichts Böses, außer dass er mich nicht zum Orgasmus kommen lässt. Ansonsten ist er ein sehr nachsichtiger Alien-Entführer.

Und ich kann nicht vergessen, dass ich in diesem Moment tot sein könnte. Ich *sollte* tot sein. Ich lag im Sterben und ich war nicht mehr in der Lage, etwas Gutes zu tun oder zu weiteren Veränderungen beizutragen, bis er mich gerettet hat. Nein, ich werde nicht mehr in der Lage sein, meiner Welt meinen Stempel aufzudrücken, aber vielleicht kann ich ihrer Welt meinen Stempel aufdrücken, der Welt der Tsenturion. Und da ich mehr als nur eine Gebärmutter bin, bin ich fest entschlossen, das zu tun.

Frllil sagt, dass Arkdhem der dritte Befehlshaber der verbleibenden Tsenturion ist, er hat also eine hohe Position in ihrer Gesellschaft. Ich kann sehen, dass Dawn, der Tribut des Oberkommandierenden, das Tributprogramm bereits verändert hat. Im Gegensatz zu mir lag sie nicht im Sterben, als sie durch ihren E-Reader gesaugt wurde. Sie hatte ein Leben, sie hatte eine Zukunft und so kämpfte sie dafür, die Dinge für die Tribute, die nach ihr kamen, zu verändern.

Das kann ich auch tun.

Vielleicht habe ich zu klein gedacht, als ich die Welt verändern wollte. Jetzt habe ich die Chance, das Universum zu verändern.

KAPITEL 2

rkdhem

Je näher das Schiff Frllils Labor kommt, desto weiter bin ich von der Flotte der Tsenturion und meiner Pflicht entfernt. Ein kleiner Anflug von Schuldgefühlen, weil ich die Befehle des Oberkommandierenden missachtet habe, hat sich in mein Inneres gebohrt, aber ich lasse mich davon nicht von meiner selbst gestellten Aufgabe ablenken.

Der Tribut ist nicht nur *mein* Tribut, sondern wenn, wie der Oberkommandierende glaubt, die Jabol unseren Planeten zerstört haben und nicht die Vgotha, dann ist sie in Gefahr. Dennoch weiß ich, dass ich bei meiner Rückkehr einen Preis zu zahlen haben werde. Ich hätte den Hohen Kommandeur kontaktieren und seine Flitterwochen unterbrechen oder sogar auf seine Rückkehr mit Dawn, seinem Tribut, warten können. Aber ich habe nichts von beidem getan, weil ich nicht darauf vertraute, dass er zustimmen würde, sie zurückzuholen.

Nicht bei der ganzen Wut, die er im Moment gegen die Jabol empfindet, nachdem er ihre angebliche Niedertracht aufgedeckt hat.

Ich bin mir immer noch nicht sicher, ob ich dem Bericht der Vgotha glauben soll oder dem Video, das sie uns von der Zerstörung Tsurus durch die Jabol gezeigt haben, aber so oder so kann ich einen Tribut - meinen Tribut, mein Herz - nicht in ihren Händen lassen. Ich werde jede Strafe auf mich nehmen, die der Oberkommandierende für nötig hält, wenn ich zurückkehre, solange sie in Sicherheit ist. Ob die Jabol unsere wahren Feinde sind oder nicht, ist irrelevant, wenn es um sie geht.

"Commander Arkdhem, wir sind im Anflug", informiert mich Vardill und blickt von seinem Bildschirm auf. Ich sitze auf dem Kommandosessel in der Mitte der Brücke und nicke, wobei ich nicht verhindern kann, dass meine Rüstung golden blinkt und meine Freude verkündet, oder dass sich ein Lächeln auf meine Lippen legt. Ich mache mir nichts aus der Zurschaustellung von Emotionen - welcher Krieger würde nicht dasselbe fühlen, wenn er mit der bevorstehenden Vereinigung mit seiner Gefährtin konfrontiert wird? Jedenfalls scheint keiner der anderen Krieger überrascht zu sein. Sie sehen mich mit einer Mischung aus Hoffnung und Neid an, jeder wünscht sich, der nächste zu sein, der seinen eigenen Tribut erhält.

"Öffnen Sie einen Kanal zu Frllil, um unsere Ankunft anzumelden." Mein Herz rast in meiner Brust, meine Hände umklammern die Enden der Armlehnen fester. Bald werde ich sie berühren können. Sie halten. Sie anbeten.

Mein Tribut.

* * *

MARTA

Wenn ich schon dachte, dass dieses Nicht-Höschen - ich weigere mich immer noch, es als Braut Trainer zu bezeichnen, also ist es für mich ein vibrierendes Nicht-Höschen, auf einem niedrigen Brummlevel nervig ist, dann ist es auf der jetzigen Einstellung noch viel, viel schlimmer. Meine Schamlippen summen, aber egal wie ich mich bewege, ich kann nicht erreichen, dass die brummenden Vibrationen meine bedürftige, geschwollene Klitoris berühren.

Ich will der Qual einfach nur entkommen!

"Dein Schiff ist eingetroffen", sagt Frllil und klingt ein wenig besorgt, während er mich zu der Kapsel begleitet, mit der ich zur Anspruchszeremonie fahren werde. "Bist du bereit?"

"Bereit." Ich lächle ihn an und ignoriere meine Frustration über ihn und die Unterhose. Eine Sache, die ich über Frllil und die jabolische Gesellschaft gelernt habe, seit ich hier bin, ist, dass sie sehr pflichtbewusst sind. Er macht den Job, für den er eingeteilt wurde und obwohl es für mich eine sexuelle Folter ist, ist es für ihn nichts Persönliches.

Ich kann verstehen, warum das die früheren Tribute verärgert hat - vor allem Dawn Cahill, wie es scheint, aber ich versuche trotzdem, nett zu Frllil zu sein. Wir haben eine Art Freundschaft geschlossen, wie ich sie seit Jahren dank meiner Arbeit nicht mehr hatte. Vielleicht liegt es an der Nähe zueinander, aber ich glaube wirklich, dass er mich zumindest ein bisschen mag und was mich betrifft... nun, es fällt mir schwer, das zuzugeben, aber ich hänge tatsächlich ein bisschen an dem Wackelpudding-Typen.

Mein Vater hatte mir immer gepredigt, mich als Journalistin nicht in Situationen einzumischen. Wir sollen der außenstehende Beobachter sein, der zuschaut, aber nicht daran teilnimmt, aber das war hier nicht möglich. Außerdem, neuer Planet, neue Regeln. Meine Mutter würde sich freuen, dass ich einen Freund gefunden habe, auch wenn es ein klebriger Außerirdischer ist, der mich zur Zuchtpartnerin für einen anderen Außerirdischen ausbildet.

Hm. Wenn ich es mir recht überlege, ist sie über diesen

Teil vielleicht nicht so glücklich, aber über die Sache mit dem Freund würde sie sich freuen.

"Führst du mich zum Traualtar?", frage ich scherzhaft. Ein kleiner Schmerz durchzuckt mein Herz. Ich hatte nie erwartet, auf der Erde zu heiraten. Ich war immer mehr mit meinem Job verheiratet, aber als ich ein kleines Mädchen war, hatte ich immer angenommen, dass mein Vater diese Aufgabe erfüllen würde. Eine Welle der Trauer und Sehnsucht überrollt mich. Ich vermisse ihn so sehr... aber ich schiebe die Gefühle beiseite. Es ist in meiner derzeitigen Situation nicht hilfreich.

Wenn Frllil Augen hätte, hätte er bestimmt geblinzelt. Stattdessen hält er einen Moment inne, als würde er über meine Bitte nachdenken.

"Ich kann dich begleiten, wenn du es wünschst. Es wäre zwar höchst unüblich, aber es gibt kein Protokoll dagegen." Er klingt immer noch zögerlich und ich schüttle den Kopf.

"Ist schon gut, Frllil. Ich habe nur versucht, die Stimmung aufzulockern." Ich habe die meisten Dinge in meinem Leben allein getan, warum sollte es hier anders sein? Außerdem waren Dawn und Pareena bei ihren Paarung-Zeremonien auch allein. Ich kann das auch. "Ich bin ein großes Mädchen, ich schaffe das schon."

Es ist ja nicht so, dass es so schwer sein wird. Ich komme an, gehe den Gang entlang, vorbei an den Reihen der Tsenturion-Krieger und treffe Arkdhem zum ersten Mal. Meinen großen, heißen Alien. Er wird mich begutachten und mir eine Art zeremonielle erste Berührung schenken und dann wird er mich zurück in sein Quartier bringen, um mich einzufordern.

Mein Körper summt in Erwartung, bereit, eine Art Höhepunkt zu erreichen. Irgendetwas, damit dieser unaufhörliche Schmerz zwischen meinen Beinen aufhört. Zu diesem Zeitpunkt wäre ich wahrscheinlich bereit, mich mit Frllil zu paaren, wenn das meine einzige Option wäre, nur um dieses heiße Bedürfnis für eine Weile zu vertreiben. Die Tatsache, dass das einzige Wesen, das mich zum Orgasmus bringen soll, ein superheißer, großer, goldener Außerirdischer mit Muskeln über Muskeln ist, ist nicht das Schlimmste im Universum.

Erfülle jetzt meine körperlichen Bedürfnisse. Den Rest regle ich später. So habe ich im Grunde die meiste Zeit meines Lebens gelebt, auch wenn ich noch nie etwas Ähnliches gemacht habe.

Vergiss nicht, dass der große Kerl dich eigentlich nur zur Fortpflanzung will.

Ja, ja, ja. Das ist ein Problem für die zukünftige Marta und auch nur, wenn ich schwanger werde. Laut Frllils Notizen haben die Tsenturion noch nichts darüber berichtet, dass die anderen beiden Tribute schwanger sind - und Dawn wurde schon vor Monaten mit dem Oberkommandierenden gepaart, also mache ich mir keine großen Sorgen. Ich sollte Zeit haben, mir über alles klar zu werden.

Und bis dahin klingt perverser Sex mit Arkdhem einfach großartig. Nach tausend Jahren ohne Sex hat er wahrscheinlich eine Menge Energie, die er abbauen muss und ich bin hier und bereit zu helfen.

Ich bin auf jeden Fall entsprechend gekleidet, in einem hauchdünnen, hellvioletten Kleid, das kaum etwas verdeckt. Meine Brustwarzen sind durch den Stoff deutlich sichtbar. Es sieht wirklich gut aus auf meiner goldbraunen Haut und meinem dunklen Haar und ich muss zugeben, dass ich mich umwerfend fühle.

"Da wären wir." Frllil kommt vor einer kleinen ovalen Gondel zum Stehen. Sie sieht groß genug aus, um mich und vielleicht zwei weitere Personen aufzunehmen. Gut, dass ich keine Platzangst habe und dass die Fahrt kurz ist. Er dreht sich zu mir um. Zumindest interpretiere ich seine Bewegungen so. Da er weder Augen noch ein Gesicht oder sonst etwas hat, ist es schwer zu sagen. "Viel Glück, Marta Romero Flores." Er hält inne und zögert einen Moment. "Es war mir ein Vergnügen, dich kennenzulernen."

"Du auch, Frllil. Ich werde dich vermissen." Ich seufze. "Ich habe noch so viele Fragen, die ich stellen könnte."

Es gibt eine merkwürdige Pause, dann streckt sich ein Teil seines Pudding-Selbst aus und wird zu einer Hand. Automatisch strecke ich auch meine Hand aus und er lässt einen kleinen runden Gegenstand hineinfallen.

"Dies ist ein spezielles Kommunikationsgerät. Stecke es in dein Ohr. Wenn du Fragen hast oder mich kontaktieren musst, drück dein Ohr drei Sekunden lang zu und wenn ich dazu in der Lage bin, werde ich dich kontaktieren."

"In mein Ohr?", frage ich ein wenig skeptisch.

"Du wirst es nicht spüren. Und wenn ich mit dir Kontakt aufnehme, wird es so sein, als würde ich in dein Ohr sprechen. Ich werde in der Lage sein, alles zu hören, was du sagst."

Okay, klar, warum nicht. Ich greife nach oben und lasse es in mein Ohr fallen. Es ist ein seltsames Gefühl, als ob es herumrollt und dann plötzlich zum Stillstand kommt. Nichts. Ich stecke meinen Finger in mein Ohr und versuche, es zu ertasten, aber statt eines Balls ist da jetzt ein sehr glatter Fleck direkt im Ohr. Nanotechnologie ist verdammt erstaunlich. Das ist viel besser als die Nicht-Höschen.

"Gut. Es ist sicher", sagt Frllil. "Zeit für dich zu gehen."

"Danke, Frllil."

Ich steige in die Kapsel. Es ist Zeit, meinen Partner und mein Schicksal zu treffen.

Ich würde lügen, wenn ich sagen würde, dass ich nicht darauf hoffe, auch den Orgasmus zu bekommen, nach dem ich mich sehne. Denn ich bin mir ziemlich sicher, dass ich bald verrückt werde, wenn ich ihn nicht bekomme. Und es wird schwer sein, herauszufinden, wie ich dem Universum meinen Stempel aufdrücken kann, wenn ich durch das Verlangen meines Körpers nach Sex abgelenkt bin.

* * *

Arkdhem

Die Kapsel mit meinem Tribut kommt am Ende des Ganges, gegenüber der Plattform, auf der ich stehe, zum Stehen. Die Reihen der Krieger zwischen ihr und mir scheinen irgendwie viel zu groß zu sein, während ich mir kurz zuvor noch Sorgen gemacht hatte, dass es viel weniger sind als bei Dawn oder Pareena.

Es spielt keine Rolle, wie groß das Publikum ist. Was zählt, ist sie.

Die Tür der Kapsel gleitet auf und da ist sie.

Trotz des Abstands zwischen uns kann ich sehen, wie schön sie ist. Das hauchdünne Kleid, das sie trägt, betont ihre üppigen Kurven und ich kann mir vorstellen, wie voll und weich sie sich in meinen Händen anfühlen wird. Der Braut Trainer ist unter dem lavendelfarbenen Stoff, der um ihre Beine wirbelt, während sie auf mich zugeht, sichtbar.

Ihr Haar weht um ihre Schultern, die Sonne glitzert darin und meine *Seela* beginnt, sich auf mich zubewegen, während mein Schwanz vor Interesse anschwillt. Von Dawn und Pareena weiß ich, dass menschliche Männchen keine *Seela* haben. Die beiden Tribute nennen sie 'Schamhaartentakel', aber keiner von ihnen scheint sich zu beschweren. Hoffentlich wird mein Tribut das auch nicht tun.

Während ich Marta anstarre und ihren Anblick in mich aufnehme, stelle ich mir bereits vor, wie ich ihr das Kleid ausziehe. Das Wissen, dass jeder ihren schönen Körper durch das hauchdünne Kleid sehen kann, bringt mich dazu, besitzergreifend zu knurren, aber ich halte in meiner Position.

Die Reihen der Krieger starren sie voller Hoffnung und Ehrfurcht an. Ein weiterer Tribut. Ein weiteres Symbol der Hoffnung für unsere Zukunft. Mit Marta sind es drei und ich bin mir sehr bewusst, wie glücklich ich mich schätzen kann, sie zu haben. Ich würde meinen Mitstreitern niemals ihren Anblick verwehren, auch wenn das meine Besitzgier weckt, denn ich weiß, dass sie nicht wirklich an sie denken.

Nein, sie denken an den Tag, an dem sie einen Tribut erhalten werden.

Ich kann nur hoffen, dass sie es tun. Wenn das, was die Vgotha über den Jabol sagen, wahr ist ... aber mein Verstand verdrängt diese Gedanken. Ich muss mich auf die Gegenwart und die Frau konzentrieren, die auf mich zukommt und nicht auf mögliche Probleme in der Zukunft.

Ihr Blick trifft den meinen, ihre großen, dunklen Augen sind von langen Wimpern umrandet, ihre geschwollenen Lippen sind leicht geschürzt. Ich kann den glasigen Blick auf ihrem Gesicht erkennen, der dem von Dawn und Pareena so ähnlich ist, als sie ankamen und der ihre Erregung ankündigt. Pralle Brustwarzen drücken sich gegen den schimmernden Stoff, den sie trägt und betteln um meine Berührung.

Ich knirsche mit den Zähnen und zwinge mich, stoisch zu bleiben, was mir gar nicht so leicht fällt. Meine Rüstung ist hellgolden - so hell, dass sie praktisch leuchtet - und ich kann mich nur mit Mühe davon abhalten, ihr entgegenzulaufen.

Sie erreicht die Rampe und geht hinauf, ihr Blick ist auf den meinen gerichtet. Ihre Brüste heben sich mit jedem Atemzug und ihre Zunge gleitet heraus, um ihre Lippen zu befeuchten. Ich stöhne fast auf, als mein Schwanz trotz meiner Bemühungen, stoisch zu bleiben, zum Leben erwacht und meine Rüstung durch meine eigene Erregung heller aufblitzt. Meine *Seela* schreien vor Verlangen und wollen sich an ihr festhalten.

Sie soll oben an der Rampe stehen bleiben, sie soll warten, bis ich zu ihr komme, aber stattdessen stürzt sie sich plötzlich auf mich. Ich strecke automatisch die Hand aus, um sie aufzufangen, als sie auf mich springt, ihre Beine um mich schlingt und ich zum ersten Mal in meinem Leben einen Arm voll weiblichen Fleisches in den Händen halte.

* * *

MARTA

Verdammtes Höschen - oder vielleicht ist es seine Rüstung, aber ich kann nichts an der Stelle spüren, an der ich es so dringend brauche. Die Vibrationen waren stärker geworden, als ich auf Arkdhem zuging, den sexy goldenen Außerirdischen, der mir endlich Erleichterung verschaffen sollte und ich konnte mich nicht zurückhalten. Also bin ich auf ihn gesprungen und habe versucht, meine Muschi an ihm zu reiben, aber die Vibrationen haben sofort aufgehört und mir meinen Orgasmus verwehrt und durch das blöde Höschen kann ich nichts spüren.

Hinter mir brechen die Reihen in einen Sprechgesang aus und Arkdhem lacht, während sich seine Hände um meinen Hintern schlingen. Ich spüre seine Schwielen auf meiner Haut, aber - wieder einmal - nicht dort, wo das Höschen mich bedeckt.

"Mein Tribut ist eifrig", sagt er grinsend und drückt meinen Hintern zusammen. Heilige Hölle, das fühlt sich gut an. Ich wimmere ein wenig. Ich weiß, dass ich eigentlich warten sollte, aber scheiß drauf. Ich bin ein Draufgänger und je näher ich ihm kam, desto weniger kümmerte es mich, was ich eigentlich tun sollte.

"Du hast ja keine Ahnung", entgegne ich ihm. Ja, ja, Frllil

hat mir gesagt, es gäbe diesen ganzen Pomp und diese Zeremonie und ich mache alles kaputt, aber ich kann mich im Moment nicht darum kümmern. Dieser große Außerirdische ist gerade hart und heiß zwischen meinen Beinen und ich will ihn *spüren*, verdammt! Ich könnte vor lauter sexueller Frustration schreien, aber das würde mir keine Erleichterung verschaffen.

Er wendet sich dem großen Außerirdischen neben ihm zu, der genauso sexy ist und doch finde ich ihn irgendwie nicht so anziehend wie den, der mich hält - was ein bisschen seltsam ist, denn warum sollte ich eine Vorliebe haben? Aber vielleicht ist das ein Teil der Konditionierung, die Frllil bei mir durchgeführt hat. So ziemlich meine gesamte 'Grundierung' bestand darin, dass ich auf Bilder von Arkdhem gestarrt habe. Das muss doch irgendeinen Effekt auf meine Psyche haben.

Darüber mache ich mir später Gedanken, wenn ich endlich mal einen fremden Pimmel erlebt habe und nicht mehr so verdammt geil bin.

"Ich werde meinen Tribut in mein Quartier bringen, um unseren Zusammenschluss zu vollenden," sagt er zu Sexy Alien #2. "Du wirst die Brücke leiten. Setz einen Kurs zurück zur Flotte."

Die Hände immer noch auf meinem Hintern, dreht er sich um und trägt mich ins Schiff.

Verdammt ja, endlich!

Wenn ich ihm über die Schulter schaue, kann ich sehen, wie die Reihen der Krieger auseinanderbrechen und einige von ihnen den Kopf schütteln, während Arkdhem mich ins Schiff trägt. Ups. Nun gut. Es scheint ihn nicht zu stören und das ist das Wichtigste.

KAPITEL 3

M *arta*
Zu Arkdhems Zimmer getragen zu werden, ist eine weitere Übung in Frustration. Ich kann ihn immer noch nicht durch mein Höschen spüren, aber meine Brustwarzen sind steif und reiben an seiner Rüstung. Der Stoff darüber ist strukturiert und sie werden so empfindlich, dass die ständige Bewegung und das Reiben fast schmerzhaft stimulierend sind.

Ich wimmere und winde mich in seinen Armen.

"Geht es dir gut, mein Herz?", fragt Arkdhem, während ich mich an ihm reibe.

"Diese Höschen machen mich verrückt", jammere ich. Stolz? Wer braucht schon Stolz? Ich brauche keinen. Zumindest nicht im Moment. Ich muss zum Höhepunkt kommen und dafür muss man Opfer bringen. Der Stolz kann sich verziehen, wenn er mich zum Orgasmus bringt. "Ich kann durch sie nichts fühlen."

"Bald." Sein tiefes, sexy Flüstern in meinem Ohr lässt mein Herz ein lustiges Salto vollbringen. "Mein Nanotech verbindet sich bereits mit deinem. Kannst du das spüren?"

Scheißkerl...

Die Stelle direkt über meinem Kitzler beginnt stärker zu summen als der Rest meines Höschens und ich schreie auf, wiege meine Hüften gegen ihn und keuche, während das Gefühl mich durchwirbelt. Ich bin so nah dran, ich bin so, so nah dran - und dann verschwindet es wieder.

"Scheiße!"

Er grinst wieder und ich möchte ihn ohrfeigen, aber dann sagt er etwas, das mich aufmuntert.

"Wir sind da." Eine Tür geht hinter mir auf und ich spüre seine plötzliche Eile, bevor ich kurzerhand auf ein Bett geworfen werde.

Der Rock des Kleides rutscht um meine Beine und ich starre zu ihm auf, als er nach unten greift, um ihn mir auszuziehen. Es ist eher eine Tunika mit einem Seil, das es an Ort und Stelle hält, als ein Kleid und es rutscht leicht herunter, als er an den Knoten zieht, die es um meine Taille halten.

Ich betrachte seine Rüstung etwas skeptisch, denn es sieht nach einer Menge Arbeit aus, sie abzunehmen und ich bin mir nicht sicher, ob ich so lange warten kann und dann verschmilzt sie plötzlich mit seiner Haut. Heiliger goldener Humanoid, er ist in natura sogar noch schöner als auf den Bildern. Ich möchte jeden Zentimeter seines muskulösen Körpers berühren... und vielleicht auch ablecken... doch dann fällt mein Blick auf seinen Schritt und ich kann mir den kleinen Schrei nicht verkneifen, der mir über die Lippen kommt.

Er ist in jeder Hinsicht so menschenähnlich, dass ich, obwohl ein Teil meines Gehirns auf einen abgefahrenen Alien-Penis hoffte, nicht wirklich glaubte, dass er sich so sehr von dem eines menschlichen Mannes unterscheiden würde. Junge, was habe ich mich geirrt.

Ja, es gibt einen Schaft und einen Kopf, aber der Kopf sieht überhaupt nicht wie ein Pilz aus. Er hat eine stumpfe

Spitze und weitet sich dann aus, fast wie die Form eines Rochens und die "Flügel" flattern sogar leicht auf und ab. Ich schlucke und versuche mir vorzustellen, wie sich das in meinem Inneren anfühlen wird.

Der Rest seines Schafts ist dick und gerippt und wird zum Ansatz hin breiter, und am Ansatz, wo sein Schwanz auf seinen Körper trifft, ist das wirklich abgefahrene Zeug.

Tentakel. Viele kleine Tentakel mit einem besonders langen Tentakel direkt über seinem Schwanz. Ich habe nie viel mit Hentai zu tun gehabt, aber ich wünsche mir plötzlich, ich hätte ein bisschen mehr gesehen, um mich auf das hier vorzubereiten. Wo gehen sie alle hin? Gehen sie irgendwo hin, oder bleiben sie draußen?

Ich zittere. *Zwei Frauen haben das schon vor dir durchgemacht und es geht ihnen gut. Du schaffst das!*

Aber sind sie in Ordnung? Ich habe sie noch nicht wirklich getroffen, woher soll ich das also wirklich wissen? Irgendwann muss ich mich mit Frllil in Verbindung setzen und ihm sagen, dass er unbedingt "Alien Sex 101" in den Lehrplan für die Grundausbildung aufnehmen muss, weil die Anatomie des Tsenturion nicht im Kursmaterial behandelt wurde.

"Du bist auf mich gut vorbereitet. Mach dir keine Sorgen. Ich werde dich sehr gut fühlen lassen." Arkdhem ergreift seinen Schaft und pumpt ihn. Die kleinen Tentakel winken wild hin und her. Ich kann meinen Blick nicht von ihnen abwenden. Mit der anderen Hand legt er seine Finger um die sich windenden Tentakel, er hat mein Interesse offensichtlich geweckt. "Das sind meine *Seela*. Sie werden dazu beitragen, dass du dich sehr gut fühlst."

Das Höschen summt wieder und ich falle zurück auf das Bett. *Scheiße!* Meine Hüften heben sich nach oben und lassen mich keuchen. Ich presse meine Hände gegen meine Muschi, aber dank des verdammten Höschens kann ich den Druck immer noch nicht spüren. Die Abgefahrenheit von Arkdhems fremdem Penis bedeutet plötzlich viel weniger angesichts meines überwältigenden Bedürfnisses.

* * *

Arkdhem

Dank der Nanotechnologie kann ich Martas Bedürfnis in mir spüren. Wir sind bereits eine Verbindung eingegangen. Ich liebe es, wie sie sich für mich windet und krümmt. An der Art, wie ihre Augen groß wurden, konnte ich sehen, dass sie von meiner *Seela* überrascht war, aber Dawns und Pareenas Diskussionen hatten mich darauf vorbereitet. Ich freue mich schon darauf, ihr zu zeigen, wie gut sie sich damit fühlen kann.

Ich knie auf dem Bett und schiebe ihre Beine auseinander, behalte aber den Braut Trainer über ihrer Muschi und stimuliere sie weiter, während ich mit meinen Händen ihre Gliedmaßen auf und ab fahre. Ihre Haut ist so weich. Sie stöhnt, greift nach unten und drückt ihre Hände auf ihre Muschi. So ein bedürftiges Geräusch. Eine so süße, verzweifelte Frau.

Ich beuge mich hinunter und drücke meine Lippen auf die Haut ihres weichen Oberschenkels, direkt unter dem Braut Trainer und sie schwebt fast vom Bett.

"Heilige Scheiße, Arkdhem!"

Ich mag es, meinen Namen auf ihren Lippen zu hören. Ich drehe meinen Kopf und mache es noch einmal mit ihrem anderen Bein.

"Bitte... fick mich einfach... Genug gepiesackt, ich sterbe hier oben!"

"Nein, es ist noch nicht genug. Und ich werde dich nicht sterben lassen. Aber ich werde dir Freude bereiten und es zu etwas Besonderem machen. In den Handbüchern steht, dass die erste Verbindung zwischen einem Mann und einer Frau für die Menschen sehr wichtig ist."

"Handbücher?" Sie klingt verwirrt und der glasige Blick in ihren Augen lässt mich zweifeln, ob sie wirklich alles versteht, was ich sage.

Ich nicke auf den Stapel Bücher, der auf dem Tisch neben meinem Bett liegt. Seit dem Beginn des Tribute-Programms habe ich sie jeden Abend studiert, um meinen eigenen Tribut zu erhalten. Ich habe auch ein paar neue Bücher hinzugefügt, nachdem Frllil mir die Leseliste von ihrem 'E-Reader' geschickt hat. Martas Augen weiten sich.

"Oh, mein Gott... Du hast Sara Fields... und Cari Silverwood... und - ist das die *Beanspruchte Bräute* Anthologie?" Es ist schwer zu sagen, was sie von dem Stapel hält, aber ich bin ziemlich stolz auf meine Sammlung. Ich habe sie alle von vorne bis hinten gelesen.

"Ja. Ich habe eine umfangreiche Sammlung von Handbüchern aus deiner Welt." Die beste Sammlung aller Tsenturion, um genau zu sein. Lange bevor ich sie getroffen habe, habe ich mich dafür eingesetzt, dass mein Tribut das Beste von allem bekommt und jetzt, da ich sie habe, bin ich froh, dass ich so gut vorbereitet bin.

Marta wimmert. "Die sind nicht... die sind nicht..."

"Pareena und Dawn haben uns erklärt, dass sie Fiktion sind. Ich verstehe, dass die Bedürfnisse jeder Frau anders sind. Ich freue mich darauf, deine herauszufinden." Ich lächle sie an, wandere an ihrem Körper entlang und drücke meine Lippen auf ihren weichen Bauch. Sie stöhnt auf, als meine Hände an ihren Seiten hinauf zu ihren Brüsten gleiten und sie umarmen.

Weich. Sie ist so weich und zum Zerdrücken schön. Ich möchte jeden Zentimeter von ihr berühren. Mir jede Stelle einprägen, die sie erregt. Ich lecke und sauge, schmecke sie, reize sie. Meine Hände wandern über ihren Körper. Sie ist so süß, so empfänglich und alles, was in den Handbüchern steht, was sie sein soll. Mein Schwanz pocht und meine *Seela* greifen nach ihr, während ich mich langsam an ihrem Körper hocharbeite, meine Knie zwischen ihre Schenkel ansetze und ihre Beine weit spreize. Als Reaktion auf mein Verlangen zieht sich der Braut Trainer zurück und verwandelt sich in einen Gürtel um ihre kurvigen Hüften, der sie mir vollständig offenbart.

Ihre dunkelrosa Muschi schimmert feucht und zeigt ihre Erregung und ich möchte vor Triumph brüllen. Endlich. Alles, was ich jemals wollte, alles, wofür ich all die langen Tsenzyklen gearbeitet habe, ist hier als meine Belohnung.

Mein süßer Tribut. Meine Marta.

* * *

MARTA

Arkdhem stellt absolut böse Dinge mit seiner Zunge und seinen Händen an und wenn ich nicht an Außerirdische glauben würde, wäre die einzige andere Erklärung, die meinem Gehirn einfallen könnte, dass ich gestorben und in den Himmel gekommen bin. Aber ich glaube an Außerirdische und gerade jetzt macht dieser erneut völlig sündhafte Dinge mit meinem Körper. Er erforscht jeden Zentimeter von mir, berührt mich, schmeckt mich und als er meine Schenkel spreizt und seinen Schwanz auf meine Muschi richtet, scheinen die winzigen Tentakel - seine *Seela* - keine so große Sache mehr zu sein. Man muss eben mit seltsamen außerirdischen Pimmeln rechnen.

Der längste Schwanz klopft mit seiner Spitze gegen meine Klitoris, als er beginnt, in mich einzudringen und ich keuche bei diesem Gefühl, meine Hände verkrallen sich in das Laken. Er kniet zwischen meinen Beinen und schaut hinunter und beobachtet seinen Schwanz, wie er in mich eindringt, mich öffnet, während ich ihn überhaupt nicht anfassen kann. Meine Hände krallen sich um die Laken unter mir, ich brauche etwas zum Festhalten, während pure Lust durch meine Adern fließt. Ich wimmere, mein Kopf wirbelt hin und her, als die seltsam geformte Spitze mich auf eine ganz andere Weise öffnet als ein menschlicher Schwanz es tun würde.

Ich kann tatsächlich spüren, wie er sich in mir bewegt, wie die Seiten sanft flattern und gegen die Wände meiner Muschi streichen. Arkdhem stöhnt, schaudert und stößt tiefer. Die Rillen und Unebenheiten entlang seines Schwanzes sorgen für die köstlichste Reibung, während er sich bewegt, mit jedem Stoß ein wenig tiefer vordringt und mich ein wenig stärker ausfüllt. Sein Schwanz scheint in mir anzuschwellen. Er wippt leicht mit den Hüften und hinter meinen Augen blitzt es auf, und ein merkwürdiges, krächzendes Geräusch entweicht meinen Lippen.

Ich fühle mich so voll, so heiß. Mein Körper ist Feuer und Flamme für ihn.

Dann setzen sich die kleinen Saugnäpfe an meinen Schamlippen und Innenschenkeln fest und ziehen mich näher heran, bis Arkdhem und ich durch mehrere Tentakel verbunden sind. Das Gefühl ist äußerst angenehm, und doch schreie ich auf und keuche vor Schreck. So etwas habe ich noch nie zuvor gespürt.

Arkdhem zieht sich zurück, sodass nur noch die Keilspitze seines Schwanzes in meiner Muschi ruht. Die kleinen Tentakel lösen sich und schwingen wie Seeanemonen in der Meeresströmung, als ob sie verzweifelt versuchen würden, sich wieder zu befestigen. Arkdhem gleitet zurück und schiebt sich ganz in mich hinein. Alles in mir krampft sich zusammen. Mein Orgasmus baut sich langsam auf, eine befriedigende Wärme breitet sich in meinem Bauch aus.

Ja. Das ist es, was ich brauche.

"Mehr... fick mich, Arkdhem... ich brauche mehr..."

Arkdhem bewegt sich in einem sinnlichen Rhythmus, sein Schwanz wölbt sich tief in mir und steigert langsam sein Tempo. Jedes Mal, wenn er meine Gebärmutter anstößt, berührt die gewellte Kante der größten *Seela* den Rand meiner Klitoris und kitzelt sie. Ich wiege mich begierig und reibe mich an seinem Körper und dem langen Tentakel. Als ob er mein Verlangen spüren würde, krallt er sich irgendwie an meiner Klitoris fest und erzeugt ein saugendes Gefühl, als ob ein winziger Mund an meinem empfindlichsten Organ zu saugen begonnen hätte.

Weiße, heiße Ekstase durchströmt mich so stark und schnell, dass sich meine Augen verdrehen und ich schreie, während sich mein ganzer Körper anspannt. Ich fühle mich, als würde ich gleich schweben, denn die intensive Lust schüttelt mich und lässt mich keuchen.

Das Saugen hört sofort auf, meine zitternden Muskeln erschlaffen und lassen mich wimmern.

Arkdhem hält inne, Besorgnis steht ihm ins Gesicht geschrieben. "Marta? Geht es dir gut?"

"Ja. Oh, Gott, hör nicht auf. Bitte hör nicht auf." Es spielt keine Rolle, dass ich gerade einen gewaltigen Orgasmus hatte, mein Körper will mehr davon. Giert nach mehr. Das brennende Gefühl hat nicht ganz aufgehört und doch brauche ich ihn, damit er mich weiter fickt. Ich muss spüren, wie er in mir kommt.

Ist das etwas, was die Grundierung mit mir gemacht hat? Ich habe mich nämlich noch nie so gefühlt. Vielleicht ist es aber auch die "Bindung", von der Frllil sprach und der ich nicht viel Bedeutung beigemessen habe. Jetzt wünschte ich, ich hätte ein bisschen besser aufgepasst, aber ich dachte, er hätte von einer emotionalen Bindung gesprochen. Nicht von einer physischen.

Arkdhem nimmt mich beim Wort und beginnt erneut, in

mich zu stoßen. Tränen des reinen Glücks laufen mir über die Wangen, während eine weitere Welle der Ekstase meine Pussy zusammenkrampfen lässt. Jetzt, da er sich vergewissert hat, dass es mir gut geht, ist es, als ob ein Damm gebrochen wäre und er fickt mich immer härter in die Matratze. Die *Seela* setzt sich wieder an meiner Klitoris fest und beginnt zu saugen, und ich schreie und winde mich in herrlicher, schmutziger Verzückung.

Ich komme und komme wieder, die goldenen Wellen der Lust rollen, kämmen, brechen über mich herein. Kaum habe ich wieder Luft geholt, reißt mich ein weiterer Höhepunkt mit. Ich schreie. Ich schluchze. Ich wälze mich vor Vergnügen, während mein außerirdischer Liebhaber mich in die Besinnungslosigkeit fickt. Arkdhem stöhnt, ergreift meinen Hintern und rammt mich mit größerer Dringlichkeit. Die Tentakel springen je nach seiner Nähe auf und ab und tun ihr Bestes, um uns zusammenzuhalten.

Arkdhems kraftvoller Körper bewegt sich über mich. Sein Schwanz dringt mit jedem Stoß tiefer in mich ein. Ich schlinge meine Beine um seine Hüften, grabe meine Fingernägel in seine goldene Haut, um ihn näher an mich heranzuziehen und lasse mich mitreißen. Schweiß klebt an meinem Körper. Arkdhems Kiefer ist angespannt und seine Augen glitzern, als er meinen Hintern anfasst und mich enger an sich zieht. Die breite Spitze seines Schwanzes stößt an eine Stelle tief in mir und ich explodiere erneut mit einem Schrei. Mein Inneres bebt. Nur sein Körper, der mich ins Bett drückt, hält mich zusammen.

"Ja..." Der riesige Tsenturion gleitet fast ganz aus mir heraus und stößt wieder hinein, wobei er die Stelle erneut touchiert. Ich kann ihn wegen meiner eigenen Schreie kaum hören. "Komm noch einmal für mich, mein süßer Tribut. Mein Herz."

* * *

Arkdhem

DIE INNEREN MUSKELN meines Tributs pulsieren gegen meinen Schwanz, während ich tief eindringe. Martas Höhepunkt ist jetzt fast ununterbrochen. Ihre Knie umklammern mich. Meine *Seela* saugt sich an ihrer glatten Haut fest, hart genug, um rote Spuren zu hinterlassen. Ich möchte sie markieren. Meinen Namen mit meinem Sperma auf ihre Haut malen und ihn dort für sie hinterlassen. Wenn es an der Zeit ist, es abzuwischen, würde ich sie sofort wieder markieren.

Ich hatte noch nie solche besitzergreifenden Gedanken, aber jetzt, da ich sie habe, wollen sie nicht mehr aufhören.

Wenn Marta jemals den Raum verlassen muss, möchte ich, dass sie in Roben gehüllt ist und ein Schild mit der Aufschrift 'Arkdhems Tribut' an einer Kette um ihren Hals hängt. Oder vielleicht behalte ich sie einfach für immer in meinem Zimmer, gefesselt und auf mich wartend, während die Schiffssysteme ihre Lebenszeichen überwachen, damit ich jederzeit zu ihr zurückkehren kann. Oder ich halte sie in einem Käfig in der Nähe des Bettes, innerhalb meines Arbeitsbereichs, damit ich sie im Auge behalten kann.

Ja, das klingt noch besser. Wir müssen nie wieder den Raum verlassen.

Ich möchte mich in ihr vergraben und hier bleiben, für immer.

Und mit diesem Gedanken komme ich zum allerersten Mal tief in meinem Tribut. Sie schreit auf, als mein Samen sie überflutet, ihr Körper wölbt sich und ich beuge mich vor und drücke meine Stirn gegen ihre. Sie streckt ihre Arme nach oben und schlingt ihre Arme um mich, während ihre Lippen die meinen in einem verzweifelten Kuss treffen.

Mein Schwanz pulsiert in ihr, als ich meine Zunge in ihren Mund schiebe, unsere Körper sind so eng aneinander gepresst, dass es sich anfühlt, als wären wir eins.

Und in gewisser Weise sind wir das auch. Unsere Nanotechnologie ist jetzt vollständig miteinander verbunden. Ich spüre ihren Körper um mich herum, an mir, ich spüre ihr Herz, das in ihrer Brust schnell gegen das meine schlägt. Sie ist jetzt mein Ein und Alles und ich schwöre, dass wir nie wieder getrennt sein werden.

 arta

MEINE AUGEN SIND HALB GESCHLOSSEN, ich liege auf dem Bett und bin von der Lust überwältigt. Arkdhem gleitet langsam aus mir heraus und ich erschaudere vor Nachbeben. Meine Pussy fühlt sich ohne ihn leer an, aber sie tut auch höllisch weh. Er hat mir mehr Orgasmen geschenkt, als ich zählen kann und ich bin hin- und hergerissen zwischen dem Verlangen nach mehr und dem Wunsch, eine Woche lang zu schlafen.

Arkdhem beugt sich über mich, seine große Gestalt wirft einen Schatten auf mein Gesicht. Meine Augen sind ein wenig unscharf. Ich blinzle. Vielleicht bin ich für einen Moment eingeschlafen, überwältigt von dem Nachglühen. Und jetzt streichen lange Finger über meine Wangen, glätten meine Augenbrauen.

Arkdhem fährt über meine Nase und sein Daumen reibt über meine Lippen. Ich lächle, damit er weiß, dass ich wach bin, aber er hört nicht auf, meine Haut mit langen, beruhigenden Streicheleinheiten zu erforschen. Seine Finger folgen der Kurve meines Halses und meiner Schulter, dann tauchen sie zwischen meinen Brüsten ein.

Er erforscht mich, aber ohne die Dringlichkeit, die er vorher hatte. Es fühlt sich sowohl seltsam als auch schön an und sobald ich die Energie aufbringen kann, möchte ich mich revanchieren.

Er berührt eine Brustwarze und spielt mit dem aufsteigenden Fleisch. Sie kräuselt sich bei seiner Berührung und das scheint ihn zu faszinieren. Ich erschaudere ein wenig angesichts der neu aufsteigenden Lust, die mich durchströmt. Arkdhem umkreist mit einem Finger den flachen braunen Warzenhof, bevor er zu meiner Brustwarze zurückkehrt und ich stöhne auf. Er fährt mit seinen Fingerknöcheln unter meine Brust und streichelt jeden Zentimeter meines Fleisches. Es dauert eine ganze Weile, bis er weitermacht und obwohl ich durch und durch gesättigt bin, regt sich mein Körper bereits wieder.

Aber ich denke, das ist nicht so überraschend. Ich habe Tage damit verbracht, mich vorzubereiten. Es wird wahrscheinlich einen kompletten Sex-Marathon brauchen, um mich zu sättigen.

Seine Finger wandern weiter nach unten, stoßen und erforschen meinen Bauchnabel. Jetzt bewegen sich meine Hüften, als er noch tiefer geht. Ich will ihn wieder bespringen.

"Hast du schon einmal eine menschliche Frau gesehen?", frage ich. Meine Stimme ist heiser, angestrengt. Vielleicht habe ich am Ende etwas zu laut geschrien.

Seine Hände halten inne, aber er nimmt sie nicht weg. "Das habe ich."

Oh, richtig, klar. Er hat die anderen Tribute getroffen.

Aber hat er sie nackt gesehen? Haben sie sich von ihm so anfassen lassen?

Ein Anflug von Eifersucht bringt mich dazu, mich auf die Ellbogen zu stützen und zu fragen: "So?"

"Nein, mein Herz. Niemals auf diese Weise." Er lächelt fast, als wüsste er, dass ich eifersüchtig bin und es gefällt ihm. Seine Antwort beruhigt mich und ich lasse mich wieder auf das Bett fallen. Er streichelt weiter meine Seiten hinunter. Ich möchte mich gegen ihn wölben wie eine Katze. Wer hätte gedacht, dass ich es mag, wenn man mich streichelt? "Ich habe schon andere Tribute gesehen, ja. Aber keinen nackt." Seine Stimme wird tiefer. "Und keinen, der so schön ist wie du."

Ich recke und strecke mich wie ein verwöhntes Haustier und jetzt möchte ich tatsächlich schnurren.

Seine Finger haben die weiche Haut meiner Innenschenkel gefunden. Er liebkost meine Beine mit langen Streicheleinheiten. Ich spreize meine Schenkel weit und lasse meine Schamlippen wie eine Blume aufgehen. Ich hoffe, dass er den Wink versteht und mich dort berührt, wo es mir wehtut. Aber nein, er ignoriert mein pochendes Geschlecht. Eine Minute lang gleitet er mit den Fingern über meine Oberschenkel und vergleicht sie mit der seidigen Haut dazwischen, als wäre er von dem Unterschied fasziniert. Dann ergreift er meine Waden. Seine massierenden Finger lösen die ganze Spannung in meinem Körper. Er ergreift meinen Fuß und seine Daumen gleiten meinen Spann hinauf. Er entdeckt, wie kitzelig ich bin und auch die stöhnenden Geräusche, die ich mache, wenn er die Anspannung aus einer bestimmten Stelle herausreibt, entgehen ihm nicht. Ich fühle mich total umsorgt und schwerelos, aber auch unglaublich erregt.

Er nutzt meine Mattigkeit aus und erhebt sich vom Bett. *Ay dios mios*, das ist ein schöner Körper. Groß, breitschultrig, golden mit allen möglichen Muskeln, die ein menschlicher Mann gar nicht hat. Alles in dem glitzernden Gold seiner Haut. Der seltsame Schwanz, der schon wieder erigiert ist, obwohl er sich zurückgezogen hat.

"Bist du hungrig, mein Tribut?"

Natürlich bin ich das... auf ihn. Mein Magen knurrt ein wenig.

Richtig. Sex verbrennt Kalorien. Und epischer Sex verbrennt noch viel mehr. Und das war episch, auch wenn es Blümchensex war. Obwohl, die Tentakel waren ein unerwarteter Bonus.

"Ein bisschen", gebe ich zu, obwohl ich mir ziemlich sicher bin, dass sich dadurch meine sexuelle Erkundung verzögern wird. Essen ist schließlich Treibstoff und ich will nicht vor Hunger ohnmächtig werden, bevor ich die Möglichkeit bekomme, es vor Vergnügen zu tun.

Er nickt abwesend und geht weiter, den Blick immer noch auf meine liegende Gestalt gerichtet, die auf dem Bett ruht, als könne er seinen Blick nicht abwenden. Er geht zur Wand und sagt etwas. Ich bin zu sehr von seinem strammen, goldenen, nackten Hintern abgelenkt, um zu sehen, was passiert und das nächste, was ich weiß, ist, dass er ein Tablett voller Geschirr zurück zum Bett trägt. Was auch immer auf dem Tablett ist, es riecht fantastisch, auch wenn das Essen seltsam aussieht. Von hier aus sieht es aus wie viele leuchtend blaue und violette Speisen - ein Zusammenspiel von Farben, wie ich es noch nie bei einem Essen gesehen habe. Auf einem Teller liegt etwas, das wie Eiscreme aussieht, aber fleischig riecht. Mir läuft das Wasser im Mund zusammen.

Arkdhem stellt das Tablett auf das Bett. "Der Replikator kann Essen von deinem Planeten herstellen, aber ich dachte, du könntest auch einige meiner Lieblingsspeisen probieren. Zumindest einer der anderen Tribute mag sie alle, also weiß ich, dass sie für Menschen kompatibel sind."

"Du hast richtig gedacht", entgegne ich, denn in einem neuen Land gehe ich am liebsten auf einen Markt oder in einen Lebensmittelladen und lasse mich von den ungewohnten Lebensmitteln und Verpackungen blenden. Ich bin auch gerührt von seiner Fürsorglichkeit, weil er mir Lebensmittel anbietet, von denen er weiß, dass ein anderer Mensch sie mag. Wahrscheinlich werde ich irgendwann alles probieren, denn so bin ich nun einmal, aber mit Dingen zu beginnen, die mir hoffentlich schmecken werden, klingt es noch besser.

Mein Magen verlangt *jetzt* nach Essen, also greife ich nach etwas, das mir bekannt vorkommt - ein Teller mit quadratischen braunen Keksen in der Ecke. Teegebäck nach britischer Art. Ich könnte den ganzen Teller essen und vielleicht tue ich das auch. Ich habe gerade tausend Kalorien verbrannt, oder?

Bevor meine Finger die Kekse berühren, fängt Arkdhem sanft mein Handgelenk und führt meine Hand weg. Er führt mir den ersten Bissen einer violetten Frucht mit einer knorrigen Oberfläche zum Mund.

Ich schließe die Augen, während ich meine Lippen öffne und spüre, wie seine Finger über sie streichen, während er das Stück in meinen Mund steckt. Die lilafarbene Frucht hat eine genoppte Oberfläche und einen zitrusartigen Geschmack wie eine Orange und die Textur einer Avocado. Sie schmeckt überraschend gut.

"Das ist also dein Quartier?", frage ich, nachdem ich geschluckt habe. Wenn er mich nicht gerade verführt, kann ich mehr darüber erfahren, wo ich bin. Ich bin eine Fragemaschine und wenn er mein Partner sein will, muss er sich daran gewöhnen.

"Ja." Er bietet mir einen weiteren Bissen an und ich gebe es auf, herauszufinden, warum etwas, das wie Eiscreme aussieht, fleischig riecht. Ich schließe wieder die Augen und lasse die Aromen auf meiner Zunge zerplatzen. Es schmeckt wie Steak, aber die Konsistenz ist eher pastös, wie eine Pastete.

"Du hattest also noch nie einen Tribut?" Ich kenne die Antwort, da ich die Akten eingesehen habe, aber ich möchte, dass er weiterredet. Ich möchte mehr über ihn erfahren und hoffe, dass ich mehr als nur eine Ein-Wort-Antwort bekomme. Er wird sich daran gewöhnen müssen, mit Fragen gelöchert zu werden und zufriedenstellende Antworten zu geben. Ich verlange das von den Personen, die mir nahe stehen. Das ist wahrscheinlich der Grund, warum meine Partnerschaften nicht sehr lange gehalten haben - das und meine Arbeitszeiten und mein allgemeiner Mangel an Interesse an einer Beziehung.

"Nein." Er nimmt sich einen Moment Zeit, um meine Lippen zu streicheln, auch wenn ich nicht unordentlich esse und ich glaube nicht, dass ich etwas verschüttet habe. Die Geste fühlt sich unglaublich intim an und er sieht mir in die Augen, was sie noch intensiver macht. "Du bist mein Erster. Mein einziger."

Mein Magen fühlt sich voll an. Ich weiß nicht einmal, was ich gegessen habe. Ich erwarte, dass er mir erklärt, was diese Lebensmittel sind, aber er scheint nur damit beschäftigt zu sein, mich zu beobachten. Er hat nicht einmal selbst etwas gegessen. Als er einen weiteren Bissen vorbereitet, schnappe ich mir ein Teegebäck und halte es ihm vor den Mund. "Du musst hungrig sein."

Er lächelt ein wenig und lässt sich von mir füttern. Seine Gesichtszüge sind größtenteils humanoid. Ich kann die seltsame goldene Haut nicht fassen. Ich streiche über sein Gesicht und verstehe jetzt, warum er so lange gebraucht hat, um mich zu erforschen. Seine Haut fühlt sich seidenweich und warm an, und je mehr ich ihn berühre, desto mehr will ich es auch.

"Wo ist deine Rüstung?", frage ich und gleite über seinen Kiefer. Noch bevor ich meine Frage beendet habe, erhebt sich seine Rüstung aus seiner Haut und formt sich direkt unter meinen Fingerspitzen zur unteren Hälfte eines Helms. Fast wie die Rüstung eines mittelalterlichen Ritters, aber mit der Fähigkeit, sich selbst zu formen.

"Das ist der Schutzanzug", sagt er. "Er reagiert auf meine mentalen Befehle."

Ich lasse meine Hände über seine Schultern gleiten. Seine Rüstung verformt sich immer noch und lässt böse aussehende Stacheln wachsen, die sich von seinem Rücken erheben. Ich würde es hassen, gegen jemanden zu kämpfen, der so etwas trägt. Ich schätze, das ist der Punkt. Meine Nicht-Höschen sind nicht annähernd so cool, obwohl es schön ist, zu wissen, dass sie ein Gürtel statt Unterwäsche sein können.

Arkdhem ist ein Krieger. Nach dem, was ich gelesen habe, sind die Tsenturio eine militärische Kultur. Ich habe das als nützliche Information abgespeichert und intellektuell verstanden, aber es ist eine andere Sache, mit meinem neuen Geliebten im Bett zu liegen und es aus erster Hand zu sehen. Es erinnert mich an den großen Verlust, den er und sein Volk erlitten haben und mein Magen verkrampft sich vor Mitleid mit ihnen. Ich kann mir die Wut und den Kummer, die er empfunden hat, nicht einmal vorstellen... Und doch ist er hier mit mir und scheint vollkommen glücklich zu sein.

Es lastet eine unerwartete Last auf meinen Schultern. Die Idee, ein Tribut zu sein, ein Weibchen zum Ficken, war in mancher Hinsicht einfach. Der emotionale Teil... nicht so sehr. Ich bin überhaupt kein gefühlsbetonter Mensch. Ich hatte nicht erwartet, dass ich Gefühle für ihn empfinden würde, vor allem nicht so bald, nachdem ich ihn kennenge-lernt hatte, aber es ist schwer, das nicht zu tun, wenn ich daran denke, was er durchgemacht hat.

Also tue ich, was ich am besten kann: Ich lenke mich ab

und berühre ihn weiter, konzentriere mich auf die Rüstung und seine Haut und darauf, dass beide gleich und verschieden sind. Auf wissenschaftlicher Ebene ist das faszinierend.

Arkdhem scheint sich damit zufrieden zu geben, dass ich ihn erforsche, so wie er mich zuvor erforscht hat, also höre ich nicht auf.

"Meine Haut und mein Anzug sind miteinander verbunden. Die Naniten machen sie zu einer Einheit."

"Unglaublich." Genauso wie all die epischen Muskeln seiner Brust, Schultern und Arme. Er ist schlanker als einige der Tsenturion auf den Bildern, die ich gesehen habe, aber genauso gut gebaut. Er hat die straffen Muskeln eines Marathonläufers oder eines Bergsteigers.

Und er gehört mir, mir ganz allein.

Ich streichele mit meinen Händen über seine Brustmuskeln - oder das, was man seine Brustmuskeln nennen würde, wenn er ein Mensch wäre. Wenn ich könnte, würde ich vor Zufriedenheit schnurren. Ohne nachzudenken, bewege ich mich auf seinen Schoß, sodass ich mich auf den Knien abstütze und ihn mit gespreizten Schenkeln umarme. Ich habe definitiv keine Probleme mehr mit meinen Gefühlen - ich habe nur noch ein einziges Gefühl und das ist Verlangen. Mein Innerstes berührt seine muskulöse Hüfte. Seine großen Hände stützen meinen Rücken und die Rüstung blitzt golden auf, bevor sie mit seiner Haut verschmilzt, als wäre sie nie da gewesen.

"Also... du hast dein Quartier noch nie mit jemandem geteilt?", wage ich mich neugierig vor, während ich mit meinen Händen über seine glatten Schultern gleite. Frllils Akten waren voll von Informationen, aber sie enthielten nichts. Angeblich sind die Menschen die erste Spezies, die mit den Tsenturion genetisch kompatibel ist, aber es gab keinen Hinweis darauf, ob sie jemals eine andere sexuell kompatible Spezies gefunden haben.

"Nicht seit ich Offizier bin. Ich bin hier allein." In seinen Augen liegt eine Traurigkeit, die an mir zerrt, die nach den chaotischen Gefühlen greift, die ich zu ignorieren versuche. Ich sollte das Thema wechseln, aber ich bin zu überrascht, um abzulenken.

"Die ganze Zeit? Warst du nie... mit jemandem zusammen?" Er hatte Pflichten und bekleidete ein militärisches Amt. Aber wenn es stimmt, was er mir erzählt, hatte er seit tausend Jahren keinen Sex mehr. Und er hat sich trotzdem die Zeit genommen, mich oral zu verwöhnen, bevor er mit mir Sex hatte. Beeindruckend.

"Ja", antwortet er. "Ich habe auf dich gewartet, meine Marta."

Heilige Scheiße, ich habe nicht nur einen Außerirdischen gefickt, ich habe ihn entjungfert! Außerdem - heilige *Scheiße*! Wenn er beim ersten Mal schon so gut beim Sex war, kann ich mir nur vorstellen, wie er sein wird, wenn er etwas Übung hat. Obwohl er, wie er sagte, die "Handbücher", also die Sexbücher, hatte. Auf der Erde wünschen sich die Frauen, dass die Männer Liebesromane lesen und sich ein paar Notizen machen. Hier habe ich einen Außerirdischen, der sie als Gebrauchsanweisung benutzt und ich will mich keinesfalls beschweren.

Ich wiege mich ein wenig gegen ihn. Oh, das fühlt sich gut an. Ich kann meine Klitoris direkt an den Rändern seiner Muskeln reiben.

Seine Wangen werden durch sein Lächeln verzogen. Er weiß, was ich vorhabe, aber er scheint es zuzulassen. Seine Hände greifen kräftiger um meinen Hintern, während er seinen Kopf nahe herabsenkt. "Du warst das Warten wert."

Wir sitzen Brust an Brust, so intim wie ein Paar nur sein kann. Ich habe ihn gerade erst kennengelernt, aber es fühlt sich richtig an. Mein Verlangen wird immer größer, auch wenn ich ihn weiter ausfrage. "Du hast also all die Jahre im Dienst oder hier verbracht, ohne Pause?"

"Es war leichter, mich in der Arbeit zu verlieren, als etwas anderes zu tun. Für alle von uns. Ich war nicht der Einzige."

Richtig, die Vernichtung seines Volkes. Ich höre auf, mich gegen ihn zu stemmen. "Mein Beileid für deinen Verlust."

"Danke", erwidert er. "Es ist schon lange her." Die Trauer, die in seinen Augen sichtbar ist, täuscht über seine Aussage hinweg. Er erinnert mich an einige der Soldaten, die ich auf der Erde kennengelernt habe und die mit hohlen Augen und Stimmen über ihre Erlebnisse scherzten. Dann blinzelt er und die Emotionen sind verschwunden, verborgen, genau wie bei den Veteranen, die ich getroffen habe. Seine Hände gleiten meinen Rücken hinauf, immer noch forschend. Er fügt in einem verwunderten Tonfall hinzu, als könne er sein Glück nicht fassen: "So lange hatten wir nichts als Rache, Gerechtigkeit, die uns antrieb, aber dann sagte uns Frllil, er habe eine kompatible Spezies gefunden. Jetzt haben wir wieder Hoffnung, eine Zukunft, auf die wir aufbauen können. Und jetzt habe ich dich."

Die Art, wie er mich ansieht ... Als wäre ich eine Art Belohnung dafür, dass er so lange allein war. Mein Herz tut weh.

"Dich gibt es also wirklich schon seit tausend Jahren?" Der Verstand spielt verrückt. Das kann ich mir nicht vorstellen. Ich bin in meinen Dreißigern und fühle mich manchmal älter als ich wirklich bin, bei allem, was ich getan und gesehen habe, aber das ist nichts im Vergleich zu ihm.

"Oh ja, die Naniten beseitigen jedes Anzeichen des Alterns. Und jetzt wirst du genauso lange leben wie ich."

"Das scheint eine lange Zeit zu sein." Ich runzle die Stirn. Ich habe vergessen, mich weiter an ihm zu reiben. Jetzt will ich forschen... Aber ich will auch mehr Sex. Entscheidungen über Entscheidungen. Aber mein erster Instinkt war immer, der Geschichte zu folgen. "Was..."

"Geduld, mein Herz", unterbricht mich Arkdhem und lächelt. Die Hitze in seinen Augen verrät mir genau, was er denkt und ich spüre, wie sich seine *Seela* wieder an meinen Schenkeln zu winden beginnen. Es ist ein seltsames Gefühl, aber auch erregend, vor allem, weil ich genau weiß, wie sie sich jetzt anfühlen. "Für Fragen ist noch viel Zeit. Aber im Moment habe ich ein anderes dringendes Bedürfnis."

Eine seiner Hände verirrt sich zwischen uns und seine Finger streichen über meine Schamlippen und suchen meine Klitoris. Ich wimmere ein wenig und winde mich auf ihm.

"Aber... ich möchte wissen..." Meine Stimme ist ein wenig atemlos. Zwiespältig. Denn ich weiß nicht, was ich mehr will - ihn oder die Antworten.

Klatsch!

Seine Handfläche landet leicht auf meiner rechten Pobacke. Ich richte mich auf und versteife mich, dann schmelze ich dahin. Die Hitze des Stichs ist köstlich. Es geht nichts über eine kleine Bestrafung, um meinen Kopf auszuschalten und mich auf Intimität einzustellen. Erstaunlich, dass dieser Außerirdische, der Lichtjahre von meinem Heimatplaneten entfernt ist, das besser kann als jeder Mann, mit dem ich je ausgegangen bin.

Meine Hüften neigen sich wieder nach vorne, damit ich mich genau so an ihm reiben kann, wie ich will. Er schlägt mit seiner linken Hand gegen meine linke Pobacke.

Ja! Versohl mir den Hintern, goldener Alien-Daddy!

Er packt mich im Nacken und zieht mich nach hinten. Ich zittere in seinem Griff. Er hat die totale Kontrolle und mein Körper genießt das. So dominiert zu werden, war schon immer die einzige Möglichkeit, mein Gehirn beim Sex abzuschalten. "Du wirst noch genug Zeit haben, um alles zu lernen, was du wissen willst. Aber jetzt werde ich dich erst einmal wieder ficken. In den Handbüchern steht, dass ich mir deine Unterwerfung verdienen muss, um deinen Ansprüchen nach Art deines Volkes zu genügen."

Oh, nun, verdammt. Das klingt heiß. Und faszinierend. Und möglicherweise auch schmerzhaft. All die schmutzig-heißen Bücher, die ich lese, gehen mir durch den Kopf, mit all den sündhaft sexy Szenen. Ich könnte in Schwierigkeiten geraten, aber meine Nippel sind schon ganz steif und ich bin schon wieder ganz feucht und das nicht nur von seinem Samen.

Er versohlt mir immer wieder leicht den Hintern, wobei seine linke Hand immer noch mein Haar festhält und meinen Kopf nach hinten zieht, sodass mein Gesicht nach oben gerichtet ist. Er scheint alle meine Gesichtsausdrücke zu studieren, die Art, wie ich zusammenzucke, wenn seine Hand besonders hart zuschlägt, die Art, wie ich erzittere, wenn seine Finger meinen Po massieren.

Er erforscht damit meine Poritze und ich versteife mich. Ich habe noch nie mit einem anderen Kerl anal gespielt, obwohl ich darüber gelesen habe und es schon immer wollte. Ich habe es auch schon selbst ausprobiert, aber das war eher unangenehm als alles andere. Auf jeden Fall nicht so, wie es sich in meinen Büchern anhört. Aber Arkdhems langer Zeigefinger ist wie Magie, er gleitet in meinen Hintern, glitschig und hart und lässt mich so heiß und voll fühlen. Das Gefühl ist seltsam und gut zugleich. Ich erschaudere und lasse meinen Kopf zurückfallen, während ich stöhne.

Er fängt wieder an, mir auf den Hintern zu schlagen. Ein leises Brennen entsteht. Die Hitze erwärmt mein ganzes Inneres und meine Hüften wippen schneller.

Ich stehe kurz vor dem Orgasmus, als er mich an den Haaren zieht, mich dreht und über seinen Schoß zieht. Ich lande auf dem Bauch über seinen harten Schenkeln, mein

Hintern zeigt nach oben und mein Gesicht liegt fast auf dem Bett.

Sobald ich in Position bin, legt er eine Hand zwischen meine Schulterblätter und drückt mich nach unten. Seine andere Hand ist frei, um mit meinem nach oben gestreckten Hintern und der Naht zwischen meinen Backen zu spielen. Ich zappele, um meiner Klitoris die nötige Stimulation zu verschaffen, damit ich endlich kommen kann, doch er schlägt mir fester auf den Po.

"Halt still, mein süßer Tribut", befiehlt er, während sich mein Inneres bei diesem befehlenden Ton zusammenzieht.

Er erforscht meine Schamlippen. Als er die Nässe an meiner Pussy entdeckt, grinst er vor sich hin. Er merkt, dass ich das genieße.

Ich kann nicht verhindern, dass meine Hüften zucken, während seine Finger über meine Falten tanzen. Er hat mich fest im Griff und werde verdammt, wenn ich das nicht heiß finde. Ich versuche, meine Hände freizubekommen, aber er erwischt auch sie und klemmt meine Handgelenke in meinem Rücken fest.

Und dann tastet sein Finger wieder meinen Po ab. Er umkreist mein Poloch und ich spanne automatisch meine Pobacken an, um ihm den Zugang zu verwehren. Ein weiteres Glucksen ertönt über meinem Kopf und er versohlt mich wieder in einem gleichmäßigen Muster. Links, rechts, links, rechts. Ein paar Schläge auf meine Oberschenkel und die untere Wölbung meines Hinterns. Zuerst nur leicht, was Wärme in meinen Backen erzeugt. Sobald ich mich entspannt habe, steigert er die Intensität. Die stechenden Klatscher entfachen noch mehr Hitze in meinem Hintern, aber die Endorphine, die mich durchspülen, bringen mich zum Schweben. Ich bin so high, dass ich kaum merke, dass er aufhört.

Er hebt mich von seinem Schoß und legt mich auf ein

Kissen. Ich liege immer noch mit dem Bauch nach unten, mit meinem pochenden Hintern nach oben gestreckt. Perfekt für Spanking - oder Doggy Style.

Und ja, nach ein paar weiteren spielerischen Schlägen auf mein erhitztes Fleisch, spreizt er meine Beine und gleitet von hinten in mich ein. Mein Geschlecht ist klatschnass und gibt seinem harten Glied sofort nach. Es gibt eine köstliche Dehnung und dann ist er ganz in meiner Muschi, sein strammer Unterleib drückt gegen meine brennenden Pobacken. Ich stöhne in das zerknitterte Bettzeug.

Er wickelt mein Haar wieder um seine Finger und zieht meinen Kopf zurück. Um den Druck zu lindern, wölbt sich mein Rücken und ich drücke meine Brust vom Bett ab. Er greift mit einer Hand zu meiner Vorderseite und taucht zwischen meine Beine, um meinen Kitzler zu bearbeiten.

"Komm für mich, mein Tribut." Seine geschickten Finger erwischen den süßen Punkt links von meiner Klitoris. Meine Höhepunktmuskeln zittern bereits.

Ich werde morgen so einen Muskelkater haben.

Aber das ist mir egal.

Ich komme hart und schreie seinen Namen.

rkdhem
Ein Tribut ist so viel mehr, als ich mir vorgestellt habe.

Lange Zeit verzehrten mich Eifersucht und Neid, wenn ich Dawn und Pareena ansah, vor allem Pareena. Ich war der Meinung, dass Bogden ihrer nicht würdig war. Ich hasste ihn dafür, dass er vor mir einen Tribut erhalten hatte. Aber jetzt verstehe ich es.

Pareena war nie für mich bestimmt, denn das Universum brachte mir Marta. Ich war ungeduldig geworden und dachte, dass jeder Tribut ausreichen würde, aber jetzt weiß ich, dass niemand außer Marta mich vervollständigen würde.

Ich liege auf der Seite und stütze mich auf meinen Ellbogen, schaue auf sie herab und präge mir jedes Merkmal ihres schönen Gesichts ein. Ihre sonnengebräunte Haut, ein wunderschöner Bronzeton, der irgendwo zwischen Dawn und Pareena liegt, die schräge Nase, die langen, schwarzen Wimpern, die ihre Wangen umspielen. Sie seufzt leise im Schlaf und dreht ihr Gesicht zu mir. Nachdem ich sie noch einige Male beansprucht und ausgiebig verwöhnt hatte, aßen wir eine weitere Runde des vom Replikator gelieferten Essens und sie schlief fast sofort danach ein, in jeder Hinsicht befriedigt.

Ich kämme mit den Fingern durch ihr Haar. Es ist lockiger als das von Pareena oder Dawn und vielfarbig, mit dunkleren Untertönen und helleren Strähnen, die fast zu ihrer Haut passen, als hätte sie ihre beiden Haarfarben kombiniert. Ich bin fasziniert. Menschenfrauen gibt es in so vielen verschiedenen Formen und Farben. Tsenturion sind alle goldfarben, ohne irgendwelche Unterschiede, mit ähnlichen Körperformen.

Mein Funkgerät läutet und ich knurre wegen der Unterbrechung leise vor mich hin. *Drakk.* Ich brauche nicht zu antworten, um zu wissen, warum sie anrufen. Wir sind ein einzelnes Schiff und ich muss während meiner Schicht auf der Brücke sein. Ich wollte meine Mitstreiter nicht bitten, meine Pflichten zu übernehmen, damit ich mich meinem Tribut hingeben kann, aber jetzt wünsche ich mir, ich hätte es getan.

Aber die Pflicht ruft.

Ich richte mich auf, als Marta sich neben mir bewegt, die plötzlich wach wird, nachdem ich aufgestanden bin, und mir schläfrig zublinzelt.

"Wohin gehst du?"

"Ich habe eine Schicht auf der Brücke. Ich bin bald zurück. Bleib du hier. Ruh dich aus." Ich beuge mich vor und drücke meine Lippen auf ihre Stirn. Meine Rüstung gleitet über meinen Körper und bedeckt mich. Ich sende ein Signal an den Nanotech und ihr Braut Trainer wächst aus ihrem Gürtel und bedeckt sie wieder.

"Aber..."

Ich werfe ihr einen strengen Blick zu.

"Du brauchst Ruhe. Ich werde dir etwas zu essen schicken

lassen. Wenn ich zurückkomme, führe ich dich durch das Schiff."

Ich drehe mich auf dem Absatz um und verlasse schnell den Raum. Nicht, weil ich es will, sondern weil es so schwer ist, und je mehr ich sie und ihren bezaubernden Schmollmund ansehe, desto weniger will ich gehen. In dem Moment, in dem ich den Flur hinuntergehe, sehnt sich mein Körper nach ihr zurück, obwohl ich körperlich gesättigt bin. Es ist, als könnte ich nicht genug von ihr bekommen.

War das schon immer so zwischen Gefährten? Ich weiß es nicht. Ich kann mich nicht erinnern. Es ist schon so lange her, dass wir den Rest unseres Volkes verloren haben und ich war noch nicht bereit für eine Gefährtin, als das letzte Fest stattfand. Vielleicht sollte ich jemanden fragen ... Aber ist das wirklich wichtig?

Das ist die Vergangenheit. Marta ist meine Gegenwart und meine Zukunft.

* * *

MARTA

Als die Tür hinter Arkdhem zufällt, stöhne ich auf. Ich werde auf keinen Fall wie ein braves kleines Mädchen hier bleiben und darauf warten, dass er mich herumführt. Ich kann mich selbst zurechtfinden, vielen Dank. Und ich bin viel zu neugierig, um den ganzen Tag hier eingepfercht zu bleiben, ohne zu wissen, wann er zurückkommt. Hier drin gibt es nichts zu tun.

Arkdhem ist froh, einen Tribut zu haben und endlich vögeln zu können - das kann man ihm nicht verübeln, aber entweder weiß er offensichtlich nichts über menschliche Frauen, oder die beiden vorherigen Tribute waren völlig desinteressiert.

Aufstöhnend drehe ich mich um und stehe auf.

An mir sind Stellen wund, die ich nicht mal kannte. Dieser außerirdische Schwanz ist offenbar an Orte angelangt, die noch nie ein Mann berührt hat, und die *Seela*... Wenn ich an mir herunterschaue, kichere ich, als ich all die roten Knutschflecken erblicke, die er auf meinen Schenkeln hinterlassen hat und ich weiß, dass es unter dem Slip noch mehr davon gibt. Tentakel-Knutschflecken. Sie schauen seltsam aus und doch sehe ich sie gerne. Was mir ein wenig merkwürdig vorkommt.

Auf der Erde habe ich mich nie von einem Mann markieren lassen. Aber damals hatten menschliche Männer keine Tentakelschamhaare, mit denen sie mich beglücken konnten. Und es fühlte sich immer so an, als wollten Männer Knutschflecken hinterlassen, um mich als Besitz zu markieren. Niemand wird die hier sehen.

Ich verziehe das Gesicht beim Blick auf meine Unterhosen. Auf die hätte ich auch verzichten können. Aber jetzt, nachdem ich mehrmals den Gipfel der Ekstase erreicht habe, sind sie nicht mehr ganz so schlimm. Eigentlich könnte meine Vagina gerade jetzt eine Rüstung gebrauchen, um sie zu schützen.

Das Wichtigste zuerst. Ich inspiziere den Raum. Es gibt keinen Platz für Kleidung - was Sinn macht, wenn ich daran denke, dass Arkdhem seine Kleidung buchstäblich in seiner Haut trägt. Natürlich gibt es einen Stapel Bücher, aber sonst kann ich nichts erkennen, was der Unterhaltung dient. Das Badezimmer ist schön, mit einer großen Wanne und einem Duschbereich.

Aber es gibt nichts, was mich dazu bewegt, hier länger zu verweilen, als ich muss. Während ich mich umschaue, stelle ich fest, dass es auch keine Kleidung für mich gibt - außer dem Gewand, in dem ich angekommen bin und das Arkdhem auf den Boden geworfen hat. Das Zeremoniengewand mag nicht viel sein, aber es ist das, was ich habe. In der

Vergangenheit habe ich schon weniger getragen, wenn ich undercover arbeitete. Ich ziehe es wieder an und gehe zur Tür. Anders als bei Arkdhem gleitet sie nicht sofort auf, als ich mich nähere.

"Aufmachen." Die Tür bleibt fest verschlossen.

Kein Wunder, dass Arkdhem dachte, er könne mich hier eingesperrt lassen. Ich runzle die Stirn. Trete gegen die Tür. Hm.

Eine Erinnerung regt sich in meinem Bewusstsein. Als ich mit Frllil zusammen war, folgte ich ihm an einem der Tage, an denen ich auf Erkundungstour war, in einen Raum, der wie eine Bibliothek mit vielen Regalen aussah und er hatte es entweder nicht bemerkt oder vergessen und mich versehentlich dort eingesperrt. Als er merkte, was passiert war, brachte er mir den Überbrückungsbefehl bei, der in solchen Situationen eingesetzt werden sollte. Er hatte gesagt, dass er in fast allen Jabol-Standorten funktioniert.

Dies war ein zenturionisches Schiff, aber vieles davon sah genauso aus wie Frllils Einrichtung, also benutzten sie vielleicht die gleiche Technologie...

"Bllilligillar." Die Tür gleitet auf. "Ha!" Ich recke meine Faust in die Luft. Der Punktestand lautet: Marta: 1, Bossy Alien: 0.

Ich trete in die Halle hinaus und sehe mich um. Sie ist leer, keine Spur von anderen Tsenturion-Kriegern in der Nähe. Viele graue Wände. Keine Dekoration. Aber es ist ein Militärschiff, also ist das nicht wirklich überraschend. Es ist auch nicht besonders interessant.

Bist du sicher, dass du das tun willst? Die vorsichtige Seite meines Gehirns meldet sich zu den unpassendsten Zeiten zu Wort. *Arkdhem wird nicht glücklich sein, und du weißt ja, was in den Büchern passiert, die man liest, wenn der Außerirdische nicht glücklich ist.*

Oooh, der Hintern wird versohlt. Ich wollte schon immer

mal versohlt werden. Und die leichten Klapse, die er mir bei der letzten Runde "versenke den seltsamen Alien-Schwanz" verpasst hat, haben meine Neugierde geweckt. Natürlich wird es wahrscheinlich auch weh tun. Aber auch wenn ich ihn noch nicht sehr lange kenne, kann ich mir nicht vorstellen, dass Arkdhem mir wirklich etwas antut.

Ist es seltsam, einem Außerirdischen zu vertrauen, den ich noch nie gesehen habe, bis er mein Gefährte wurde? Auf jeden Fall. Dennoch werde ich die Überzeugung nicht los, dass ich bei ihm sicher bin. Vielleicht ist es ein Nebeneffekt der Nanotechnologie. Frillil sagte, es würde welche geben.

Ich schlendere den Korridor hinunter und mache mir nicht die Mühe, irgendeine der Türen öffnen zu wollen. Ich nehme an, dass die Tsenturion alle auf demselben Flur schlafen, was bedeutet, dass dies alles Schlafzimmer sein müssten. Ich möchte niemanden während seiner Ruhe stören und schon gar nicht aufgehalten werden, um Fragen zu beantworten.

Als ich an der ersten Kreuzung ankomme, mache ich ein kurzes "Ene, mene, muh" und biege schließlich rechts ab. Dieser Korridor sieht genauso aus wie der vorherige. Ich frage mich, ob ich immer noch an Schlafzimmern vorbeilaufe.

Ungefähr auf halber Strecke des Flurs bleibe ich stehen, als sich auf der rechten Seite des Ganges eine Art Sitzecke zeigt. Aber es ist nicht nur irgendeine Sitzecke. Es gibt ein paar Sofas und Bänke, ja, aber das Wichtigste ist das riesige Fenster, durch das man in den Weltraum hinausschauen kann.

Ich keuche und bewege mich langsam auf die große, offene Schwärze zu. Als ich erkenne, wie weit sie sich außerhalb des Fensters erstreckt, wird mir schwindelig, aber es ist, als wäre ich von diesem Anblick hypnotisiert. Ich kann nicht wegsehen und ich muss näher heran.

Einen Fuß vom Glas entfernt bleibe ich stehen und strecke zitternd eine Hand aus. Nur weil ich mein Spiegelbild sehen kann, sieht es nicht so aus, als würde ich in die Schwärze des Weltraums selbst greifen. Ich kann in der Ferne Sterne erblicken, so weit weg, und ich fühle mich plötzlich sehr, sehr klein und unbedeutend.

Aber es ist so schön.

* * *

Arkdhem

Die Rückreise zur Flotte verläuft reibungslos. Zu reibungslos.

Ich weiß, dass ich dem Oberbefehlshaber eines Tages wieder gegenüberstehen werde und dass er nicht glücklich darüber sein wird. Während ich bereit bin, mich den Konsequenzen meiner Handlungen zu stellen, bin ich mir jedes einzelnen Mikrozyklus unserer Rückreise bewusst, denn jeder Mikrozyklus bringt mich dem Ende dieser einfachen Zeit der Bindung mit Marta näher.

Wenn die Rückreise zu Ende ist, werde ich disziplinarischen Maßnahmen unterworfen und ich weiß nicht, wie viel Zeit ich während meiner Bestrafung mit meinem Tribut verbringen kann.

Ich sehne mich fast nach einer Störung, einer kleinen Verzögerung, damit ich mehr Zeit mit Marta verbringen kann, ohne unterbrochen zu werden.

Argan spürt, dass ich abgelenkt bin und wendet sich mir zu.

"Commander, wenn Sie möchten, kann ich den Kurs beibehalten und Sie nur alarmieren, wenn ein Problem auftritt."

Da ich schon einmal meine Pflicht nicht erfüllt habe - ich habe die Flotte verlassen, um meinen Tribut zu holen, anstatt die Befehle des Oberkommandierenden zu befolgen - verlasse ich nur ungern meinen Kommandoposten, aber... Die Reise verläuft reibungslos. Und ich möchte nicht einen einzigen kostbaren Mikrozyklus mit meinem Tribut verschwenden.

Schließlich nicke ich, wenn auch etwas widerstrebend. "Danke, Argan."

"Natürlich." Er grinst und stemmt die Faust zum Gruß in die Brust. "Wir müssen alle Vorkehrungen für den Empfang eines neuen Tributs treffen."

Das ist wahr. Ich erinnere mich, dass der Oberkommandierende selbst Bogdan und mir das Kommando über die Flotte überlassen hat, nachdem Dawn zu uns gestoßen war. Ich fühle mich etwas besser, grüße Argan zurück und verlasse die Brücke.

Meine Füße bewegen sich auf dem Rückweg zu meinem Quartier viel schneller als auf dem Hinweg und mein Herz wird mit jedem Schritt leichter. Begierig' beschreibt nicht annähernd, wie ich mich fühle. Ich wünsche mir nichts sehnlicher, als meine gesamte Zeit mit Marta zu verbringen, bis zu unserer unvermeidlichen Rückkehr zur Flotte.

Sobald ich die Tür erreiche, registriert sie meine Nanotechnologie und gleitet auf, um mich einzulassen.

"Ich bin wieder da!" Mit einem breiten Grinsen im Gesicht schreite ich in den Raum. Aber es gibt keine Antwort. Und Marta liegt auch nicht mehr auf dem Bett, in dem ich sie zurückgelassen habe. Mein Herz beginnt zu rasen. Die Tür zum Badezimmer steht offen und auch dort ist sie nicht. Ich stürme trotzdem durch das Zimmer, als ob sie sich irgendwo vor mir verstecken könnte und dann wieder auf den Flur, in dem ich mich hektisch umschaue.

Wo zur Hölle ist sie?

* * *

MARTA

"Marta!" Mein Name wird so laut gebrüllt, dass ich sogar weit unten im Flur aufspringe und herumwirble.

Ich bin mir nicht sicher, was sich hinter der Tür befindet, durch die ich gerade versuche zu gehen, aber die Tatsache, dass sie verschlossen ist und auch dem Überbrückungsbefehl widersteht, den Frllil mir beigebracht hat, macht mich neugierig. Ich kann jedoch die Aufregung in Arkdhems Stimme hören, als er wieder meinen Namen ruft.

Mein Hintern kribbelt schon, entweder in Erwartung oder als Warnung, denn ja, mein Big Sexy hat meine Abwesenheit entdeckt und er ist ziemlich sauer.

"Ich bin hier!", schreie ich zurück und hoffe, dass ich vielleicht etwas von dem Schaden wiedergutmachen kann, wenn ich so tue, als sei alles in Ordnung. Außerdem weiß ich aus meinen Büchern, dass der Versuch, sich zu verstecken oder den Konsequenzen zu entgehen, wahrscheinlich eine härtere Strafe nach sich zieht, als sich der Sache zu stellen.

"Marta?" Arkdhem kommt um die Ecke und sieht mich am Ende des Flurs stehen. Sein Anzug leuchtet rot und gelb und die grellen Farben werden nur teilweise abgeschwächt, als er mich erblickt. Das Gelb verblasst, übrig bleibt hauptsächlich Rot. "Was machst du hier vor der Waffenkammer?"

"Ist sie das?" Verdammt. Jetzt wünschte ich wirklich, ich hätte es geschafft, reinzukommen. Nicht, dass ich eine Waffe bräuchte, um mich vor Arkdhem zu schützen, aber mir gefällt auch der Gedanke nicht, völlig wehrlos zu sein ... Und außerdem haben sie da drin bestimmt ein paar coole Sachen.

Arkdhem kommt vor mir zum Stehen und verschränkt die Arme vor der Brust. Ich brauche nicht die grell blinkende rote Rüstung zu sehen, um zu wissen, dass er total stinksauer ist - ich kann es in seinem Gesicht erkennen. Mist. Ich verschränke die Hände hinter dem Rücken und klimpere unschuldig mit den Wimpern, während er auf mich herabstarrt.

Ich habe nicht wirklich Angst, aber ich fange an zu denken, dass die unüberlegte Entscheidung, allein auf dem Schiff herumzulaufen, vielleicht nicht so klug war. Um fair zu sein, muss ich mir eingestehen, dass ich erwartet hatte, er würde *viel* länger weg bleiben. Und ich hatte seinem Befehl, an Ort und Stelle zu bleiben, nicht wirklich zugestimmt.

"Wie bist du aus dem Zimmer gekommen?" Seine Stimme ist leise und fest, als würde er sich mit reiner Willenskraft davor hüten, mich wieder anzuschreien.

"Ich habe es durch die Tür verlassen." Das ist die Wahrheit. Ich war oft genug vor Gericht, um zu wissen, dass man nie mehr Informationen geben sollte, als verlangt werden. Bleiben Sie einfach, ehrlich und - vor allem - geben Sie nichts freiwillig preis.

Arkdhem sieht mich mit zusammengekniffenen Augen an. "Die Tür war verschlossen."

"War es das? Wie bin ich dann rausgekommen?" Ich klimpere wieder mit den Wimpern. Ja, es ist ein Klischee, aber hey, auf der Erde hat es mehr als einmal funktioniert, warum also nicht auch jetzt? Ich kann es genauso gut versuchen. Ich wölbe meinen Rücken und schiebe meine Brüste ebenfalls nach oben. Sein Blick fällt auf sie und er starrt einen langen Moment lang schweigend auf meine Brüste.

Ein Hoch auf die Möpse! Massenablenkungswaffen im ganzen Universum.

Leider dauert es nicht lange, bis er sich daran erinnert, dass er wütend ist, obwohl er zumindest etwas weniger verärgert zu sein scheint, als noch vor einer Sekunde.

Er sieht mich finster an und hebt seinen Arm. Über seinem Handgelenk erscheint ein kleines Video und ich brauche einen Moment, um zu erkennen, dass es im Grunde eine Türkamera ist, die mich zeigt, wie ich zur Tür komme. Verdammt.

"Bllilligillar." Meine Stimme klingt seltsam und blechern, aber sie ist deutlich erkennbar. "Ha!" Das Video-Ich reckt die Faust in die Luft. Ich seufze. Ich musste mich einfach feiern, nicht wahr?

"Na und?", entgegne ich, rümpfe die Nase und versuche, so süß und unschuldig wie möglich auszusehen.

Das funktioniert nicht.

Arkdhem wirft mich buchstäblich über seine Schulter, als würde ich nichts wiegen, dreht sich um und geht den Flur hinunter, wobei er mich wie einen Sack Kartoffeln trägt.

"Hey! Arkdhem! Es tut mir wirklich leid!"

Klatsch!

Der Schlag auf meinen Hintern ist anders als die spielerischen Schläge, die er mir zuvor verpasst hat und ich keuche bei dem schmerzhaften Stich.

"Das wird es gleich bestimmt", sagt er düster. Meine süße Zimtschnecke hat eine strenge Seite und ich scheine das Biest geweckt zu haben.

"Das tut es jetzt schon! Ich verspreche, ich werde es nicht wieder tun." Ich plappere. Ich plappere nie. Andererseits bin ich auch noch nie über die Schulter von jemandem geworfen und versohlt worden.

* * *

Arkdhem

Meine Marta ist eine willensstarke Frau, das kann ich erkennen. Ich mag sie so, aber bestimmte Befehle sind für ihre Sicherheit gedacht. Während ich meinen Mitstreitern mein Leben anvertraue, ist es eine ganz andere Sache, ihnen meine Gefährtin anzuvertrauen. Ich will ihren Willen keineswegs brechen, aber sie muss sich beugen, zumindest bis sie unsere Sitten und Regeln gelernt hat. Ich schüttle den Kopf über all den Ärger, den sie sich allein hätte einhandeln können.

Sie keucht und zappelt an meiner Schulter, als der Braut Trainer unerbittlich in ihr Poloch stößt und zu pulsieren beginnt. Im Handbuch wird besonders betont, wie wichtig dieses Loch ist, um eine Frau in die richtige unterwürfige Haltung zu bringen. Ich hatte mich nicht besonders dafür interessiert, weil es für die Fortpflanzung nicht notwendig ist, aber jetzt erkenne ich, dass es ein Fehler war, es zu ignorieren - einer, den ich nicht noch einmal machen werde.

"Arkdhem, bitte!"

Ich kann bereits feststellen, dass es funktioniert. Sie klingt viel weniger trotzig und frech als damals, als ich sie zum ersten Mal damit konfrontierte. Und als sie mich angelogen hat.

Die Tür zu unseren Gemächern gleitet wieder auf und ich trage meine sich windende Gefährtin hinein und hinüber zum Bett. Ich stelle sie auf die Füße und ziehe ihr schnell das Kleid wieder aus, während sie mich flehend anschaut.

Sie könnte alles leugnen, aber ich kann ihre Erregung durch die Anfänge unserer Verbindung spüren. Die harten Knospen ihrer Brustwarzen stehen wieder stramm und betteln darum, bearbeitet und gesaugt zu werden. Trotz meiner Wut und Enttäuschung erwacht mein Schwanz zum Leben, meine *Seela* beginnt sich zu winden. Ich bin mir nicht sicher, ob es irgendetwas gibt, was sie tun kann, um mein Verlangen nach ihr zu beenden.

Das wird sie dennoch nicht vor einer verdienten Strafe bewahren. Die Handbücher waren sehr klar und ich habe gesehen, wie gut die Taktik bei Dawn und Pareena funktioniert hat. Es ist das Beste, so anzufangen, wie ich es vorhabe. Das bedeutet, dass ich bei ihrem ersten Vergehen keine

Nachsicht walten lassen kann, denn das würde sie nur dazu ermutigen, erneut gegen meine Regeln zu verstoßen.

"Dreh dich um und beug dich vor." Ich verschränke die Arme vor der Brust, mein Blick ist streng. Meine Rüstung leuchtet nicht mehr rot, aber das neutrale Schwarz flackert immer noch mit.

Martas Mund öffnet und schließt sich, als ob sie protestieren wollte und es sich dann doch anders überlegt hat. Gut so. Mit gesenktem Kopf dreht sie sich um und beugt sich über das Bett. Der Anblick ihres Gehorsams und ihres schönen Hinterns, der auf mich zeigt, lässt meinen Puls rasen. Sie ist die Perfektion.

"Braves Mädchen." Ich schicke einen Befehl an ihren Nanotech und der Braut Trainer zieht sich in ihren Gürtel zurück, bis auf eine dünne Linie, die die Falte ihres Hinterns hinunter und in ihn hinein wandert, wo ihr kleines Loch um seine Einführung gedehnt wird. "Jetzt bleibst du dort und denkst darüber nach, was du falsch gemacht hast, während ich einen Anruf mache."

Es dauert nur wenige Augenblicke, die Brücke zu kontaktieren und sie zu bitten, die Überschreibungen zu aktualisieren. Das hätten wir wahrscheinlich sowieso gleich tun sollen, jetzt da wir wissen, dass die Jabol mögliche Feinde sind. Wir befinden uns in Schiffen, die sie uns zur Verfügung gestellt haben und wir haben die Überbrückungsbefehle nie geändert, weil wir ihnen vertraut haben.

Ich habe mir vorgenommen, Gavrill zu informieren, dass er es auch bei dem Rest der Flotte austauschen soll.

Dann wende ich meine Aufmerksamkeit wieder Marta zu und betrachte sie schweigend von hinten. Meine Gefährtin beginnt sich wieder zu winden.

arta
Warten ist furchtbar.

Bei manchen Dingen bin ich sehr geduldig. Ich warte auf die perfekte Spur, der ich folgen kann. Um einen winzigen Faden von Informationen nachspüren. Ich lasse die Stille in der Luft hängen, während ich darauf warte, dass mir jemand seine Geheimnisse gesteht.

Aber auf eine Tracht Prügel warten? Nö. Ich will nur, dass es losgeht. Darauf zu warten, ist furchtbar. Und ich weiß, dass das genau der Grund ist, warum er mich warten lässt. Der große Trottel. Was für eine Zimtschnecke er doch ist.

Und doch macht mich diese herrische Seite von ihm an. Auch ohne den Slip, der an meiner Muschi summt, würde ich mich winden. Es ergibt keinen Sinn. Ich habe es noch nie gemocht, herumkommandiert zu werden. Andererseits hat auch noch nie ein Mann versucht, es im Schlafzimmer zu tun. Sie sind immer davon ausgegangen, dass ich, weil ich nach außen hin so unabhängig wirke, auch im Bett nicht unterwürfig sein will und ich habe mich zu sehr geschämt, um zu fragen.

Es ist wirklich so, als wäre eines meiner Bücher zum Leben erwacht und meine Muschi schmerzt. Sogar die dicke Sonde, die meinen Hintern ausfüllt, macht mich an. Ich habe noch nie Analverkehr gehabt und es tut weh und fühlt sich gleichsam gut an - und er hat nicht Unrecht, wenn er sagt, dass ich mich dadurch auch unterwürfiger fühle. Es ist schwer, sich groß und selbstsicher zu fühlen, wenn einem etwas in den Hintern gerammt wird.

Hinter mir ist es eine Minute lang ruhig.

Sieht er mich an?

Ignoriert er mich?

Ich werfe einen Blick über meine Schulter und drehe dann den Kopf zurück.

Er starrt mich die ganze Zeit an.

Meine Pussy wird feuchter. Noch heißer.

Zu wissen, dass er mich von hinten anstarrt und darauf wartet, dass er mir den Hintern versohlt... Ja, das Warten ist furchtbar, aber es ist auch verdammt heiß.

Der Raum ist so still, dass ich ihn hören kann, als er sich hinter mich stellt und seine Hand auf meine Arschbacke legt. Meine Muskeln verkrampfen sich um den Nanotech-Plug, sodass der gedehnte Eingang schmerzt.

"Verstehst du, warum du bestraft wirst, mein Herz?" Seine Stimme ist fest, aber sanft, seine Hand streichelt die Stelle, von der ich weiß, dass er drauf zuerst hauen wird. Mein Herz rast, mein Puls klopft so laut, dass ich ihn sogar hören kann.

"Weil ich den Raum verlassen habe, nachdem du es mir verboten hast." Ich will trotzig klingen, aber irgendwie kommt meine Stimme klein heraus.

"Und weil du mich deswegen angelogen hast."

Ach so. Ach so.

Seine Hand hebt sich und landet auf meinem Hintern. Das ist kein spielerischer Hieb. Es sticht und brennt und ich schreie auf und rucke nach oben. Ich komme nicht weit, bevor eine Hand zwischen meinen Schulterblättern liegt und mich wieder in die Ausgangsposition drückt.

Meine Muschi bebt.

Ich bin so am Arsch.

* * *

Arkdhem

Die üppigen Wellen von Martas dunkelbraunem Haar fallen ihr über die Schulter. Ihr nackter Hintern ist ein Kunstwerk. Der Braut Trainer umrahmt ihre hinteren Backen und fließt über ihre Hüften wie ein Gurt, der den Plug in ihrem Po hält. Unten hat sich das Keuschheitsgürtel-ähnliche Teil geöffnet, um mir Zugang zu ihren prallen Schamlippen zu geben. Die dunklen Locken, die ihre geschwollenen Falten umrahmen, sind bereits glitschig, während der honigartige Duft ihrer Erregung die Luft erfüllt.

Ich habe die Handbücher gründlich studiert, um meinen Tribut vollkommen zu befriedigen, aber die Realität ist besser. Ich gebe dem Braut Trainer den Befehl, den Plug in ihr zu erweitern und ein kleines Keuchen begrüßt mich, während er sie von innen nach außen dehnt.

Ich streichle ihren nach oben gewandten Hintern, streiche fast ehrfürchtig über die seidige Haut. Ihre prallen Kurven lassen mich danach lechzen, sie zu erobern. Das Einzige, was noch besser wäre, wäre der Anblick ihres bestraften Hinterns, der rot glüht.

Ich lege meine linke Hand auf ihren Rücken, um sie zu beruhigen. Mein erster Schlag lässt sie aufschrecken. Ich bewundere das leichte Wackeln ihres Fleisches und den schwachen Abdruck meiner Hand.

Dies wird eine viel härtere Tracht Prügel sein als die

anfängliche. Sie hat sie sehr genossen. Diesmal wird sie es nicht genießen - zumindest nicht während ihrer Bestrafung. Vielleicht erlaube ich ihr zu kommen, wenn sie erst einmal gründlich unterworfen ist. Ich genieße zwar die feurige Intelligenz und den neugierigen Geist meiner Marta, aber wenn es darauf ankommt, möchte ich, dass sie sich mir unterwirft und sich mir hingibt. Mit etwas Training wird sie der perfekte Tribut sein.

Ich schlage ihr auf die linke Backe und dann auf die rechte. Ich teile ihren Hintern in mehrere Quadranten ein und sorge dafür, dass ich jeden gleichmäßig pfeffere. Ihre Oberschenkel und ihre Sitzflächen bekommen ihren eigenen Anteil an Aufmerksamkeit und bald ist ihr ganzer Hintern rosa gefärbt. Sie zappelt und stöhnt. Mein Schwanz ist schmerzhaft hart.

Ich drehe sie auf den Rücken und ihre Augen weiten sich vor Überraschung. So schön es auch ist, zu sehen, wie sich ihr Hintern erst rosa und dann kastanienbraun färbt, ich würde gerne dabei ihr Gesicht sehen. Ich halte ihre Beine hoch und fahre fort, sie zu bestrafen. Jeder Schlag lässt sie zusammenzucken und ihre Brüste wippen. Das bringt mich auf eine Idee.

Ich gebe dem Braut Trainer einen weiteren Befehl. Er bewegt sich ihre Vorderseite hinauf und umrahmt ihre Brüste.

Es ist ein erotischer Anblick. Martas roter Hintern wackelt, aber sie kann dem schwarzen Plug, der zwischen ihren leuchtend roten Backen steckt, nicht entkommen. An ihrem Oberkörper wirkt der Trainer wie ein Gurt, der ihre Brüste umschließt und mehr enthüllt als verbirgt.

Wenn wir uns in meinem Quartier befinden, werde ich meinen Tribut vielleicht immer nackt lassen, bis auf den Braut Trainer. Jeden Morgen kann ich den Trainer in eine neue Formation bringen, die ihren Arsch oder sogar ihren

Mund verschließt und ihre Brüste und ihren bestraften Hintern einrahmt. Mein Schwanz verhärtet sich bei dem Gedanken.

Im Moment befehle ich dem Braut Trainer, sich um die Brüste meines Tributs zu kümmern. Dünne Ranken strömen aus dem Hauptteil des Geschirrs, um ihre Brustwarzen zu umschließen. Die Ranken ziehen sich zusammen und zwicken sie. Marta windet sich, ihre Hände schließen hoch, um ihre Brüste zu bedecken.

"Hände über den Kopf", befehle ich. Anstatt sie zu fesseln, möchte ich sie dazu erziehen, sich freiwillig der Bestrafung zu stellen. Ich erinnere mich an einen Satz aus einem meiner Lieblingshandbücher von Tymber Dalton. Oder war es Maren Smith? "Du bist an meinen Willen gebunden", stimme ich ein.

Ihre Brust hebt sich, ihre Pupillen verdunkeln sich. Langsam gehorcht sie und streckt ihre Arme über ihren Kopf. Durch die Bewegung wölbt sich ihr Rücken leicht, was ihre Brüste nach oben drückt.

"Braves Mädchen", lobe ich sie und belohne sie mit einer weiteren Runde Prügel. Sie zuckt immer noch, als ich eine besonders wunde Stelle ihres Hinterns bestrafe, aber außer sich auf die Lippe zu beißen, um ihr entzückendes Keuchen und Quietschen zu unterdrücken, benimmt sie sich.

Ich schicke die Anweisungen an den Plug in ihrem Po. Er weitet sich leicht und sie stöhnt, ihre Wangen werden rosa. Ihr Hintern hat sich wie bei einem Lauffeuer erhitzt. Ich kann es durch die Verbindung spüren und obwohl ihr Hintern schmerzhaft pocht, hat es die Erregung in ihrer unteren Hälfte geweckt.

Ich könnte so leicht ihre Beine auseinanderdrücken und mich in ihr verkriechen und bald werde ich das auch tun. Aber zuerst...

"Gut gemacht." Ich lasse ihre Beine herunter. Sie schreit

auf, als ihr wundes Fleisch das Bett berührt. Bevor sie sich wegrollen kann, greife ich nach vorne, wickle ihr Haar um meine und führe sie vor mir auf die Knie. Sie sieht fast dankbar zu mir auf. Es wird eine Weile dauern, bis sie sich schmerzfrei hinsetzen kann. Ihre Wangen sind gerötet und obwohl es keine Anzeichen von Tränen gibt, sind ihre Augen halb geschlossen, fast schläfrig vor Ergebenheit.

Ich halte ihr dichtes braunes Haar fest und trete näher. "Jetzt ist es an der Zeit, dass du dich für deine Bestrafung bedankst."

Mein Anzug löst sich und enthüllt mein erigiertes Glied. Ihre dunkelbraunen Augen weiten sich, als mein *Glied* hervorspringt und sich in Richtung ihres Gesichts streckt und dehnt.

* * *

MARTA

ARKDHEMS SCHWANZ WIPPT vor meinem Gesicht, sein aufgeweiteter Kopf bewegt sich auf seine fremdartige Weise. Dieser Penis hat die Größe eines Pornostarts und das berücksichtigt nicht die zusätzlichen Anhängsel - vor allem den großen Kranz seiner primären *Seela*, der sich vor mir bewegt und fast meine Stirn streift. Und dann sind da noch die winzigen Tentakel, deren Saugnäpfe nach oben gerichtet sind, als würden sie mein Gesicht suchen. Als er näher kommt und ich mich darauf vorbereite, ihn in den Mund zu nehmen - genau so, wie die Heldinnen in den unanständigen Büchern, die ich lese, um sich bei ihren Doms für die Bestrafung zu bedanken, krallen sich die *Seela* an meinem Gesicht fest und ziehen mich nach vorne. Ich halte meinen Mund offen und seine Länge gleitet über meine Zunge. Seine salzige Fleischigkeit füllt meinen Mund aus. Er stöhnt, während ich ebenfalls um ihn herum stöhne.

Er wiegt meinen Kopf und beobachtet, wie ich seinen Schwanz nehme. Er fädelt seine Finger in mein Haar und meine Kopfhaut spürt ein wenig Spannung, gefolgt von einem scharfen Ziehen. Aber der leichte Schmerz des Ziehens an den Haaren lässt nur einen Funken der Vorfreude in meiner Muschi aufblitzen. Ich weiß nicht, wann sich meine Nerven gekreuzt haben - Schmerz ist Lust und die Lust ist so intensiv, dass es weh tut - aber sie haben es getan und es funktioniert.

Ich hebe meine Hände, um mich zu beruhigen, erinnere mich aber daran, dass er mir befohlen hat, mich von seinem Willen fesseln zu lassen. Der Satz war heiß genug, um mich augenblicklich kommen zu lassen, also verschränke ich meine Arme hinter meinem Rücken wie eine gute kleine Sub.

"Braves Mädchen", murmelt er und ich schmelze dahin. Ich öffne meinen Mund und nehme ihn weiter auf, streiche mit meiner Zunge über seine Länge und schließe die Augen, als seine *Hauptseela* meine Stirn streift. Die Tentakel an meinem Gesicht saugen fester. Während ich meinen Kopf vor und zurück bewege, springen die *Seela* auf und ab. Ich werde danach Knutschflecken im ganzen Gesicht haben, aber ich bin nicht böse darüber.

Arkdhem führt meinen Kopf die ersten paar Male, als er tief in mich eindringt, aber meistens überlässt er mir das Tempo. Dennoch hat er immer noch die Kontrolle. Ich knie vor ihm, während der Plug meinen Arsch ausfüllt. Der Gurt des Braut Trainers um meine Brust spannt sich und zwickt in meine Brustwarzen. Meine Pussy tropft auf den Boden.

Er hält meinen Kopf wieder fest. Instinktiv atme ich tief ein und lasse ihn meinen Kopf auf seinen Schwanz ziehen. Er beugt sich über mich und grunzt, während er mich dazu bringt, seine Länge zu schlucken. Als er sich wieder zurückzieht, keuche ich und Tränen laufen mir über das Gesicht. Er wischt sie ehrfürchtig mit dem Daumen weg.

Dann stößt er wieder tief in meinen Mund. Ich entspanne meinen Kiefer und lasse ihn mich benutzen. Die *Seela* peitschen über mein Gesicht, streifen meinen Kiefer und saugen sich fest, helfen mir, die Position zu halten. Arkdhems Hüften schieben sich vorwärts, bis seine erste *Seela* meine Augen verdeckt. Er stößt unkontrolliert zu, bis er sich mit einem Grunzen in meiner Kehle entleert. Mit einem Keuchen zieht er sich sofort zurück und hält mein Kinn fest, um sich zu vergewissern, dass es mir gut geht.

"Braves Mädchen", murmelt er und wischt mir die Tränen weg. Er scheint von ihnen fast fasziniert zu sein, ein heimlicher Sadist, der er ist.

Ich lecke mir über die Lippen und schaue zu ihm auf. Mein Arsch brennt, meine Muschi pocht und mein Kitzler verlangt nach Aufmerksamkeit, aber das Bedürfnis, ihm zu gefallen, durchströmt mich mit einem warmen Glühen.

Er hebt mich hoch und positioniert mich auf Händen und Knien auf dem Bett. Ich lege mich hin und erwarte, dass er den Plug entfernt und mich belohnt. Aber er stößt in meine Muschi. Ich keuche auf, als sowohl der Plug als auch sein Schwanz mich ausfüllen. Die *Seela* sind wieder aktiv, der lange Kranz der *Haupt-Seela* streicht über meine brennenden Arschbacken und die kleineren Tentakel saugen an meinem gezüchtigten Hintern.

Arkdhem versenkt sich ganz in meine Muschi. Sein Unterleib reibt über die erhitzte Haut meines Pos und lässt mich aufstöhnen. Gleichzeitig durchfährt mich ein kleiner Schauer der Glückseligkeit über das Gefühl der Völle. Die Gurte des Braut Trainers auf meiner Brust klammern sich fester an meine Brustwarzen, aber der drückende Schmerz geht in dem überwältigenden Sturm der Gefühle unter.

Arkdhem schlingt seine große Hand um mein Haar und zerrt meinen Kopf zurück. "Du darfst nicht kommen", befiehlt er, während er so heftig zu stoßen beginnt, dass meine Brüste im Gurt des Braut Trainers wackeln. Sein Unterleib klatscht auf meinen Hintern, was den Schmerz der Prügel noch einmal entfacht. Ich klammere mich an die Bettdecke, beiße die Zähne zusammen und versuche, meinen Orgasmus zu unterdrücken. Arkdhems Hüften verlangsamen ihren Rhythmus und das ist beinahe noch schlimmer, denn jedes Mal, wenn er in meine Muschi vollständig eindringt, reibt er an meiner Klitoris.

"Arkdhem", keuche ich und er hält inne. Ich seufze dankbar, dass er meinen Orgasmus hat abklingen lassen.

Der Butt-Plug, der meinen Arsch füllt, verschiebt sich und ich merke, dass Arkdhem ihn bewegt, ihn ein wenig herauszieht und wieder hineinschiebt. Er fickt mich quasi mit dem Plug in den Hintern.

Arkdhem fängt langsam wieder an, mich zu ficken. Sein Schwanz streicht über meinen G-Punkt und ich lasse mich mit der Vorderseite auf das Bett fallen, zu schwach, um mich noch aufrecht zu halten. Mein Orgasmus baut sich wieder auf, ein helles Feuer in meinem Kopf. Er ist so nah, eine riesige Flut, die ich unmöglich zurückhalten kann.

"Arkdhem, bitte", flehe ich.

"Nenn mich 'Meister'", befiehlt er und als ich das tue, wippt er mit den Hüften und befiehlt: "Komm."

Und das tue ich auch, schluchze glücklich ins Bett und bin praktisch besinnungslos.

Als ich wieder zu mir komme, denke ich, dass ich wohl wieder kurz eingeschlafen bin. Ich fühle mich groggy. Verwirrt.

Gott sei Dank gibt es außerirdische Nanotechnologie, denn ich bin mir ziemlich sicher, dass meine Pussy zu diesem Zeitpunkt wund und aufgescheuert sein müsste.

Leider scheint die Nanotechnologie nichts für den Zustand meines Arsches zu tun.

Autsch.

Ich greife nach hinten, berühre meine heißen Backen und stoße zischend einen Atemstoß aus. Die Schläge tun wirklich viel mehr weh, als ich dachte.

"Ich hoffe, du hast deine Lektion gelernt", sagt Arkdhem schläfrig, zieht mich an seine Seite und lässt seine Hand nach unten gleiten, um meine Pobacke zu umfassen. Das Nano-tech-Höschen weicht für seine Hand zurück, sodass er die ganze rote Erhebung ertasten kann und ich zische wieder und winde mich gegen ihn, als der stechende Schmerz aufflammt.

"Ja, das habe ich", antworte ich. Ich habe gelernt, dass ich mich besser nicht erwischen lassen sollte, denn Prügel sind nicht annähernd so lustig, wie ich sie mir vorgestellt hatte. Zumindest nicht, wenn es um Disziplinarmaßnahmen geht. Ich hätte viel lieber eine lustige Tracht Prügel. Obwohl, der Rest war lustig... aber später auf meinem wunden Hintern zu sitzen, wird es nicht sein.

Also, ja. Keine verlockenden Prügel mehr, nur um des Prügelns willen.

"Möchtest du jetzt deine Tour durch das Schiff machen?" Arkdhem grinst, als ich mich sofort aufrichte und ein weiteres lautes Wimmern ausstoße, als mein Gewicht meinen Hintern gegen das Bett drückt. *Aua, aua, aua.*

"Ja, das würde ich gerne", entgegne ich zaghaft und tue so, als ob mich sowohl das erneute Pochen in meinen Backen als auch seine Belustigung nicht stören würden.

KAPITEL 7

M *arta*

Ich ziehe mein Gewand an und begleite Arkdhem zur Tür hinaus und zurück auf den Flur. Wie zuvor ist dieser Korridor leer.

"Hier befinden sich die Schlafräume", sagt er und bestätigt damit meine Vermutung. Gut zu wissen, dass ich nicht durchgedreht bin, nur weil man mir das Hirn rausgefickt hat.

Als wir durch die Korridore schreiten, wer weiß wohin, lege ich meinen Arm um seinen, während Arkdhem anfängt, mich auszufragen.

"Was hast du auf der Erde gemacht?"

"Meinst du meine Arbeit? Das ist es, womit ich die meiste Zeit verbracht habe." Es lag in der Natur der Sache, dass ich nicht viel Zeit für andere Hobbys als das Lesen gehabt hatte. Meinen E-Reader konnte ich problemlos überallhin mitnehmen und wenn ich ihn nicht dabei hatte, konnte ich immer auf die App auf meinem Handy zugreifen. Ich habe mir in den Kopf gesetzt, mir den Bücherstapel von Arkdhem einmal anzusehen.

"Ja. Dawn war Yogalehrerin und Pareena war Psychologin. Was hast du gemacht?"

Daran erinnere ich mich aus den Akten, die Frllil über sie hatte. "Ich war eine investigative Journalistin. Ich bin Hinweisen auf Geschichten nachgegangen und habe darüber berichtet." Plötzlich schießt mir eine Frage durch den Kopf. Arkdhem spricht oft von Dawn und Pareena und ich dachte, es läge daran, dass sie bisher die einzigen Menschen waren, die sich den Tsenturion angeschlossen haben, aber jetzt wird mir klar, dass er auf eine sehr vertraute Art über sie redet. "Verbringst du viel Zeit mit Dawn und Pareena?"

"Ja. Wir sind befreundet. Und ich war Dawns Wächter, als sie das erste Mal hier war." Er lächelt liebevoll und ich spüre einen kleinen Anflug von Eifersucht. "Du wirst sie kennenlernen, wenn wir zur Flotte zurückkehren." Sein Lächeln flackert ein wenig. Will er nicht, dass ich sie kennenlerne? Wie nahe standen sie sich?

Ich komme jedoch nicht dazu, eine dieser Fragen zu stellen, da ich zum ersten Mal, seit wir die Tour angefangen haben, viele Stimmen höre.

"Hier essen wir", informiert mich Arkdhem und führt mich weiter. Die Türen öffnen sich zu einem großen Raum, in dem viele Tsenturion-Krieger versammelt sind, die alle sitzen und essen. Das Essen riecht anders, aber das stört mich nicht. Alles, was ich vorher gegessen habe, war köstlich und so oft ich auch auf der Erde gereist bin, es hat mir immer Spaß gemacht, neue Speisen zu entdecken.

Allerdings würde ich jetzt auch für eine Pizza töten.

"Willst du reingehen?", fragt er.

"Ich bin immer noch satt von vorhin." Ich schüttle den Kopf. Ehrlich gesagt, könnte ich wahrscheinlich ein wenig essen, aber es hat etwas Einschüchterndes, einen Raum voller Krieger zu betreten. Wahrscheinlich ist es die Tatsache, dass mein Hintern immer noch wund ist und unter meinem Kleid leicht brennt. Ich will nicht, dass sie alle sehen, wie ich mich zum ersten Mal nach meiner Bestrafung wieder hinsetze.

Und vielleicht fühle ich mich immer noch ein wenig verletzlich wegen der Prügel.

Aber wenn mich jemand danach fragen würde, würde ich es bis ins Grab leugnen.

Zufrieden mit meiner Antwort, führt mich Arkdhem weiter.

"Erzähl mir mehr über den Beruf der Enthüllungsjournalistin. Was ist das genau?"

Ich lache und erkläre es ihm, während er mich weiter den Korridor entlang führt und ich ihm einige der Geschichten erzähle, die ich aufgedeckt habe, über die Preise, die ich gewonnen habe. Ein Gefühl von Stolz erfüllt mich, wenn ich daran denke, wie viel ich geschafft habe, aber auch Traurigkeit, weil es nun vorbei ist. Aber ich erinnere mich daran, dass es hätte vorbei sein können, weil ich gestorben wäre. Stattdessen bekomme ich eine neue Chance, woanders etwas zu bewirken.

Ich muss nur noch herausfinden, wie.

"Dies ist unser Trainingsbereich", sagt Arkdhem und ich halte in meinen Erzählungen inne, um ihn zu betrachten. Ein paar halbnackte Tsenturion-Krieger ringen auf einer Matte in der Mitte, während einige andere so etwas wie Trainingsübungen an den Rändern des Raumes vollführen. Verdammt. Vielleicht brauche ich keine Bücher zur Unterhaltung, ich kann einfach herkommen und mir das ansehen.

Nicht, dass ich an irgendjemanden interessiert wäre, außer Arkdhem, aber das ist eine Menge Augenweide, die man genießen kann.

"Ich verstehe nicht", sagt Arkdhem nach einer langen Minute.

"Was?" Ich reiße meinen Blick von der sexy Zurschaustellung außerirdischen Fleisches los. Wenn diese Typen auf die Erde kämen, hätten sie genug Freiwillige, die ihnen Tribut zollen würden. Ha!

"Ich verstehe das nicht. Du begibst dich regelmäßig in Gefahr, damit du anderen von den schrecklichen Dingen erzählen kannst, die manche Menschen tun?"

Das ist eigentlich eine ziemlich gute Zusammenfassung meiner Arbeit, er versteht es sehr gut. "Jep."

"Aber warum? Warum sich in Gefahr begeben? Du warst doch keine Soldatin."

Oh, okay. Kulturelle Unterschiede. Damit kann ich umgehen. Ich musste mich in meinem Job ständig damit auseinandersetzen, vor allem als Frau. Ganz zu schweigen von all den Leuten zu Hause, die das auch nicht verstanden haben, weil sie sich Sorgen um mich gemacht haben, wie meine Mutter.

"Weil ich etwas verändert habe. Meine Artikel deckten Geheimnisse auf und zeigten die wahre Seite von mächtigen Leuten, die zu Fall gebracht werden mussten. Meine Artikel haben dazu geführt, dass einige Unternehmen ihre Politik geändert haben, um ihren Mitarbeitern bessere Bedingungen zu verschaffen. Einige, die die Umwelt verschmutzten und die Menschen krank machten, mussten dafür Strafen bezahlen und ihr Verhalten ändern, und einige von ihnen sind seither vom Markt verschwunden. Die Regierungen haben ihre Gesetze geändert. Ich habe nicht nur die Wahrheit aufgedeckt, ich habe auch etwas bewegt und die Welt verändert – es waren gute Veränderungen, die den Menschen geholfen haben." Meine Traurigkeit darüber, dass ich das nicht mehr tun kann, erfasst mich erneut, aber ich verdränge sie.

Ich kann nichts dagegen ausrichten. Jemand anderes wird ihnen jetzt helfen müssen. Hoffentlich wird man sich an mich für all das Gute erinnern, das ich getan habe, bevor ich verschwunden bin. Ich sehe auf und bemerke, dass Arkdhem mich anstarrt.

"Was?"

"Du bist noch erstaunlicher, als ich ahnte."

Ich kann ihm nicht sagen, was diese Worte für mich bedeuten - nicht, dass ich die Zeit dazu hätte. Sein Mund senkt sich auf den meinen, küsst mich fast verzweifelt und im nächsten Moment werde ich in seine Arme gerissen. Er drückt mich an seine Brust, als wären wir auf dem Cover eines Liebesromans und bringt mich zurück in sein Quartier, während ich wie verrückt kichere.

Es ist erstaunlich, dass meine Vagina durch die ganze Reibung noch nicht Feuer gefangen hat, aber das hat sie nicht.

Die Türen zu Arkdhems Quartier gleiten auf und im nächsten Moment hüpfe ich auf unser großes Bett. Ich schreie auf, als meine gezüchtigten Backen die Bettdecke berühren. Ich bin immer noch wund von der Tracht Prügel.

Ich drehe mich auf Hände und Knie und beginne, das Bett hochzukriechen, aber mein großer goldener Gefährte packt mich an den Knöcheln und zieht mich wieder herunter. Bei seinem Anblick, wie er in seiner vollen Rüstung über mir thront, zieht sich meine Muschi zusammen. Sein Blick ist heiß und absichtlich auf meinen gerichtet, als er mich auf das Bett zieht und meine Beine spreizt. Ich versuche, meine Füße in die Matratze zu stemmen, um meine Hüften nach oben zu drücken und den Druck von meinem armen Hintern zu nehmen, aber er manövriert mich auf den Rücken und hinunter zur Bettkante, wo er sich hinkniet. Seine Handflächen umschließen meine Hinterbacken und er drückt zu. Ich wimmere, kann aber nicht leugnen, dass das Stechen meine Erregung weckt. Meine Pussy ist völlig glitschig, bereit für ihn. Er klemmt sich zwischen meine Knie und wirft die hauchdünnen Kleidungsstücke, die ich trage, aus dem Weg.

Etwas reißt und er grunzt, fast knurrt, als er den Rest zerreißt.

Ich liege flach auf dem Rücken, meine Bauchmuskeln spannen sich an, als ich beobachte, wie er die Kontrolle übernimmt. Meine Beine sind weit gespreizt um seine schlanke Masse. Der Braut Trainer zieht sich zurück, um ihm meine Muschi zu zeigen. Seine Nasenlöcher weiten sich, als er meinen Duft einatmet. Ich winde mich, aber seine linke Hand kommt an meinen Innenschenkel und hält mich offen. Mit der rechten spreizt er meine Schamlippen mit zwei Fingern und beugt sich vor, als würde er mein offenes Geschlecht studieren. Ich triefe.

"Meister", flüstere ich und meine Stimme wird heiser. Er hat mich nicht ausdrücklich angewiesen, ihn jedes Mal "Meister" zu nennen, wenn wir im Schlafzimmer sind, aber es ist heiß und er mag es definitiv. Und wenn er glücklich ist, ist er eher geneigt, mich glücklich zu machen, oder?

"Leg dich zurück", befiehlt er.

Ich gehorche und hebe meine Hände über meinen Kopf, so wie ich weiß, dass es ihm gefällt. Die Bewegung drückt meine Brüste nach oben. Meine Brustwarzen sind noch wund von der vorherigen Behandlung, rosa und geschwollen.

"Braves Mädchen", schnurrt er. Sein Daumen streicht über meine Schamlippen.

Der Braut Trainer erforscht meinen Hintern erst sachte, dann immer intensiver, bis er mein intimes Loch dehnt. Ich stöhne. Arkdhem klopft auf den harten Plug.

"Bald werde ich dich hier auch nehmen", verspricht er. Ich greife automatisch nach unten, um meinen Arsch zu bedecken, während er weiterhin meine Muschi streichelt.

Meine Beine wollten sich automatisch schließen, aber die Masse seiner Schultern ist im Weg.

"Nein, nein", sagt er mit einem verruchten Lächeln. Er ist

wirklich ein heimlicher Sadist. "Halte deine Beine offen", befiehlt er.

Ich balle meine Hände an die Seiten und zwinge mich, mich zu entspannen, während er meine Muschi berührt und den Handballen gegen meinen Kitzler reibt. Seine Hand hebt und senkt sich und versohlt mich einmal, aber nicht zu hart. Ein kräftiges, schweres Streicheln folgt.

Ich halte meine Beine offen, meine Augen sind auf seine gerichtet.

"Braves Mädchen." Seine Hand fällt wieder, dieses Mal mit einem härteren Schlag auf meine Mitte. Meine Beine zittern, ich wölbe meinen Rücken und knirsche mit den Zähnen. Ich spüre die Wucht des Schlags, aber das Gefühl wird durch die Stimulation meiner Klitoris verzerrt. "Mein gehorsamer Tribut." Er stößt zwei Finger in meine Muschi. "Es ist Zeit für mehr Training."

* * *

Arkdhem

Nach nur zwei Tsenzyklen bin ich beeindruckt, wie gut meine Marta ihre Ausbildung angenommen hat. Sie hat gelernt, sich mir gegenüber zu öffnen, ihre Hände sind durch meinen Willen gebunden.

Sogar jetzt liegt sie mit ausgestreckten Armen über mir, offen für mich. Ihre Brustwarzen sind rot und geschwollen vom Zwicken durch den Braut Trainer. Bei diesem Anblick möchte ich meinen Kopf senken und über die gequälten Knospen streicheln, um sie zu beruhigen und sie von den Qualen zu befreien. Ich bringe es nicht über mich, zu bedauern, dass ich ihr ein kleines bisschen Schmerzen bereitet habe. Ihre Muschi wird so feucht, wenn ich ihr kleine Dosen Schmerz zufüge, der bittere Biss mildert die endlose Süße unserer Intermezzi. Sie reagiert so gut auf den präzisen

Schmerz und ich lebe für ihre Reaktionen: das Weiten ihrer Augen, das Erröten ihrer goldenen Haut, die Art und Weise, wie sie auf ihre vollen Lippen beißt oder ihren Mund öffnet, um heisere, aus voller Kehle kommende Schreie auszustoßen.

Diese Session wird nicht einfach für sie sein. Ich beabsichtige, die Grenzen ihres Körpers auf die köstlichste Weise zu testen. Ein Körper wie der ihre wurde gemacht, um angebetet zu werden und ich habe vor, genau das zu tun, indem ich sie bis an die Grenze des angenehmen Schmerzes und des schmerzhaften Vergnügens bringe, die sie ertragen kann.

Glücklicherweise habe ich die Handbücher oft studiert und kenne sie gut. Mein umfangreiches Wissen wird es mir ermöglichen, ein Erlebnis zu schaffen, das keiner von uns vergessen wird.

Zu Beginn befehle ich dem Braut Trainer, einen dünnen Faden zwischen ihren Brustwarzen zu formen. Ich stelle mir den Gegenstand vor, über den ich in den Handbüchern gelesen habe, bis die Nanotechnologie das schafft, was ich will: eine zarte Kette, die die zwickähnlichen Abschnitte verbindet, die ihre Brustwarzen beanspruchen. Sobald sie geformt ist, ziehe ich leicht daran. Ihr Körper zittert unter dem neuen, schockierenden Gefühl, ihr Rücken wölbt sich schön, um den Druck von ihren beanspruchten zarten Knospen zu nehmen.

"Halte deine Arme über deinem Kopf, gefesselt durch meinen Willen. Und öffne deinen Mund", befehle ich ihr sanft und klemme die Kette zwischen ihre Zähne. Wenn sie ihr Kinn hochreißt, werden ihre Knospen noch stärker eingeklemmt und sie wird gezwungen, sich an ihrer eigenen Folter zu beteiligen.

Nachdem ich mich um ihre Brustwarzen gekümmert habe, lasse ich mich hinunter, um ihre Mitte zu betrachten. Die rosa Lippen sind geschwollen und glitschig unter dem dunklen Flaum. Ihre kleine Lustknospe beginnt, unter ihrer fleischigen Kapuze hervorzuschauen. Ich streiche mit dem Daumen über den Scheitelpunkt ihrer Falten und berühre dabei nicht ganz ihre Klitoris. Sie erzittert erneut, doch diesmal genießt sie meine Berührungen. Aber ihre Bewegung rüttelt an der Kette, die zu ihren Brustwarzen führt und ihr Seufzen verwandelt sich in ein verzweifeltes Quietschen.

Ich kann mein böses Lächeln nicht unterdrücken.

* * *

MARTA

Es ist das Lächeln, das mich auf die Spur bringt. Wenn ich irgendwelche Zweifel hatte, wischt dieses herrlich böse Grinsen sie weg. Arkdhem ist ein verdammter Sadist. Meine armen eingeklemmten Brustwarzen sind der Beweis dafür.

Ich würde mich noch mehr aufregen, wenn er nicht so wäre, wie ich es mir vorgestellt habe: ein kuscheliger und aufmerksamer, väterlicher Dom, der mich im und außerhalb des Schlafzimmers verwöhnt, aber die Strenge aufdreht, wenn es Zeit für eine Bestrafung ist. Oder, in diesem Fall, zur Belustigung. Sogar mit frisch versohltem Hintern ist mein Körper heiß und begierig auf alles, was der unnachgiebige Alien Daddy noch austeilen will.

Ich starre an meinem Körper hinunter auf Arkdhem und halte meine Arme immer noch hoch. Er berührt leicht meine Muschi und ich verkrampfe mich, um mich nicht zu sehr zu bewegen und meine Brustwarzen nicht zusätzlich zu belasten. Mein Körper erwärmt sich bereits, meine Mitte tropft in Erwartung von erotischem Schmerz und Vergnügen.

Das nächste, das ich spüre, ist, wie sich der Plug in meinem Hintern formt, tief eindringt und immer dicker wird, bis er meinen Arsch so weit dehnt, dass ich nur noch daran denken kann. Die Temperatur im Raum ist um zehn

Grad angestiegen. Ich zucke leicht zusammen, dann wimmere ich, als ich mich daran erinnere, was die Bewegung mit meinen Brustwarzen macht. Scheiße.

Immer noch grinsend, spießt Arkdhem meine Pussy mit einem langen Finger auf, dreht ihn und streichelt die Innenseite meiner Wand, um meinen G-Punkt zu finden. Nach ein paar Augenblicken, in denen er mein inneres Gewebe massiert, beginnen Wellen der Lust durch mein Inneres zu schwappen. Das Gefühl breitet sich von der Quelle in meinem Unterleib aus.

Er legt seinen Mund über meine Schamlippen und erforscht meinen Eingang mit seiner Zunge, während er gleichzeitig die gleichmäßige, tiefe Massage mit seinem angewinkelten Finger fortsetzt.

Ich stöhne um die Kette in meinem Mund herum. Das Gefühl in meiner Pussy wird intensiver und mein Kopf gleitet automatisch zurück. Die Bewegung schickt einen neuen Schmerzensstoß von meinen eingeklemmten Brustwarzen nach oben. Ich stöhne wieder, dieses Mal aus Protest.

Arkdhem grinst und ergreift meine Beine, als ich versuche, sie zu schließen.

"Das ist Teil deines Trainings", sagt er. "Du bist so gut, aber nach einigen weiteren Malen wirst du perfekt sein. Behalte die Kette im Mund", befiehlt er. "Und komm nicht ohne Erlaubnis. Ich werde sie dir nur geben, wenn du bettelst, aber wenn du die Kette aus dem Mund nimmst, wirst du bestraft."

Das ist nicht fair! Ich schneide ihm eine Grimasse. Er wird sein Bestes tun, damit ich komme und wenn ich komme, ohne um Erlaubnis zu fragen, bekomme ich Ärger. Aber wenn ich den Mund aufmache, um zu betteln, werde ich die Kette verlieren. Er ist teuflisch.

"Zur Strafe werde ich deine Muschi versohlen", fährt er fort.

Bei diesem Gedanken verkrampft sich mein Körper und eine neue Welle der Hitze durchströmt mich. Offensichtlich finde ich den Gedanken an eine versohlte Muschi superheiß.

"Also, was wird es sein, meine Marta? Wirst du ein braves Mädchen sein? Oder wirst du dich einem oder beiden meiner Befehle widersetzen?" Sein Daumen findet meinen Kitzler, während sein Zeigefinger meinen G-Punkt reibt. Währenddessen schwillt der Plug in meinem Hintern an und füllt mich bis zu dem Punkt, an dem meine Muschi vor Verlangen krampft. Mein versohlter Hintern pocht als Kontrapunkt und ich wimmere.

"Soll ich dich festbinden?", fragt er und klingt dabei fast fürsorglich. Als ob er mich zu meinem Vorteil fesseln würde.

"Nnnnh", antworte ich. Ich werde meine Arme selbst oben halten. Er vertraut darauf, dass ich seinem Willen folge und aus irgendeinem Grund möchte ich ihn nicht enttäuschen.

"Was war das?" Er bewegt sein Ohr näher.

Scheißkerl. Ich knirsche mit den Zähnen und schüttle den Kopf in einer leichten Bewegung, um nicht an den Brustwarzen zu ziehen.

Arkdhems Augen glänzen, als er seinen Kopf senkt, um erneut meine Klitoris zu lecken. Ich kann nur mit Mühe meine Arme über meinen Kopf strecken. Durch den Druck in meiner Muschi und die feuchte Zunge an meinen Schamlippen baut sich mein Orgasmus unaufhörlich auf. Selbst die raue Hitze in meinem Hintern verstärkt die Intensität. Ich schüttele den Kopf, als ob ich es leugnen könnte und die Bewegung zieht an meinen Brustwarzen. Der scharfe Schmerz lässt meine Synapsen kurzschließen und löst eine weitere Welle der Erregung aus. Ich beiße die Zähne zusammen und kämpfe dagegen an, was die Empfindung nur noch steigert.

Arkdhem hält mitten im Lecken inne. "Bist du ein braves Mädchen?"

Ich nicke und ignoriere die Art und Weise, wie diese Bewegung meine Brüste mit der Klammer zum Wackeln bringt. Ich wimmere um die Kette in meinem Mund herum und schaue schmollend auf Arkdhem herab.

Es nützt nichts. "Komm erst, wenn ich es dir erlaube", erinnert mich der große goldene Bastard. Seine Zunge streicht über meine Klitoris und sein Finger dreht sich tief in meiner Muschi. Ich spüre, wie sich die ganze Galaxie dreht. In all meinen wildesten Fantasien, in denen ich mir eine Heldin vorstellte, die von einem großen Außerirdischen sexuell gequält wird, hätte ich mir das nie ausmalen können.

Ich gebe ein angestrengtes Geräusch von mir, das ein "Bitte" wäre, wenn ich nicht so gehorsam wäre und die Kette zwischen meinen Zähnen halten würde.

Dieses Mal klappt es. Arkdhem erhebt sich und zieht seinen Finger aus meiner Muschi. Mein Orgasmus ist immer noch nah, aber er steht nicht so unmittelbar bevor, wie er es wäre, wenn er mich weiter lecken und penetrieren würde.

"Gutes Mädchen. Das hast du sehr gut gemacht." Er reißt mir die Kette von den Lippen. Ich bin erleichtert, bis ich merke, dass er dem Braut Trainer befohlen hat, eine weitere Kette zu legen, die eine Klammer bildet, die er direkt über meine Klitoris legt.

"Nein", keuche ich. Zu spät. Er bringt die Klemme direkt an meiner Klitoris an. Das Zwicken lässt meine Zähne knirschen. Meine arme, geschwollene Klitoris pulsiert.

"Atmen", rät er mir.

"Atme du doch", schnauze ich zurück. "Ich kann nicht glauben, dass du..."

Er hält mir etwas an den Mund und presst es mitten im Satz zwischen meine Lippen. Es ist Nanotechnologie, ähnlich dem Braut Trainer und es füllt meinen Mund und fließt um meinen Kopf herum und bildet eine Art Knebel.

"Arschloch!", murmle ich, aber zum Glück ist das Wort gedämpft.

"Pssst." Arkdhem tippt auf die Schrift auf dem Knebels und sieht zufrieden aus. Ich blende ihn aus. Ich bin in jedem Loch ausgefüllt. Meine Brustwarzen pochen in ihren Klammern. Mein Bauch spannt sich immer noch gegen das Zwicken an meiner Klitoris, aber das Gefühl ist nicht so schlimm. Das Stechen konkurriert mit dem gedehnten Gefühl meines vollen Afters und dem leichten Brennen meines versohlten Hinterns. Wenn ich eine Rangfolge der Beschwerden aufstellen müsste, stünden an erster Stelle die Innen- und Außenseite meines Arsches, dann mein eingeklemmter Kitzler und schließlich meine Brustwarzen. Zuletzt der Knebel, obwohl er eher lästig ist als alles andere. Er hält mich davon ab, Arkdhem zu verfluchen, was mich vielleicht vor einer Bestrafung bewahrt. Das ist also gut, denke ich.

"Schön", haucht er direkt auf meine Muschi. "Ich sollte dich jeden Tag so anziehen. Du wirst die Kette, die Klammern und den Knebel tragen. Oh, und deinen Plug. Sonst nichts."

Ich grummele hinter dem Knebel, auch wenn der Gedanke daran irgendwie heiß ist. All die Empfindungen mischen sich in meinem Körper, überlaufen ihn. Arkdhem streichelt wieder meine Pussy, nahe an meinem Kitzler und das Unbehagen, das ich vorhin festgestellt habe, verschwindet, verschluckt von dem schreienden Bedürfnis zu kommen.

"Ich würde gerne etwas ausprobieren." Er steht auf und geht an die Wand. Sein Körper blockiert den Replikator, aber ich kann sehen, dass er etwas erschafft. Und was jetzt?

Er kommt mit einem langen, schmalen, schilfrohrähnlichen Stock zurück, an dessen Ende sich eine teebeutelförmige Klappe befindet. Eine nachgebildete Version einer Reitgerte.

"Ich habe davon gehört." Er schleudert sie durch die Luft und testet die Lederklappe an seinem Bein.

Er ist jetzt prachtvoll nackt. Mit der Reitpeitsche sieht er aus wie die außerirdische Version eines sadistischen Lords in einem erotischen viktorianischen Roman. Ich hatte ein paar wenige erotische historische Bücher auf meinem E-Reader. Jetzt, so scheint es, werde ich eine der Szenen miterleben.

Arkdhem tippt mit dem Ende der Gerte auf meine Brust, stupst damit meine Brustwarze an und reizt meinen Kitzler. Ich kann nicht sagen, ob das Gefühl Qual oder Ekstase ist, aber das spielt keine Rolle - durch eine seltsame Alchemie verstärkt es meinen sich aufbauenden Orgasmus.

Automatisch senke ich meine Hände, um mich zu schützen und Arkdhem stöhnt. "Böses Mädchen. Bleib in Position."

Ich gehorche. Ich beiße auf den Knebel und versuche, die aufsteigende Spannung in meinem Inneren unter Kontrolle zu halten.

"Dafür sollte ich dich bestrafen", sagt er ganz beiläufig. So arrogant. Genau wie ein viktorianischer Lord. "Ich frage mich... kannst du deine Arme oben lassen, wenn ich das tue?" Er berührt mit der Gerte seine Lippen. Ich verkrampfe mich. Die Gerte fällt direkt auf meine Muschi.

WAP!

Ich verkrampfe mich, bewege aber meine Hände nicht. Der Ruck lässt mich zusammenzucken und meine Brüste hüpfen.

"Gut gemacht", sagt Arkdhem nachdenklich. "Noch zwei."

WHAP! WUMM! Er lässt mir keine Zeit, mich vorzubereiten. Aber es ist schön, sie hinter sich gebracht zu haben.

"Sehr gut", schnurrt er. "Du hast es verdient, belohnt zu werden."

Er nickt königlich und von irgendwoher strömt Nanotech und fesselt meine Knöchel und Handgelenke. Wahrscheinlich kein gutes Zeichen.

Sobald ich vollständig gefesselt und hilflos bin, überprüft Arkdhem die Fesseln und tritt ans Ende des Bettes. Ich habe das Gefühl, dass er sich eine bestimmte Fantasie erfüllt.

"So schön." Er stupst meine Pussy mit seiner Gerte an. Er lehnt sich zurück, als ob er darauf warten würde, eine Show zu genießen.

Auf einen leisen Befehl hin öffnen sich die Klammern an meinen Brustwarzen und meinem Kitzler und fallen ab.

"Nnnnn!", schreie ich hinter dem Knebel. Doch es ist zu spät. Das Blut strömt in meine zarten Knospen und es nützt nichts, der Orgasmus, den ich zurückgehalten habe, ist jetzt ein Tsunami an Emotionen. Er schwappt über mich hinweg und lässt mich beben. Mein Anus krampft sich bei jeder atemraubenden Welle um den Plug, aber meine Muschi schreit immer noch danach, gefüllt zu werden. Es ist zu viel Gefühl und doch nicht genug.

Das macht mich kaputt. Wäre ich nicht gefesselt, würde ich mich zu einer Kugel zusammenrollen. Tränen sickern aus meinen Augenwinkeln. Ich keuche um den Knebel herum und plötzlich ist er verschwunden. Ich stoße einen letzten, markerschütternden Schrei aus. Arkdhem verzieht seine Augen zu schmalen Schlitzen. Er sieht mich an wie ein Kenner, der gerade das Meisterwerk seines Lebens präsentiert bekommen hat.

Verdammter Sadist.

Und mir wird klar, was ich getan habe.

"Ich habe nicht gesagt, dass du kommen sollst", sagt er und klopft mit der Gerte gegen seine Handfläche. Er kniet sich zwischen meine Beine und drückt seine Hand auf meine Muschi. Hart.

SMACK!

Ich zucke in meinen Fesseln und heule. Meine arme Muschi wird so rot sein wie mein Arsch.

Die Gerte stupst meine Schamlippen an und schürt das Feuer, das langsam erneut aufflackert.

WAP! Der nächste Schlag mit der Gerte lässt meine Klitoris erschüttern. Unglaublich, ein Schwall von Gefühlen schießt durch mich. Es ist fast wie ein Mini-Orgasmus. In meinem Bauch wird es warm - ein Feuersturm wächst.

Arkdhem grinst, als wüsste er, was den ungläubigen Blick auf mein Gesicht zaubert. Abwechselnd versohlt er meine Muschi mit der Gerte und seiner linken Hand, bis ich nur noch keuche.

Dann klopft er mit der Gerte immer wieder auf meine Schamlippen, während er einen Finger in mich hinein- schiebt, um meinen G-Punkt wieder zu finden.

"Meister!"

"Bettle", befiehlt er und ich tue es, in einem Rausch von Worten, "Bitte. Bitte, ich werde alles tun, lass mich nur kommen..."

Er wirft die Gerte weg und geht in die Knie. Sein Mund schließt sich um meine bestrafte Muschi. Seine Zunge stößt in meinen Eingang. Lippen, Zunge, Finger, es ist alles zu viel. Ein weiterer Finger füllt mich aus und er hört lange genug auf, mich zu lecken, um zu befehlen: "Komm."

Sein Mund schließt sich um meine Klitoris und saugt. Ich komme so heftig, dass weiße Sterne hinter meinen Augenli- dern aufblitzen. Ich wölbe mich vom Bett und verrenke mich in meinen Fesseln. Meine Füße kratzen auf den Laken. Ich reite auf dem steilen Gipfel des Orgasmus und stürze in einen weiteren Orgasmus.

Und dann ist er über mich gestreckt und gleitet mit einem harten Stoß in meine triefende Mitte. Er füllt mich perfekt aus. Mit der Dehnung und dem Brennen innerhalb und außerhalb meines Arsches, ist es fast zu viel.

"Komm", befiehlt er. "Noch einmal." Und ich tue es. Meine Muschi melkt seinen Schwanz und er beschleunigt den Rhythmus seiner Hüften, ein intensiver Blick auf seinem Gesicht. Seine Stöße erschüttern meinen Körper. Ich bin zwischen den Fesseln eingeklemmt, völlig offen für ihn und unfähig, dem unerbittlichen Stoßen auszuweichen. Das Gleiten und Brennen ist genau das, was ich brauche, damit mein nächster Orgasmus sich aufbaut.

"Es ist zu viel", stöhne ich. "Ich kann nicht..."

"Du kannst. Es ist mein Wille. Komm für mich, mein Herz. Lass mich spüren, wie deine Pussy meinen Schwanz zusammenpresst."

Ich schreie und schluchze, als ein weiterer Orgasmus meinem Körper abgerungen wird, der mich erschöpft und völlig befriedigt zurücklässt.

Verdammt! Ich will denjenigen jagen, der Arkdhem die Handbücher für die Braut gegeben hat. Das beste und schlechteste Geschenk aller Zeiten.

KAPITEL 8

M arta

In den folgenden Tagen verhalten sich Arkdhem und ich wie Frischvermählte in den Flitterwochen. In diesem Fall ist der Bräutigam ein zwei Meter großer außerirdischer Krieger mit einer Rüstung, die ihre Farbe ändern und sich nur mit Kraft seiner Gedanken zurückbilden kann. Arkdhem führt mich auf dem Schiff herum und ich treffe einige weitere Offiziere. Ich kann es kaum erwarten, die beiden anderen Tribute kennenzulernen, aber bis wir uns mit ihrem Schiff treffen, genieße ich mein neues Dasein als Tsenturion-Gefährtin. Wenn Arkdhem im Dienst ist, hänge ich mit Medik herum oder bleibe einfach in meinem Quartier und schlafe. Normalerweise bin ich von den heißen Sessions und dem sexuellen Appetit meines Tsenturion-Kriegers völlig erschöpft. Natürlich will sich Arkdhem so oft wie möglich paaren - er hat seit tausend Jahren keine Frau gehabt. Und ich bin nur zu gerne bereit, ihm entgegenzukommen.

"Lass uns über das Tribut-Programm sprechen." Wir sitzen im Bad und genießen das warme Wasser nach einer weiteren Marathon-Sexsession, bei der er mich an ein speziell angefertigtes Möbelstück gefesselt hat und mich mit dem Braut Trainer gefühlte Stunden lang gefügig gemacht hat. Schließlich zwang er mich, mit einem Plug in meinem Po immer wieder zu kommen. Ich schlief ein und wachte voll gesaut auf - daher das Bad.

"Was willst du wissen?", fragt er.

"Wir sollen also einfach die gesamte tsenturionische Rasse neu erschaffen?"

Er grinst. "Hast du etwas dagegen?" Seine Hand bewegt sich, um lässig meine Brust zu umfassen. Seine Handfläche reibt über meine zarte Brustwarze und obwohl er mich gerade so oft hat kommen lassen, dass ich ihn angefleht habe, aufzuhören, baut sich bei seiner Berührung ein Druck in meinem Unterleib auf.

"Nein." In diesem Moment habe ich überhaupt keine Einwände dagegen. Sein Grinsen wird selbstgefällig, weil er es weiß. "Wer hat sich den Plan ausgedacht? Die Jabol oder Medik?"

"Die Jabol sind mit dem Plan an uns herangetreten. Und der Oberkommandierende hat zugestimmt."

Er bewegt sich leicht und nimmt seine Hand von meiner Brust. Er verkrampft sich, wenn er von Oberbefehlshaber Gavrill spricht und ich bin mir nicht sicher, warum.

"Hey." Ich rücke näher an ihn heran. "Läuft da was zwischen dir und dem Ober-Commander?"

"Was?" Er sieht mich überrascht an.

"Du siehst unbehaglich aus, wenn du über ihn sprichst."

"Bevor ich aufbrach, um dich zu holen, hatten wir ein... Missverständnis. Aber es wird sich bald aufklären."

"Missverständnis? Hat es mit mir zu tun?"

"Du bist viel zu intelligent, meine Marta."

Das ist keine Antwort. Ich drücke mich an seine Seite und er legt einen Arm um mich.

Es muss ein heilendes Serum in diesem Wasser sein, denn mein wunder Arsch und meine Muschi fühlen sich schon besser an. Noch ein paar Minuten und ich bin bereit, wieder über Arkdhem herzufallen.

Aber zuerst: Antworten.

Ich berühre sein Knie und bewundere, wie die Wassertropfen die goldene Oberfläche schimmern lassen. "Ich kann sehen, dass du über etwas verärgert bist, das du vor mir verheimlichst. Du kannst deine Gefühle nicht vor mir verbergen - ich bin ein Profi darin und erkenne es, wenn jemand anderes es tut."

"Vor mir versteckst du dich nicht."

"Du bist der Einzige", sage ich mit Nachdruck. "Ich habe mich dir gegenüber mehr geöffnet als gegenüber jedem anderen."

"Marta." Er schließt seine Hand um mein Handgelenk. Ich lasse mich auf seinen Schoß ziehen, räkle mich auf ihm. Es fühlt sich so gut an, ihm nahe zu sein, seine nackte Haut über meine gleiten zu lassen. Ich habe mich noch nie in meinem Leben bei jemandem so sicher gefühlt.

"Du kannst mit mir alles teilen", bekräftige ich und lehne mich zurück, um ihm in die Augen zu sehen. "Ich habe alle meine Erlebnisse mit dir geteilt." Und das habe ich. In den letzten Tagen - oder Tageszyklen, wie sie auf dem Schiff genannt werden - habe ich alles über mein Leben erzählt. Es ist erstaunlich, dass ich mich so wohl dabei fühle, mich jemandem zu öffnen, den ich gerade erst kennen gelernt habe. Aber vielleicht ist das eine Nebenwirkung der Nahtoderfahrung.

Ich erzählte ihm von meiner Arbeit und meinem früheren Leben, von den gefährlichen Situationen, in die ich geraten war. Wie ich das Gefühl hatte, immer wieder mein Leben riskieren zu müssen, weil ich sonst das Erbe meines Vaters im Stich lassen würde, aber gleichzeitig die Schuld auf mich nahm, weil ich meiner Mutter ständig Sorgen bereitete.

Ich habe mich emotional entblößt und mich bei Arkdhem nackter gefühlt als mit jedem anderen. Aber er hat das alles akzeptiert. Ich werde dasselbe für ihn tun.

"In all meinen Jahren als Soldat habe ich jeden Befehl meines Oberbefehlshabers befolgt - bis auf einen. Aber eine einzige Ungehorsamkeit reicht aus, um meine Akte zu trüben. Ich hoffe, dass ich das mit der Zeit wieder gutmachen kann."

Welchen Befehl hast du missachtet? Es liegt mir auf der Zunge zu fragen, aber er drückt mir auf den Hintern - der immer noch etwas weh tut - und sagt: "Du hast dich nach dem Tribut-Programm erkundigt." Er wechselt das Thema, aber ich lasse ihn gewähren, weil ich tatsächlich mehr darüber erfahren will. Ich notiere mir, dass ich ihn später mehr über Commander Gavrill ausfragen werde.

"Der Commander hat anfangs nicht die ganze Besatzung über das Tributprogramm informiert. Wir hatten nicht viel Hoffnung, kompatible Partnerinnen zu finden. Die Jabol glauben, dass Menschen und Tsenturion einen gemeinsamen Vorfahren haben. Aber wir wussten nicht, ob die Tests, die sie aus der Ferne durchführten, korrekt waren, bis wir den ersten Tribut erhielten."

"Aber jetzt weißt du, dass wir kompatibel sind?"

"Ja", entgegnet er schlicht. Was dem Thema nicht gerecht wird. Es gibt viele Dinge zu bedenken - die Kompatibilität zwischen Mensch und Außerirdischem, wie die Schwangerschaft verlaufen wird und außerdem: Wie viele Babys sollen wir drei Tribute denn ihrer Meinung nach bekommen? Es gibt noch mehr Wissenswertes zu dieser Geschichte.

Aber wenn ich an Arkdhem denke, der all die Jahre allein auf mich gewartet hat, wird mir ganz warm ums Herz. Ich möchte eines Tages Kinder mit ihm haben. Es wird sicher Spaß machen, sie zu machen.

"Was halten die anderen Tribute von all dem?"

Er macht eine Pause, bevor er antwortet, sein Gesicht ist nachdenklich. Er nimmt meine Fragen ernst, was ich zu schätzen weiß. Und er scheint nie müde zu werden, anders als meine Ex-Freunde, die von jemandem eingeschüchtert zu sein schienen, der immer nach der Wahrheit sucht, die unter der Oberfläche liegt.

"Es gab eine Anpassungsphase", beginnt er vorsichtig. "Für beide von ihnen. Aber jetzt kümmern sie sich wirklich rührend um ihre Gefährten." Er verzieht schmerzhaft sein Gesicht, als er das sagt und ich kann mich nicht zurückhalten, seinen Kiefer zu berühren.

"Ich bin sicher, dass es ihnen ziemlich leicht gefallen ist, wenn deine Freunde so wunderbar sind wie du."

"Danke, meine Liebe", entgegnet er. Der zärtliche Ausdruck in seinen Augen lässt meine Brust sich auf die beste Weise zusammenziehen. Manchmal spüre ich, dass er mich fast ehrfürchtig ansieht. Ich muss ihn nicht ansehen, um zu wissen, dass er an mich denkt.

Es ist erstaunlich, sich so schnell mit jemandem verbunden zu fühlen - und auch ein bisschen unheimlich. Ich muss mit jemandem darüber reden - mit jemandem wie mir.

"Ich kann es kaum erwarten, Dawn und Pareena zu begegnen", sage ich. "Wann treffen wir uns mit ihnen?"

Arkdhems Schultern verspannen sich wieder, als er antwortet: "Bald." Die Farbe seines Anzugs und seiner Haut ist jetzt leicht verblasst. Er will nicht mehr darüber sprechen. Es ist erstaunlich, wie schnell ich die winzigen Veränderungen in seinem Gesichtsausdruck und in der Farbe seiner Rüstung wahrnehme und auf diese Weise seine Emotionen lesen kann.

"Okay", betone ich, damit er sich entspannt. "Keine

weiteren Fragen." Er will diesen Moment genießen und ehrlich gesagt, will ich das auch.

Ich fahre die glatte Kante seiner Schulter nach. Ich bin mir nicht sicher, ob es sich bei dem gehärteten Fleisch um Muskeln oder Nanotechnologie oder eine Kombination aus beidem handelt. Es ist faszinierend und ich notiere mir, dass ich Rhodian mehr über die Bio-Nanotechnologie fragen werde. Ich wünschte, ich hätte Frllil stärker darüber ausgefragt, aber ich wusste nicht genau, was es war, bis ich es selbst sah.

"Meine neugierige Gefährtin." Arkdhem streichelt mein Kinn und küsst meine Wange. Ich rutsche auf seinen Schoß. Im Wasser saugen sich seine *Seela* an meiner Hüfte fest und ziehen mich näher heran. In ein paar Minuten werde ich mich auf seinen Schwanz spreizen und uns zu einem weiteren Höhepunkt reiten. Aber im Moment ist es schön, einfach nur zu kuscheln. Und zu erforschen.

Arkdhems große Hände gleiten um meinen Hintern und stützen mich, während ich meine Handflächen an seine Schultern lege. Seine Haut ist wieder blassgolden und dunkelt weiter unten zu einem satteren Bronze nach. Unter meinen Fingern spielen Farbschimmer über seine Haut, als würde er auf meine Berührung reagieren.

"Wie ist es denn so?" murmle ich.

"Wie ist was?", fragt er und ein leichter Zug auf seinen Lippen verrät mir, dass er sich darüber amüsiert, dass ich mein Versprechen, keine Fragen zu stellen, nicht länger als eine Minute halten konnte.

Mit meinem Zeigefinger jage ich eine Wasserperle über die glatte Fläche seines Brustmuskels.

"Damit zu leben, dass alle wissen, was man fühlt." Der Wassertropfen verschwindet in einer glatten Rille zwischen seinen Brustmuskeln. Ich streiche mit meiner Handfläche über seine Brust und ein Rotton folgt meiner Hand: violett mit rosa und ein wenig golden, wie ein Sonnenuntergang. So kann man seine Gefühle zeigen.

"Es gibt einige unter uns, die ihre Gefühle lieber verbergen", erwidert Arkdhem amüsiert. "Ich fand es immer besser, ehrlich zu sein."

"Und du?" Ich lasse meine Hand tiefer gleiten und Arkdhems Bauchmuskeln spannen sich an und werden zu Stahl. "Bist du jemals in Versuchung zu lügen? So zu tun, als ob du etwas Bestimmtes empfindest, obwohl du in Wirklichkeit etwas anderes fühlst", stelle ich klar.

Er ergreift meine Hände und hält sie zwischen uns gefangen. "Ist es das, was du tust? Deine Gefühle verstecken, damit du sie nicht fühlst?"

"Nein." Ich drücke unsere gemeinsamen Hände an mein Schlüsselbein. "Ich spüre meine Emotionen. Sie sind eine schwere, verknotete Masse tief in meiner Mitte." Und sie werden sich nie auflösen lassen.

Er küsst meine Fingerknöchel. "Vielleicht kann ich dir dabei behilflich sein."

"Das bezweifle ich", antworte ich und mein Atem beschleunigt sich, als sich seine *Seela* an meinen Innenschenkeln festsaugen und mich noch fester an seinen Schwanz drücken. "Aber du kannst es versuchen."

Arkdhem umarmt meinen Hinterkopf und drückt mich für seinen Kuss an sich. Die *Seela* werden eindringlicher, ziehen meine Hüften nach unten und saugen an meinen Schamlippen, bis ich keuche.

Arkdhem hebt mich hoch und die *Seela* lösen sich kurz hintereinander von mir ab, was meinen Körper zum Beben bringt. Mein Gefährte dreht mich so, dass ich über den Rand der Badewanne gebeugt bin und meine Ellbogen auf dem breiten Rand ruhen. Die Badewanne ist nicht gefliest, sondern besteht aus dem gleichen proteinhaltigen Material wie die Schlafzimmermöbel. Es fühlt sich weicher an, mehr wie Gummi, und stützt meine Mitte.

Arkdhems Hand greift in mein Haar und zieht meinen Kopf sanft zurück. Mein Rücken wölbt sich und ich blinzle ihn aus meiner verdrehten Position an. Er fährt mit seiner Hand über meinen Po und reizt meine Schamlippen mit seinen Fingern. Ich schnappe nach Luft und erbebe in seinem Griff. Noch ein paar Streicheleinheiten an der richtigen Stelle und ich könnte kommen...

Klatsch! Seine Handfläche knallt auf meine nasse Haut. Das Wasser lässt das Geräusch lauter als sonst widerhallen. Er klatscht mit der Hand auf meine andere Backe. Noch ein paar harte Schläge, dann fährt er mit den Fingern zwischen meinen Schamlippen hindurch und streichelt mich träge.

"Du hast keine Erlaubnis zu kommen", teilt er mir mit.

"Aber ..." jammere ich, genau wie die zickige Heldin, von der ich immer angenommen habe, dass es Spaß machen würde, sie zu sein.

Klatsch! "Nein. Benimm dich."

Ein paar weitere Schläge auf meinen Hintern lassen mich fest in die Unterlippe beißen.

Nichts über einen strengen Badewannen-Daddy!

Er lässt sich Zeit, meinen Kitzler und die empfindliche Falte zwischen meinen Pobacken zu necken, dann färbt er meinen Hintern rosa. Das Wasser auf meiner Haut lässt die Schläge irgendwie noch stärker brennen. Warum ist das so? Ist das eine Sache der Physik? Ich könnte das später recherchieren - aber dann versetzt Arkdhem mir eine Reihe von Schlägen, die jeden Gedanken aus meinem Kopf vertreiben. Mein Hintern brennt und teilt seine Hitze mit meiner Muschi. Ich gehe in die Knie und Arkdhem neigt mich nach vorne, sodass ich noch hilfloser über die Badewanne gebeugt bin und mein Hintern in der Luft hängt.

Ich beiße die Zähne zusammen und versuche, nicht zu

weinen - keine Ahnung, warum es mein Ziel ist, keinen Laut von mir zu geben, es ist einfach so - als mir der Gedanke kommt: *Er versucht, mich zum Weinen zu bringen.*

Dann entweicht mir ein kleiner Laut. Kein Schluchzen, nicht wirklich, aber ein kleines Miauen des Protests? Unterwerfung? Mein Herz schmilzt ein wenig, weil ich weiß, dass Arkdhem sich so sehr um meine Gefühle sorgt, dass er versucht, mir ein Ventil zu bieten. All der Schmerz und die Spannung und das Necken meiner Klitoris sollen in einer Art Katharsis gipfeln.

Ich atme seufzend aus und Arkdhem reibt mir den Po. "Das war's." Er verpasst mir ein paar harte Schläge, die in mir nachhallen und etwas in meinem Innern erschüttern.

Ein Gefühlsausbruch, nicht ganz traurig, aber dennoch überwältigend, durchströmt mich. Der Knoten in meiner Brust löst sich und ich fühle mich leichter.

Ich merke, dass Arkdhem aufgehört hat, mich zu versohlen. Er hebt mich zurück auf seinen Schoß und wiegt mich im Wasser, wobei er mich auf eine Hüfte stützt, damit ich nicht auf meinem wunden Hintern sitzen muss. Das Wasser ist warm und es fühlt sich gut an, sich an meinen großen, starken Mann zu schmiegen.

"Geht es dir besser, mein Herz?"

"Ein wenig." Ich verziehe die Lippen zu einem Schmollmund. "Ich habe nicht geweint."

"Das ist in Ordnung." Er zieht mich näher heran. "Vielleicht beim nächsten Mal."

"Vielleicht", murmle ich. Ich bin wund und geil und ein bisschen verschnupft, aber vor allem genieße ich die Nähe zu ihm. Ich streiche mit meinem Daumen über seinen geformten Bizeps. Die Wassertropfen gleiten über seine goldene Haut und lassen sie glitzern. Unter meiner Hüfte wird sein Schwanz hart. Ich grinse vor mich hin. Jetzt kommen wir zum guten Teil.

Ein Flackern in meinem Augenwinkel lässt mich umdrehen. Jemand ist in dem Raum mit uns. Wo vorher leere Luft war, steht jetzt ein 2,75 m großer goldener Krieger in voller Tsenturion-Rüstung vor dem Bad.

Mein Schrei hallt durch den Baderaum.

Die Platten des Helms ziehen sich zurück und enthüllen das Gesicht des Zenturion. Er sieht nicht glücklich aus.

"Arkdhem", knurrt der Eindringling.

Ich rapple mich auf, bevor ich merke, dass das Bild vor uns ein wenig körnig und durchsichtig ist. Es ist niemand hier - die Figur vor uns ist eine Projektion.

Arkdhem erhebt sich in einem Schwall von Wasser. Seine große Hand umschließt mich schützend und er schiebt mich hinter sich und positioniert sich zwischen mich und die Projektion, sodass er mir mit seinem beeindruckenden Hinterteil die Sicht auf den Eindringling versperrt. Das Wasser fließt in Rinnsalen seinen Rücken und die Furchen seiner Muskeln hinunter.

"Oberbefehlshaber. Eine kurze Pause, bitte. Meine Gefährtin und ich brauchen etwas Privatsphäre."

Ich spähe um Arkdhems Hüfte herum. Das ist also Dawns Gefährte, Ober-Commander Gavrill. Er sieht doppelt so furchteinflößend aus wie in den Archiven. Seine Rüstung schimmert in einem Rot auf Schwarz, das so hell ist, dass es in meinen Augen schmerzt. Zwischen den Gesichtsplatten seines Helms sind die Augen des Oberbefehlshabers schwarz.

Das ist nicht gut.

"Du hast hundert Mikrozyklen", knurrt der Ober-Commander. "Ich werde dich in deinem Quartier treffen." Das Bild flackert und verblasst.

KAPITEL 9

A*rkdhem*

ICH SCHLIEßE DIE AUGEN, eine Art Trauer und Bedauern überkommt mich, obwohl ich beides nicht wirklich fühlen kann. Nicht, wenn es um meine Marta geht, meinen Tribut, mein Herz. Ich bereue nicht, dass ich sie geholt habe. Ich würde immer wieder die gleiche Entscheidung treffen.

Aber der Oberbefehlshaber ist schon so lange mein Mentor, der Mann, den ich am meisten beeindrucken wollte, dass ich mir nichts anderes wünschen kann, als dass es einen anderen Weg gegeben hätte. Ich wusste, dass ich ihn enttäuschen würde und hatte mich damit abgefunden, aber die Realität seines Tadels trifft mich härter, als ich dachte.

Meine Brust schmerzt und mein Kiefer verkrampft sich zusammen mit meinen geballten Fäusten. Es ist ein körperlicher Schmerz und ich wünsche mir, ich hätte ihn vermeiden können.

Hoffentlich wird er es verstehen, wenn ich Zeit habe,

direkt mit ihm zu sprechen. Immerhin hat er seinen eigenen Tribut. Seine Morgenröte. Er kennt die Anziehungskraft, die unsere Gefährten auf uns ausüben.

"Was zum Teufel sollte das denn?" Martas Stimme ist schriller als zuvor und ich öffne die Augen, um zu sehen, wie sie mit vor der Brust verschränkten Armen dasteht und mich konsterniert und besorgt anstarrt. Ich möchte sie beruhigen, aber ich weiß nicht, wie ich es anstellen soll.

"Marta, ich muss gehen. Bleib hier. Ich werde mich anziehen und mich darum kümmern." Ich werde mich dem Oberbefehlshaber erklären und dann zurückkehren, um mich ihr zu erklären. Es ist nicht so, dass ich Geheimnisse vor ihr haben wollte, aber obwohl ich die gleiche Entscheidung treffen würde, bin ich auch nicht stolz darauf, meinem Kommandanten nicht gehorcht zu haben.

"Nein." Sie springt auf. "Ich will mit dir gehen."

Die Ernsthaftigkeit in ihrem Gesichtsausdruck und ihre unmittelbare Tapferkeit durchbohren mein Herz. Ich nehme ihr Gesicht in meine Hände, beuge mich vor und streiche sanft über ihre Wangen.

"Bitte, mein Herz. Lass mich das regeln. Er ist auf mich wütend, nicht auf dich und ich möchte nicht, dass du die Last seines Zorns für mich trägst."

"Ich verstehe das nicht..." Ihre Augen bewegen sich, um über mich hinaus auf den Raum zu starren, wo die Projektion in unsere Privatsphäre eingedrungen war. Dorthin, wo das Bild des Ober-Commander gestanden hatte, das unsere Intimität unterbrochen und uns verurteilt hatte. In meiner Brust regt sich etwas, das mich fast wütend macht, aber ich weiß, dass ich derjenige bin, der ein Unrecht begangen hat. Unabhängig von meinen Gefühlen bei diesem Thema wurde mir ein Befehl erteilt und ich habe ihn missachtet.

Ich werde meine gebührende Strafe akzeptieren.

"Was ist hier los?" Martas Augen bitten mich um eine

Erklärung und ich stöhne. Wir haben keine Zeit und doch kann ich sie nicht so stehen lassen. Aber ich muss es tun.

"Marta... Ich war nicht ganz ehrlich zu dir." Mein Kiefer verkrampft sich bei diesen Worten. "Der Oberbefehlshaber hat Grund, wütend auf mich zu sein."

"Was..."

"Bleib hier und ich komme zurück, um alles zu erklären." Ich drücke ihr einen Kuss auf die Stirn, halte ihr Gesicht noch immer in meinen Händen, bevor ich sie loslasse.

"Nein, warte..."

Ich höre, wie sie mir nachruft, während ich davonschreite. Meine Rüstung umhüllt meinen Körper, während ich in den Hauptraum gehe und die Tür zum Badezimmer zwischen uns zuschlägt. Die Farbe meiner Rüstung ist ein stumpfes Grau, so ganz anders als das glitzernde Gold, das zu meiner Haut passt und das ich nun schon so viele Tage trage. Ich fuchtle mit den Händen, als ich mein Zimmer betrete und recke mein Kinn in die Höhe, als ob ich mich für nichts schämen müsste.

Falsche Angeberei, aber im Moment ist das alles, woran ich mich festhalten kann.

Ich bezweifle ernsthaft, dass mein Tribut allzu lange auf sich warten lassen wird und ich hoffe, dass ich so viel wie möglich von meiner Verkleidung aufrecht erhalten kann, bevor sie es tut.

Zum Glück ist die Projektion des Oberbefehlshabers bereits da und wartet auf mich. Seltsam, dafür dankbar zu sein, denn allein sein Anblick lässt mich ein wenig erzittern. Ich fühle mich wie ein kleines Kind, das seinem enttäuschten Vater gegenübersteht, nachdem es ihm nicht gehorcht hat. Das ist kein angenehmes Gefühl.

Seine Augen blitzen mich an, sein Kiefer krampft sich zusammen, als ich vor der Projektion stehe und vor ihm salutiere. Der Oberbefehlshaber verschwendet keine Zeit und beginnt unverzüglich, mich zu maßregeln.

"Du hattest den Befehl, auf dem Planeten zu bleiben und in meiner Abwesenheit die Kontrolle über die Flotte zu übernehmen. Du hast deinen Posten verlassen und bist Lichtzyklen entfernt, am Rande des jabolischen Territoriums, gelandet. Erkläre dich", fordert er. Jedes Wort fühlt sich durch seinen fest angeleinten Zorn schwer an und ich kann nur mit Mühe meine Fassung bewahren.

"Ich habe von Jabol die Nachricht erhalten, dass mein Tribut fertig ist." Ich stehe stramm und schaue ihm in die Augen, obwohl ich den Drang verspüre, meinen Blick zu senken. "Also flog ich hin, um meine Gefährtin zu holen. Du hast mir doch gesagt, dass der nächste Tribut mir gehören würde."

Der Anzug des Oberbefehlshabers verdunkelt sich zu einem tiefschwarzen Indigo, in dem rote Streifen aufblitzen, die die Tiefe seines Zorns anzeigen.

"Ich habe dir nicht gesagt, du sollst deine Pflichten vernachlässigen." Er knurrt die Worte. "Du hast nicht einmal eine Nachricht geschickt. Wir hätten auf diesem Planeten gefangen sein können. Wir hätten deine Hilfe brauchen können und du wärst weg gewesen. Du hast deinen Posten verlassen, obwohl du hättest abwarten sollen - oder zumindest *mit mir Kontakt aufnehmen*, damit ich die Entscheidung treffen kann. Dazu warst du *nicht befugt.* "

* * *

MARTA

Ich klettere aus dem Bad, meine Füße rutschen auf den Fliesen. Ich bin splitterfasernackt und im Gegensatz zu Arkdhem kann ich meiner Haut nicht einfach mental signalisieren, dass sie sich eine coole Tsenturion-Rüstung wachsen lassen soll. So ein Pech. Es wäre schön, einen Gedanken verfassen zu können und so schnell angezogen zu sein.

Bis ich ein passendes Gewand gefunden habe, das nicht völlig durchsichtig ist, befindet sich Arkdhem bereits in dem büroähnlichen Bereich seines Quartiers. Die Projektion des Kommandanten wirkt hier draußen noch größer und dominiert in dem großen Raum. Ist sie lebensgroß? Wenn ja, dann ist der Kommandant von Tsenturion riesig.

Die Projektion des Oberbefehlshabers verschränkt die Arme über seiner gepanzerten Brust. Er trägt sogar seinen Helm - und ein paar böse aussehende Stacheln, die aus ihm herausragen, lassen ihn noch größer erscheinen.

"Ihr wart außerhalb der Kommunikationsreichweite und ich wollte euch nicht in euren Flitterwochen stören", antwortet Arkdhem sanft. Seine Rüstung ist vollständig gepanzert, aber ohne die bedrohlichen Auswüchse, die der Oberkommandierende zur Schau stellt. Seine Haltung hat etwas, das zwischen trotzig und versöhnlich schwankt, wie ein Teenager, der versucht, seine Eltern zu überzeugen, ihm keinen Hausarrest zu geben, nachdem er sich aus dem Haus geschlichen hat. Ich muss es ja wissen, ich fand mich schon häufiger an derselben Stelle. "Ich habe geglaubt, dass die Zeit drängt, also habe ich mich nicht an das Protokoll gehalten. Du bist derjenige, der glaubt, dass man den Jabol nicht trauen kann. Anstatt sie in den Händen einer potenziell feindlichen Macht zu lassen, habe ich Corin das Kommando übertragen und bin losgezogen, um sie zu mir zu holen."

Moment, was? Eine feindliche Macht? Den Jabol kann man nicht trauen? Sicherlich nicht. Frllil ist eine der unbedrohlichsten Kreaturen, die ich je getroffen habe. Abgesehen von seiner Fähigkeit, menschliche Frauen von der Erde zu entführen und sie zu Alien-Bräuten abzurichten.

Hm.

Okay, sie könnten Recht haben, wenn es um Erdenfrauen

geht, aber wie zum Teufel können die Jabol den Tsenturion gegenüber feindlich gesinnt sein? Das widerspricht allem, was ich in den Archiven von Frllil gelernt habe.

"Wir wissen nicht, ob der Tribut bedroht war", entgegnet der Oberbefehlshaber mürrisch.

"Wir wussten nicht, ob er es nicht war", antwortet Arkdhem. "Vor allem, wenn die Jabol herausfinden, dass wir Kontakt mit den Vgotha hatten."

Was... die was?! Die Spezies, die ihr Volk zerstört hat?

Mein Kopf dreht sich hin und her, während neue Informationen mit meinem Wunsch kollidieren, zu erfahren, was zum Teufel in meinem Privatleben vor sich geht. Ich habe noch nie erlebt, dass sich mein Privatleben mit einer Geschichte überschneidet, da ich nie ein Privatleben hatte, das mir etwas wert war. Es ist sowohl verblüffend als auch nervenaufreibend für mich zu erkennen, dass ich genauso viel emotional in Arkdhem persönlich investiert habe, wie ich wissen will, was zum Teufel los ist.

Der Kommandant grunzt in widerwilligem Entgegenkommen. Die Stacheln seines Helms senken sich ein paar Zentimeter und sein Gesichtsschutz wird vollständig eingezogen.

"Arkdhem." Die Stimme des Kommandanten ist tief und müde. Er klingt, als würde er mit einem Freund sprechen. "Du hättest das Protokoll befolgen und es mir sagen sollen. Wir waren zu 35,9 Prozent der Zeit in Kommunikationsreichweite."

"Ich konnte meinen Tribut keiner Gefahr aussetzen", erklärt Arkdhem mit einem Hauch von Traurigkeit in der Stimme. Zum ersten Mal sieht er weg, blickt nach unten und ich fühle mit ihm. Er sieht so traurig aus und mir wird klar, dass es sich hier um mehr handelt als um einen Soldaten, der von seinem Kommandanten gemaßregelt wird... Vielleicht habe ich mit meinem Vergleich zwischen ihm als Teenager und seinem Vater ziemlich ins Schwarze getroffen. Es ist ihm nicht nur wichtig, was der Oberbefehlshaber von ihm denkt, sondern auch, was sein Vorgesetzter privat von ihm hält. "Wenn es Dawn wäre, hättest du dasselbe getan." In seiner Stimme liegt ein flehender Unterton.

Dawn ist der Tribut von Oberkommandant Gavrill. Es ist ein gutes Argument, aber der Mann schüttelt bedauernd den Kopf. Er lässt die Schultern hängen und dann setzt er die Maske des Kommandanten wieder auf. Die Dynamik zwischen den beiden hat sich wieder verschoben, vom Persönlichen zum Beruflichen und Angst durchfährt mich.

Dies ist schließlich eine Militärgesellschaft und es klingt, als hätte Arkdhem Befehle missachtet. Welche Art von Strafe haben sie dafür vorgesehen? Was werden sie mit ihm machen?

"Du wirst wegen Pflichtvernachlässigung disziplinarisch belangt." Wenn ein Hauch von Bedauern in der Stimme des Oberbefehlshabers liegt, ist es schwer rauszuhören. Ich beiße mir auf die Lippe und beobachte die Szene, die sich vor mir abspielt, nicht sicher, ob es hilft oder schadet, wenn ich mich einmische und etwas sage.

Arkdhem hebt die Faust zum förmlichen Gruß an die Brust und neigt den Kopf. "Ich habe nichts anderes erwartet."

"Wir hätten angegriffen werden können und du hättest uns hilflos zurückgelassen. Wir hätten alle unsere Kräfte brauchen können und du hast nicht nur deinen Posten verlassen, sondern auch andere mitgenommen, von denen keiner wusste, dass sie dich bei deiner Flucht unterstützten. Du hast ihre Unwissenheit zu deinem persönlichen Vorteil ausgenutzt. Ich kann diese Taten nicht ohne Strafmaß-nahmen durchgehen lassen. Die Besatzung muss über die persönlichen Befehle informiert werden, die ich dir erteilt habe und der Grund für deine Disziplinierung muss erklärt werden."

"Ich werde meine Strafe annehmen", betont Arkdhem. Sein Blick bleibt auf der Projektion des Oberbefehlshabers , aber seine Hand streckt sich nach mir aus. Ich schieße von meinem Beobachtungsposten, halte mein Gewand mit einer Hand geschlossen, um nicht alles zu enthüllen und nehme seine Hand mit der anderen. Arkdhem zieht mich an seinen großen Körper, meinen Rücken an seine Vorderseite. Seine Handfläche streicht über meine Brust, drückt mich an ihn und hilft mir, mein Gewand geschlossen zu halten. "Marta ist es wert. Sie ist alles wert. Die Tribute sind unsere Zukunft, aber Marta bedeutet mir noch mehr als das."

Es gibt eine lange Pause. Der Oberbefehlshaber ist so still, als wäre er zu Stein geworden. Dann flackert sein Blick nach rechts und nach unten. Für eine Sekunde wird sein Gesicht weicher, verwandelt sich so vollständig, dass mein Herz stottert.

Dann kehrt sein Blick zu Arkdhem zurück und wird erneut schwarz. "Versucht nicht zu fliehen. Wir werden euren Aufenthaltsort orten und innerhalb von Mikrozyklen dort sein."

Diesmal verblasst die Projektion nicht, sondern blinkt einfach weg.

Ich klammere mich an Arkdhems Arm um meine Brust, weil ich seine Nähe brauche, während ich meine Gedanken ordne. Ich drehe mich zu ihm um und schlinge meine Arme um seine Schultern.

"Du hast bloß einen Befehl missachtet, was?", sage ich, um das Eis zu brechen. "Du kannst mir genauso gut alles erzählen. Ich werde es sowieso herausfinden und ich möchte es lieber von dir hören."

"Nun gut." Arkdhem seufzt. "Das werde ich."

Zwei Minuten später hat er uns auf das Bett gesetzt. Er hat darauf bestanden, dass ich mir ein neues Kleidungsstück anziehe, eine lange Tunika über einer fließenden Hose. Der

Stoff bedeckt mich viel besser als die Robe oder eines der fadenscheinigen Kleider, die ich bisher getragen habe, also beschwere ich mich nicht. Nachdem der Oberbefehlshaber alles von mir gesehen hat, wünschte ich, ich hätte selbst eine Rüstung. Ich meine, ich hatte mir schon vorher eine Rüstung gewünscht, aber das hat meinen Wunsch noch verstärkt.

In kurzen Sätzen erklärt Arkdhem, was er getan hat: wie der Oberbefehlshaber ihm insgeheim befohlen hat, den Planeten, auf dem er und Dawn ihre Flitterwochen verbrachten, im Auge zu behalten und wie Arkdhem beschlossen hat, seine Anweisung absichtlich zu missachten. Es mag wie eine Kleinigkeit erscheinen, nach einem Leben voller guter Dienste, aber ich habe viel Zeit mit dem Militär verbracht, als ich auf der Erde Geschichten nachging und noch mehr Zeit bei den Kartellen, in denen Ungehorsam nicht Bestrafung oder unehrenhafte Entlassung bedeutete, sondern den Tod.

"Du solltest also auf deinem Posten bleiben und hast dich einfach entfernt?", stelle ich klar und reibe mir die Stirn. Es muss einen Ausweg für ihn geben, aber solche Vergehen werden bei den Militärs so klar abgehandelt, dass ich mir nicht sicher bin, was mir einfallen könnte.

"Du warst zu wichtig. Ich konnte dich nicht in den Händen des Jabol lassen. Selbst wenn...", er unterbricht seine Worte und schüttelt den Kopf. "Das ist nicht wichtig."

"Es scheint dem Oberbefehlshaber wichtig zu sein."

Das Aufblitzen von Marineblau in Arkdhems Rüstung überrascht mich.

"Gavrill hat bereits seinen Tribut", knurrt Arkdhem. "Welches Recht hat er, mir meinen zu verweigern?"

Wow, da ist eine Menge Bitterkeit. Ich möchte tiefer graben, aber ich bleibe ruhig sitzen und warte darauf, dass er es weiter erklärt.

Er atmet tief durch. "Und nun werde ich für meine

Verbrechen büßen müssen. Aber das ist es wert." Er kniet vor mir nieder und ergreift meine Hände. "Für dich ist es das alles wert."

"Wie wirst du büßen?" Was ich wirklich frage, ist, wie hart die Strafe sein wird. Es sah nicht so aus, als würde der Oberkommandierende seinen Tod fordern oder so, aber ich habe keine Ahnung, welche Art von "Disziplinarmaßnahmen" eine außerirdische Rasse für gerechtfertigt hält.

"Ich werde vom Oberbefehlshaber und einem Gremium von Gleichgesinnten beurteilt, die über meine Strafe entscheiden werden."

"Nicht die lustige Art der Bestrafung, nehme ich an."

Seine Lippen verziehen sich zu einem winzigen Lächeln, als ich versuche, einen Scherz zu machen. "Nein, mein Herz." Ein dumpfer Klang im Korridor und sein Körper spannt sich an. "Sie kommen."

Ich ergreife seine Hand, als er aufsteht. Wir werden das gemeinsam durchstehen. Egal, was passiert.

Die rhythmischen Klänge werden lauter, bis das Geräusch vor der Tür aufhört.

Ohne Arkdhems Erlaubnis gleitet die Tür auf und ein Haufen Krieger marschiert herein, jeder in voller Rüstung. An der Spitze der Truppe steht der Oberkommandierende. Wie der Rest seiner Soldaten verdeckt sein Helm das Gesicht.

Ich wusste, dass das passieren würde und es ist trotzdem verdammt einschüchternd. Arkdhem drückt meine Hand. Gavrills Helm schwenkt nach unten, als er bemerkt, dass unsere Hände verbunden sind. "Gebt den Tribut frei."

Bevor jemand etwas anderes sagen kann, greife ich mit meiner freien Hand nach Arkdhems Handgelenk. "Nein", rufe ich. Meine Stimme zittert ein wenig, also straffe ich meine Bauchmuskeln und projiziere richtig. Ich versuche, mich vor Arkdhem zu schieben, um ihn mit meinem Körper abzuschirmen, aber er manövriert mich zurück, sodass er mich stattdessen abschirmt. Das hält mich trotzdem nicht auf. "Ich würde gerne wissen, was hier los ist." Ich sage es mit Nachdruck und hoffe, dass die ganze Sache mit dem Tribut bedeutet, dass ich einen gewissen Spielraum bekomme und nicht meine eigene Strafe für meinen Ungehorsam gegenüber dem Oberbefehlshaber bekomme.

"Dieser Krieger hat Verrat begangen und seinen Posten verlassen. Er wird nun vom Oberkommando gemaßregelt werden."

Zu meinem Entsetzen sinkt Gavrill auf ein Knie, sodass er näher auf Augenhöhe mit mir ist. "Ihm wird kein Leid geschehen, Marta Flores Romero, er wird nur für seine Verbrechen festgehalten. Wenn du mit uns kommst, werden wir dafür sorgen, dass dir kein Leid geschieht." Sein Helm zieht sich ein wenig zurück und gibt den Blick auf seine Augen frei, die sich zu einem tiefen Marineblau aufgehellt haben. Wenn er mich ansieht, wirkt sein Blick fast... freundlich.

Das Oberkommando glaubt also, dass Arkdhem mir Leid zugefügt und Befehle missachtet hat.

"Mir geht es gut. Ich ziehe es vor, bei Arkdhem zu bleiben."

"Babe, ich mach das schon." Ein Mensch schlüpft aus der Halle und streckt den Kopf hinter den Kriegern hervor. Sie ist blass und schlank, ihr langes braunes Haar ist zu einem eleganten Pferdeschwanz zurückgebunden.

Sie ist nur halb so groß wie die Krieger, aber alle treten für sie zur Seite und machen ihr den Weg zum Oberkommandierenden frei.

Gavrill erhebt sich und nimmt ihre Hand, so wie Arkdhem meine genommen hat. Große gepanzerte Krieger und kleine Menschen - wir sind das Spiegelbild des anderen.

Das muss Dawn sein, die Gefährtin von Gavrill. Als sie

den Kopf neigt, um mich zu mustern, durchfährt mich ein Ruck. Es ist eine Weile her, dass ich einen Menschen gesehen habe und obwohl Dawn im Vergleich zu den Kriegern winzig aussieht, ist sie tatsächlich ein paar Zentimeter größer als ich.

"Hi", sagt sie in ihrem amerikanischen Slang. "Ich bin Dawn. Freut mich, dich kennenzulernen." Ihr Mund verzieht sich. "Ich wünschte, es wäre unter besseren Umständen."

Wie besser? Besser im Sinne von: 'Wir sind nicht gerade von Außerirdischen entführt worden' oder 'Dein Partner wird nicht des Verrats beschuldigt und man wird ihn nicht von dir trennen'.

"Sicher", entgegne ich.

"Wenn es in Ordnung ist, würden wir gerne allein mit dir sprechen", fährt Dawn fort, während ihr Gefährte und die anderen hünenhaften Krieger still dastehen. Es ist irgendwie reizend, wie sie ihr das Kommando überlassen. Ich würde mich amüsieren, wenn der Moment nicht so angespannt wäre. "Ich verstehe, dass du uns vielleicht noch nicht traust. In diesem Fall frage ich Gavrill - ich meine, den Oberkommandierenden - ob es eine Möglichkeit gibt, dass wir uns unter vier Augen unterhalten und Arkdhem trotzdem zu sehen. Und er kann dich irgendwie sehen?"

Sie hebt den Kopf zu ihrem Gefährten. Der sanfte Ausdruck ist zurück auf Gavrills Gesicht.

"Das wird schwierig sein", murmelt er, "denn ich möchte dich und sie nicht in die Nähe des Gefängnisses wissen. Und da gehört Arkdhem hin."

"Und wenn wir mein Tablet benutzen? Es so einrichten, dass Marta eine Videoverbindung zu Arkdhem herstellen kann?"

"Das lässt sich einrichten." Der Oberbefehlshaber berührt Dawns Wange und streichelt sie sanft. "Danke, meine Dawn."

Sie errötet ein wenig und nickt. Das scheint nicht geplant gewesen zu sein.

Dawn sieht mich an. "Marta?"

Ich zögere, weil Videos gefälscht werden können. Wer weiß schon, welche Art von Hightech diese Außerirdischen haben? Aber Dawn gibt sich sehr viel Mühe.

"Okay", sage ich. "Ich werde das akzeptieren." Ich wende mich an Arkdhem.

"Geh mit dem Tribut des Kommandanten", befiehlt er sanft und berührt meine Wange in einer ähnlichen Bewegung wie die von Gavrill und ich erröte genauso wie Dawn. Verdammt, tief in meiner Brust regen sich echte Emotionen für ihn. Echte menschliche Gefühle.

Ich schlucke hart. "Kommst du zurecht?"

"Solange ich mit dir zusammen bin."

"Ihr werdet uns wieder zusammenbringen?", frage ich den Kommandanten.

Gavrill nickt langsam. "Wenn du das willst."

Ich drücke ein letztes Mal Arkdhems Hand und stelle mich langsam neben Dawn.

"Hier entlang." Sie wirbelt herum und ich folge ihr aus dem Raum und schaue zurück, als sich das Aufgebot an Wachen um meinen Gefährten schließt.

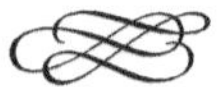

KAPITEL 10

M *arta*

Als ich neben Dawn aus dem Zimmer trete, sehe ich sie zum ersten Mal richtig an und kann mir einen Schrei gerade noch verkneifen, als ich ihren runden Bauch sehe. Heilige Scheiße, sie ist schwanger! Das stand nicht in Frllils Akten!

Ich kann nicht anders, als mich zu fragen, ob er es weiß und ich muss den Drang unterdrücken, ihn über seine Kommunikationseinheit anzurufen ... Besonders nach dem, was Arkdhem darüber sagte, dass er nicht weiß, ob die Jabol vertrauenswürdig sind. Ich weiß noch nicht, was los ist, also sollte ich nichts überstürzen, wie zum Beispiel die Schwangerschaft von jemand anderem ankündigen. Das ist schon auf der Erde eine Katastrophe, aber hier draußen, wo ganze Spezies in Gefahr sind, wäre es wohl noch schlimmer.

"Werden sie ihm wehtun?", frage ich Dawn, anstatt auf ihren Bauch einzugehen. Auf der Erde ist es auch schlimm, anzunehmen, dass eine Frau schwanger ist. Sie sieht zwar so aus, aber soweit ich weiß, hat sie nur an einer Stelle ihres

Körpers zugenommen und das ist dank der außerirdischen Küche ihr Bauch. Ich äußere mich also nicht zu der Schwangerschaft, bis sie mir selbst etwas erzählt.

Ich weiß nicht, ob ich ihrer Antwort trauen kann, aber ich weiß nicht, was ich ihm sonst sagen soll.

"Nein. Aber sie werden ihn disziplinieren." Sie zieht eine mitleidige Grimasse, als ich über meine Schulter zurückblicke. Ich kann Arkdhem nicht sehen, aber ich kann die Gruppe der Tsenturion-Krieger sehen, die sich von uns entfernt und in die entgegengesetzte Richtung den Gang hinunter geht und ich weiß, dass er in ihrer Mitte ist. "Ich weiß allerdings nicht, was das bedeutet. Gavrill muss das erst noch erklären, zumal ich stinksauer bin, dass er Arkdhem überhaupt bestrafen will." Sie verzieht ihr Gesicht. "Ich denke, was er getan hat, macht absolut Sinn. Gavrill hat manchmal einfach einen Stock im Arsch."

Ja, so wie ich Dawn einschätze, wäre sie nicht mit der ganzen militärischen Sicht der Dinge einverstanden. Trotz allem kann ich mir ein Lächeln nicht verkneifen. Gavrill muss alle Hände voll zu tun haben, um mit ihr fertig zu werden.

"Und, äh ... hattet ihr schöne Flitterwochen?", frage ich, denn es scheint, dass wir noch ein ganzes Stück des Korridors vor uns haben. Ich hätte nicht gedacht, dass ich in der Lage wäre, den Unterschied zwischen Raumschiffen zu erkennen, aber an einem bestimmten Punkt wird mir klar, dass wir das Schiff, auf dem ich war, verlassen haben und nun durch die Korridore eines anderen Schiffes gehen. Der Oberkommandierende und seine Krieger müssen unser Schiff geentert haben.

"Ja." Sie wirft ihren Pferdeschwanz über die Schulter und lächelt verschmitzt. "Zumindest bis kurz vorm Ende. Es war eine ziemliche Überraschung, als Gavrill versuchte,

Arkdhem zu erreichen und stattdessen Corin bekam. Wir haben unsere Flitterwochen abgekürzt." Sie redet immer noch über Arkdhems Ungehorsam. "Wie geht es dir? Das ist vielleicht eine dumme Frage, aber..."

"Oh, mir geht es gut." Ich winke mit der Hand. Je schneller ich alle davon überzeugen kann, desto schneller kann ich wieder mit Arkdhem vereint werden. Hoffe ich. Der besorgte Blick, den sie mir zuwirft, zeigt mir, dass ich noch viel Arbeit vor mir habe.

"Hier." Sie macht eine Geste nach rechts in den geschwungenen Flur. Eine Tür gleitet auf, als sie sich nähert. "Hier drinnen können wir ungestörter reden." Sie streckt die Hand aus und deutet an, dass ich zuerst eintreten soll. Drinnen befindet sich ein schlichter Raum mit weißen Wänden, der ohne Dekoration einschüchternd wirken würde. Ein weißer, menschengroßer runder Tisch, umgeben von schicken lachsrosa Stühlen und ein passendes Gemälde an einer der Wände lassen den Raum etwas weniger wie einen Verhörraum aussehen.

Drinnen wartet bereits jemand auf uns, der am Tisch sitzt und eine Art Teetasse in der Hand hält. Ein Mensch. Ich brauche nur einen Moment, um Pareena von den Bildern zu erkennen, die Frllil in seinen Akten hatte, obwohl sie ganz anders aussieht als die professionellen Fotos, die er von der Erde mitgebracht hatte.

Wenn ich sie dort sitzen sehe, muss ich an ihren Beruf denken - sie ist Psychologin. Doktor Pareena Singh. Plötzlich wirkt der Raum ein wenig stärker wie der Verhörraum, mit dem ich ihn zuerst verglichen hatte. Ich presse die Lippen zusammen und drehe mich zu Dawn um.

"Wo ist Arkdhem?"

"Wahrscheinlich sind sie schon im Gefängnisbereich. Apropos..." Sie winkt jemandem am Ende des Flurs mit der

Hand und als ich hinsehe, kommt ein Krieger mit ernstem Gesichtsausdruck auf uns zu. Obwohl ich weiß, dass das der übliche Gesichtsausdruck aller Krieger ist, krampft sich mein Magen vor Sorge ein wenig zusammen.

Weiß er, wer ich bin? Weiß er, was mit Arkdhem los ist? Ist das der Grund, warum er so aussieht?

"Dawn", sagt der Zenturio unwirsch, ohne mich anzusehen und reicht meiner Begleitung etwas, das wie ein Tablet aussieht. "Sie haben die Videoübertragung eingerichtet."

"Danke", entgegnet Dawn und reicht mir das Ding, während sich der Krieger verbeugt und entfernt.

Zögernd berühre ich den Bildschirm und das Tablet leuchtet auf. Im Gegensatz zu allem, was ich zu Hause hatte, gibt es keinen Bildschirm mit vielen Optionen.

Stattdessen zeigt das Display ein Bild von Arkdhem, der in einem dreidimensionalen Raum steht. Seine Rüstung bedeckt seinen Körper und seine Hände sind zu Fäusten geballt. Er steht starr, als ob er gegen eine Wand gelehnt wäre. Die Luft vor ihm kräuselt sich ein wenig - es ist eine durchsichtige Scheibe, die aus sowas wie flüssigem Glas zu bestehen scheint. Es gibt genug Platz für ihn, um hin und her zu gehen und es gibt sogar eine Bank zum Sitzen, aber stattdessen steht er regungslos da und starrt ins Leere.

Ich möchte ihn so gerne umarmen.

"Was passiert jetzt?" Ich kann meine Augen nicht von meinem Gefährten lassen.

"Dort wird er auf sein Urteil warten. Aber zuerst wird der Oberkommandierende mit dir sprechen wollen. Und jetzt geh rein, Pareena will dich unbedingt kennenlernen." Sie packt mich sanft an den Schultern und schiebt mich in den Raum. Ich mache mir nicht die Mühe, mich zu wehren. Mein Gehirn ist wie eingefroren und ich weiß nicht, was ich tun soll, also lasse ich mich von ihr führen. Für den Moment.

"Hallo", sage ich, als ich hereinkomme und mein Blick trifft den von Pareena. Sie lächelt mich warm an, aber das beruhigt mich keineswegs. Ich bin mir nicht sicher, ob das im Moment überhaupt möglich ist.

"Hallo Marta. Ich bin Pareena und ich bin auch die Beraterin auf dem Schiff. Wie geht's dir?" Es ist dieselbe Frage, die Dawn mir gestellt hat, aber wenn sie von einer Psychologin kommt, fühlt sie sich wesentlich gewichtiger an. Sie steht auf und hält mir ihre Hand hin, damit ich sie schütteln kann. Es fällt mir schwerer, die Hand von dem Tablet zu nehmen, als ich erwartet hätte, aber ich zwinge mich dazu.

"Ähm. Gut? Ich meine, abgesehen davon, dass ich von meinem Mann getrennt bin und nicht weiß, wie seine Strafe aussehen wird. Das nervt ganz schön." Ich blicke auf das unveränderte Bild von Arkdhem hinunter.

"Das kann ich mir nur gut vorstellen", sagt Pareena mitfühlend. "Wenn es hilft, Dawn und ich sind ganz auf eurer Seite. Arkdhem ist unser Freund und wir wollen helfen. Ist es in Ordnung, wenn ich dir ein paar Fragen stelle?"

"Sicher." Was soll ich denn sonst antworten? Und obwohl ich sie und Dawn noch nicht kenne, ist die Tatsache, dass beide sagen, sie wollen helfen, die einzige Hoffnung, an die ich mich klammere. Sie sind mit dem Oberbefehlshaber und dem stellvertretenden Kommandeur der Flotte verbunden. Wenn mir jemand helfen kann, dann sie.

"Möchte jemand Tee?", fragt Pareena, als Dawn und ich uns auf unseren Stühlen niederlassen.

"Oooh, ich hole welchen." Dawn springt sofort wieder auf, aber Pareena berührt ihren Arm.

"Setz dich. Ruh dich aus."

"Mir geht es gut", antwortet Dawn, lehnt sich aber in ihrem Stuhl zurück, streckt die Beine aus und reibt sich den gewölbten Bauch. "Haben wir auch Kekse?"

"Natürlich." In der Ecke tippt Pareena in den Replikator

und kommt mit einem Tablett mit Teetassen, einer dampfenden Teekanne und einem Teller mit Keksen zurück. Sie serviert den Tee und schiebt die Kekse direkt vor Dawn. "Die kommen meinen Lieblings-Teekeksen so nahe, wie ich sie machen kann."

"Danke." Dawn nimmt zwei und schiebt sie sich in den Mund. Ich kann mir ein Lächeln nicht verkneifen. Es ist seltsam und schön zugleich, zwei andere Menschen um sich zu haben, nachdem ich so lange mit Frllil und dann mit Arkdhem zusammen war. Ich bin immer noch begierig darauf, Arkdhem wiederzusehen, aber es ist auch schön, meine eigene Spezies wiederzusehen und vertraute Verhaltensweisen zu erleben. Ich nehme mir selbst einen Keks, knabbere aber eher daran, als dass ich ihn verschlinge, wie Dawn es getan hat.

"Jetzt", wendet sich Pareena mit ihrem heiteren Lächeln an mich, "können wir anfangen zu reden. Wir wissen leider nichts darüber, wie es mit Arkdhem weitergeht, aber hast du noch andere Fragen?"

Oh, Mann und ob ich die habe.

* * *

Arkdhem

ICH BEFINDE mich in der Arrestzelle, direkt an der durchsichtigen Wand. Außerhalb meines Gefängnisses stehen zwei Wachen in der Nähe der Tür bereit. Bald wird der Oberbefehlshaber hindurchgehen und mich weiter verhören.

Jeder Mikrozyklus fühlt sich wie eine Stunde an. Gegenüber von mir haben sie ein Tablet angebracht. Ab und zu blinkt es für ein paar Mikrozyklen auf, um mir ein paar kostbare Momente von Martas Gesicht zu zeigen. Sie sitzt an einem weißen Tisch, isst und spricht mit den anderen Tributen. Es gibt keinen Ton, nur die Bilder - und zu schnell sind sie wieder weg. Ich traue mich nicht, woanders hinzuschauen, weil ich sonst diesen kostbaren Anblick verpassen könnte.

Hier zu stehen und meinen Tribut nur wenige Augenblicke am Stück zu sehen, ist eine Qual, auch wenn der Oberbefehlshaber es nicht so gemeint hat. Ich weiß, dass er es als Beruhigung gedacht hat, damit ich sehe und weiß, dass es meinem Tribut gut geht. Aber jeder Mikrozyklus fern von Marta ist schmerzhaft. Meine Nase berührt die flüssige Grenze zwischen mir und dem Rest des Raums.

Der Bildschirm blinkt auf. Dawn und Pareena sitzen an einem Tisch links und rechts von meiner Gefährtin. Marta hat einen ausdruckslosen Gesichtsausdruck, aber ihre Augenbrauen heben sich ein wenig. Dawn fuchtelt mit den Händen, während sie spricht und stößt dabei fast ihr Getränk um. Pareena nickt zu allem, was Dawn sagt, beobachtet aber immer wieder Martas Gesichtsausdruck.

Mein Tribut ist der schönste von allen.

Als mein Bildschirm ausblendet, packt mich der Schmerz, sie wieder aus den Augen zu verlieren. Die Sorge, was mit ihr geschehen wird. Ich frage mich, warum es so lange dauert, bis meine Mitstreiter mich abholen kommen.

Logischerweise weiß ich, dass ich noch nicht lange gewartet habe, aber meine Geduld ist bereits am Ende. Egal, welche Disziplinierung mich erwartet, ich würde es lieber hinter mich bringen.

Farbe überzieht meine Rüstung, bis sie kaputt aussieht. Meine Gefühle gehen ineinander über. Eine meiner Schultern ist rot, die andere orange. Die hellen Farben vertiefen sich zu Lila und Blau. Meine untere Hälfte ist schwarz. Die Dunkelheit ist in meiner Körpermitte und sie nimmt zu, zusammen mit meiner Frustration und meinem Kummer.

Es ist nicht so, dass ich mein Volk verraten wollte. Aber ich weiß nicht, wie ich eine andere Entscheidung hätte treffen können. Der Oberbefehlshaber sagt zwar, ich hätte zu ihm kommen sollen, aber er hat seinen eigenen Tribut zu schützen. Wie könnte ich darauf vertrauen, dass er seinen in Gefahr bringen würde, um meinen zu retten?

Und er hält die Jabol für gefährlich.

Er war nicht nur bereit, den Vgotha zuzuhören, sondern er glaubt ihre Geschichte, dass die Jabol sie versklavt und Tsentur zerstört haben, um sich unsere Dienste als Krieger zu sichern, als die Vgotha rebellierten. Ich? Ich bin mir da nicht so sicher. Die Vgotha sind ein würdiger Gegner im Kampf. Die Jabol? Nicht so sehr. Ich wüsste nicht, wie sie das alles hätten anstellen können. Ich glaube nicht, dass sie uns so lange hätten täuschen können.

Aber ich weiß, dass der Oberkommandierende auf ihre Geschichte hereingefallen ist.

Ich ließ den Großteil der Flotte zurück, um ihn und seinen Tribut zu bewachen, während ich meinen zu mit holte. Ich habe meinen Posten verlassen, aber... Wir leben in einer neuen Welt. Wir sind nicht mehr rein militärisch. Bevor Tsentur zerstört wurde, haben sich die Krieger zurückgezogen, um Zivilisten zu werden, bevor sie sich eine Gefährtin nahmen. Das ist nicht mehr die Art, wie die Dinge gehandhabt werden. Es sollten - und müssen - Änderungen vorgenommen werden, um unseren neuen Umständen Rechnung zu tragen.

Der Oberbefehlshaber und die anderen werden das sicher einsehen.

Die Tür gleitet auf. Ich reiße meinen Kopf hoch. Ich bin bereit, meinem Oberbefehlshaber gegenüberzutreten. Aber es ist nicht der Oberbefehlshaber, der den Raum betritt, sondern ein Krieger in einer schwarzen Rüstung.

Bodgan.

Meine Lippen verziehen sich zu einem vertrauten Knurren. Von allen auf dem Schiff musste es ausgerechnet er sein. Wir sind nie miteinander ausgekommen. Er wollte nicht einmal einen Tribut und doch hat er Pareena bekommen. Ich war mir so sicher, dass er sie nicht verdient hatte, dass er sie nicht angemessen behandeln konnte, dass ich versuchte, mit ihm um sie zu kämpfen.

Jetzt bin ich froh, dass ich verloren habe, denn sonst hätte ich meine Marta nicht, aber ich denke immer noch, dass er sie nicht verdient.

Mit einer Geste fordert er die beiden Wachen auf zu gehen, was diese auch tun. Er nähert sich der offenen Seite der Zelle und bleibt vor dem unsichtbaren Strom stehen, der mich einschließt.

"Hallo, Arkdhem."

* * *

MARTA

"UND DANN SAH ich seinen Schwanz! Und ich dachte nur: 'Oh mein Gott, das sind Tentakel!'" Dawn fuchtelt mit den Armen und reißt den Mund auf, um einen Schrei vorzutäuschen. Pareena kichert in ihre Teetasse und auch ich kann mir ein Grinsen nicht verkneifen. Dawn ist so witzig und lebhaft.

Pareena ist gefasster, aber sie hat auch ein paar lustige Geschichten auf Lager. Anscheinend dachte sie, dass ihre Entführung und Paarung ein super sexy Traum war, den sie hatte. Was ich ihr nicht verübeln kann, vor allem, weil sie im Krankenhaus im Sterben lag, als sie entführt wurde.

Wir haben schon die dritte Kanne Tee getrunken und auf dem Keksteller liegen nur noch Krümel. Wir haben über *alles* geredet. Ich weiß jetzt mehr über die sexuellen Fähigkeiten ihrer Partner, als ich jemals über irgendjemand anderen wissen wollte. Aber es ist informativ.

Das Seltsame ist, dass ich genauso viel preisgebe wie sie.

"Die *Seela* hat mich anfangs verwirrt", sage ich. Meine Wangen sind heiß vor Erröten, aber ich kann nicht verhindern, dass die Worte aus meinem Mund sprudeln. Ich kann mich nicht daran erinnern, dass ich seit der Highschool eine solche Tratschrunde hatte, aber es hat etwas Therapeutisches und das nicht nur, weil Pareena eine echte Psychologin ist. Früher habe ich mich mit meinem Redakteur bei einem Drink über Leads unterhalten, aber das zählte wohl nicht als Frauengespräch. Mein Redakteur und ich waren keine engen Freunde. Freunde waren nichts, worin ich mich besonders hervortat, aber Pareena und Dawn sind so, wie ich Freunde in Erinnerung habe. "Aber jetzt mag ich sie. Ich bin mir nicht sicher, ob ich zu einem normalen Penis zurückkehren könnte. Ich weiß nicht, was das über mich aussagt."

"Wenn man einmal Tentakel hatte, gibt es kein Zurück mehr", scherzt Dawn.

"Ich bin so froh, dass ich nicht allein bin." Ich drehe mich in meinem Stuhl zu Pareena. "Wie läuft es mit der psychologischen Beurteilung? Habe ich eine Eins bekommen?"

"Du hast das gut gemacht", versichert mir Pareena lachend. Sie ist nicht wie jeder andere psychologische Berater, den ich je getroffen habe und ich musste auf der Erde nach einigen besonders erschütternden Aufträgen zu einigen gehen - auf Drängen meines Herausgebers. Ich wünschte, Pareena wäre eine von ihnen gewesen. Es ist unglaublich einfach, mit ihr zu reden.

Dawn gackert. "Sag mir nicht, dass sie normal ist."

"Nicht abnormaler als der Rest von uns." Pareena stützt ihr Kinn auf die Hände, immer noch lächelnd. "Aber das wirklich Wichtige ist, was du für Arkdhem empfindest."

Ich schlucke schwer. Gefühle? Ja, über Sex reden, das

kann ich, aber über meine Gefühle reden? Plötzlich erinnert mich Pareena viel mehr an die Therapeuten, die ich zu Hause gesehen habe. Ich rolle mit den Augen. "Ist das wichtig? Der Sex ist großartig. Das ist mehr, als ich jemals auf der Erde hatte."

"Hast du das Gefühl, dass du eine Verbindung zu Arkdhem hast?", drängt Pareena, wobei die therapeutische Seite von ihr jetzt etwas stärker zum Vorschein kommt. Aber ich habe eine Menge Übung im Ausweichen.

"Wenn seine kleinen Seelensauger sich an meiner Muschi festkrallen, tue ich es", entgegne ich so grob wie möglich. Pareena mustert mich aus verengten Augen, studiert mich wie einen Käfer unter einem Mikroskop und ich habe das Gefühl, dass sie mich durchschaut. Das ist nicht angenehm. Ich bewege mich in meinem Sitz und vermeide es, ihren Blick zu erwidern.

"Verdammt richtig." Dawn legt den Kopf schief. "Gavrill kommt." Sie klingt atemlos.

Ein paar Sekunden vergehen und die Tür gleitet nicht auf. Ich kann nicht sagen, woher sie weiß, dass ihr Gefährte auf dem Weg ist - wenn er es überhaupt ist. Es gibt nur eine Erklärung, aber es ist eine, die Frllil in seinen Notizen ausgeschlossen hatte: die vollständige Bindung eines Tsenturion-Männchens an seine Gefährtin.

"Kannst du ihn spüren?" Ach du Scheiße. Sie verbergen eine Menge vor Frllil. Dawns Schwangerschaft. Die volle Bindung. Und ich war so damit beschäftigt, über heißen Alien-Sex zu reden, dass mir die Frage nach Jabol und Vgotha völlig entfallen ist, was gar nicht meine Art ist.

Andererseits ist es ja nicht so, dass ich einen Abgabetermin für eine Geschichte habe. Vielleicht bin ich deshalb so leicht ablenkbar.

"Ja", antwortet Pareena, denn Dawns Mund ist immer

noch voller Kekse, obwohl sie nickt. "Wir können unsere Gefährten spüren. Es gibt eine Art Bindung."

"Wirklich?" Aus irgendeinem Grund möchte ich ihnen nicht von den Nachforschungen erzählen, die ich über die Tsenturion und sie angestellt habe. Zum einen scheint es ein bisschen wie eine Verletzung der Privatsphäre, zum anderen möchte ich, dass sie mir vertrauen. Ich kann nicht entscheiden, was ich Frllil erzählen soll, bis ich mehr Informationen habe.

"Ja." Pareena beugt sich über den Tisch zu mir. "Fühlst du so etwas auch bei Arkdhem?"

"Nein, aber ich bin nicht wirklich ein empfindsamer Mensch. Ich betrachte die Dinge lieber logisch." Die Worte rutschen mir auswendig über die Zunge. Es ist dieselbe Antwort, die ich meinen Therapeuten zu Hause immer wieder gegeben habe.

"Was hältst du von Arkdhem?", fragt Dawn, steht auf und geht auf die Tür zu, als ob sie sich auf alles stürzen würde, was durch die Tür kommt. Sie ist sich so sicher, dass ihr Gefährte auf dem Weg ist. Das ist sowohl verblüffend als auch beunruhigend.

"Ich mag ihn", sage ich und fummle an meinen Haaren herum. "Ich meine, allein der Sex..."

"Ist es nur der Sex?" Pareena fragt nach. "Oder ist da mehr?"

"Ich... ich will nicht, dass er verletzt wird. Ich mache mir Sorgen um ihn wegen dieser ganzen Disziplinierungssache."

Unter dem Tisch umklammere ich die Tafel. Als ich das letzte Mal darauf geschaut habe, stand Arkdhem in der Zelle und starrte aus dem Glas, als ob er hoffte, dass ich vor ihm erscheinen würde. Ich weiß, worauf er gehofft hat, denn ich habe auf dasselbe gehofft. Aber es mir selbst einzugestehen, war schon schwer genug, es mit anderen zu teilen, schien unmöglich.

"Ich will mit ihm zusammen sein", sage ich, nachdem ich einige Augenblicke lang schweigend auf die Tafel gestarrt habe. Das ist das Beste, was ich erwidern kann.

"Das lässt sich einrichten", sagt Pareena. "Wir wollen nur sichergehen..."

Die Tür gleitet auf und der Oberbefehlshaber schreitet herein.

arta

Der Oberbefehlshaber sieht genauso einschüchternd aus, wie ich es in Erinnerung habe und ich ziehe mich ein wenig in meinen Sitz zurück. Dawn hingegen stürzt sich direkt auf ihn. Er fängt sie mühelos auf, drückt sie an sich und küsst sie ausgiebig, bevor er sie an seinem Körper hinuntergleiten lässt.

Die beiden zusammen zu sehen, verwirrt mein Gehirn ein wenig. Ich möchte ihn nicht dafür mögen, dass er mich und Arkdhem unterbrochen und uns dann getrennt hat, aber wenn ich sehe, wie sanft und fürsorglich er mit Dawn umgeht, fällt mir das schwer. Gerade ich weiß, dass Menschen mehr als nur eine Facette besitzen. Sie können sowohl gütig als auch grausam sein, je nachdem, wie die Umstände sind und wie sie die Person vor ihnen sehen, aber es war noch nie so persönlich, wie es im Moment ist.

"Tribute", begrüßt er uns, während er Dawn wieder auf die Beine stellt. Sie lehnt sich glücklich an ihn, seinen Arm fest um sie geschlungen. Ich schiebe meinen Stuhl zurück, um aufzustehen, doch er gibt mir ein Zeichen, sitzen zu bleiben. "Bitte, setz dich."

Als er sich auf den Tisch zubewegt, fällt mein Blick auf das Tablet in meinem Schoß. Es sieht so aus, als würde Arkdhem mit jemandem sprechen. Einem Krieger in dunkler Rüstung.

Ich zeichne mit dem Finger Arkdhems Gesicht auf dem Bildschirm nach. Da ist ein Schmerz tief in meinen Eingeweiden. Ich vermisse ihn viel mehr, als es logisch wäre und ich frage mich, ob das Band, von dem Pareena gesprochen hat, ein Teil davon ist. Wenn sie und Dawn sich mit ihren Gefährten verbunden haben, sind Arkdhem und ich vielleicht auch verbunden.

Bedeutet das, dass ein Teil meiner Gefühle darauf zurückzuführen ist, dass er mich vermisst?

"Babe, dieser Tisch ist für Menschen gedacht. Menschliche Frauen." In Dawns Stimme schwingt Belustigung mit, als der Kommandant einen Stuhl herauszieht und sich darauf setzt. Ich bin mir ziemlich sicher, dass ich Pareena kichern höre, aber es ist zu leise, damit ich mir ganz sicher bin.

"Ich schaffe das schon", versichert Gavrill ihr. Als er sich setzt, wirkt das irgendwie komisch. Ich warte darauf, dass der Stuhl unter seiner Masse knarrt und auseinanderfällt, aber das tut er nicht. Seine Knie ragen über den Tisch hinaus. Wie ein Erwachsener, der an einem Kindertisch sitzt. Zu jedem anderen Zeitpunkt hätte ich gelacht, aber im Moment bin ich zu nervös.

"Tribut Marta Flores Romero", grüßt er mich. Die förmliche Begrüßung erinnert mich an Frllil.

"Bitte, nennen Sie mich Marta." Es ist ein wenig heuchlerisch, da es mir schwerfällt, ihn als etwas anderes als 'Oberbefehlshaber' zu sehen, obwohl ich seinen Namen kenne, aber es ist beunruhigend, so mit meinem vollen Namen angesprochen zu werden. Ich habe es Frllil irgendwann abgewöhnt, ich will nicht wieder von vorne anfangen.

Der Oberbefehlshaber blickt Dawn an, als ob er um Erlaubnis bitten würde und sie nickt.

"Marta", sagt er meinen Namen vorsichtig, als ob er ihn testen wollte. "Verstehst du die Anklage gegen Arkdhem?"

"Ja."

"Und hat Tribut Pareena dir die Bindung erklärt?"

"Ich verstehe, dass ich auf die Art deines Volkes an Arkdhem gebunden bin", beginne ich langsam. Was kann ich sagen, um Arkdhem zu helfen? Nicht, dass ich will, dass er nicht bestraft wird. Ich möchte nur, dass es ihm gut geht. "Oder, wenn ich es noch nicht bin, dann werde ich es bald sein. Denn der Jabol hat dafür gesorgt, dass ich mit ihm kompatibel bin. Richtig?"

"Das ist richtig." Eine neue Stimme an der Tür lässt mich aufschrecken. Ich hatte nicht einmal bemerkt, dass sie sich öffnete, was viel über meine Überlebenskünste aussagt. Es ist, als ob ich alles vergessen hätte, was ich wusste. Arkdhem hat mir das alles aus dem Kopf geschlagen. Ich muss mich zusammenreißen, denn all meine Instinkte scheinen mich im Stich gelassen zu haben. Der Mann, der dort steht, ist anders. Älter. Irgendwie weicher im Auftreten und er trägt keine Rüstung wie der Rest der Krieger. "Darf ich eintreten?", fragt er und Gavrill winkt ihn herein.

"Marta, das ist Medik, der Arzt des Tsenturion", stellt Dawn uns vor.

"Hallo", sage ich und diesmal stehe ich tatsächlich auf, um ihm die Hand zu reichen. Er lächelt freundlich, als wäre er völlig vertraut mit der menschlichen Geste, wodurch ich mich sofort wohler bei ihm fühle.

"Hallo", grüßt Pareena Medik. Sowohl sie als auch Dawn lächeln und sehen ihn an, als wäre er ihr goldener Alien-Opa.

"Dawn, Pareena. Marta", grüßt er uns alle und wendet sich

mir zu. "Ich habe mir deine Scans und den Bericht von Frllil angesehen und Gavrill versichert, dass du bei bester Gesundheit bist. Außerdem scheinst du nicht misshandelt worden zu sein." Es ist mir nicht entgangen, dass er den Namen des Oberkommandierenden in einer sehr vertrauten Art und Weise ausspricht, ganz und gar nicht wie ein Untergebener.

"Das ist gut", sagt der Oberbefehlshaber und wendet sich mir zu, wobei seine Miene weicher wird. "Aber du hättest diese Tortur nicht durchmachen müssen."

"Es geht mir gut." Wäre der Oberkommandierende ein Mensch, könnte er etwas von der Warnung und der Ungeduld in meiner Stimme hören. Offenbar hat Dawn ihm das Wort "gut" nicht erklärt, denn er scheint unbeeindruckt zu sein, während Dawn und Pareena einen besorgten Blick austauschen.

"Ich bin froh, dass du unverletzt geblieben bist. Von allen unseren Protokollen ist die Sicherheit unserer Tribute das wichtigste." Er sagt diese Worte mit großem Ernst. Was für eine interessante Art, das zu betonen. Dawn rollt mit den Augen. Pareena sieht aus, als wolle sie etwas sagen, aber ich komme ihr zuvor.

"Ich bin froh, dass ihr so strenge Protokolle habt", erwidere ich mit ernstem Gesicht. Überhaupt nicht sarkastisch, nein, nicht ich.

Der Oberkommandierende scheint zu glauben, dass ich es ernst meine. "Unsere Protokolle haben uns davor bewahrt, im Chaos zu versinken. Deshalb gibt es auch so strenge Konsequenzen für diejenigen, die sie brechen."

Ich versteife mich. Das bedeutet: Arkdhem ist in großen Schwierigkeiten.

Gavrill fährt fort: "Nun, da wäre noch die Sache mit deiner Bindung. Medik hat mir versichert, dass wir den Nanotech brechen können. Es wird schwierig sein, aber..."

"Moment mal", unterbreche ich ihn und halte meine Hand

hoch. Es ist mir egal, ob er der Oberbefehlshaber und Anführer einer ganzen Flotte ist, ich werde ihn unterbrechen und herausfinden, was zum Teufel hier los ist. Die Nanotechnologie zerstören? Das kann doch nicht so einfach sein. Pareena und Dawn scheinen zu glauben, dass es wichtig wäre, Arkdhems Gefühle zu spüren. "Wenn ich fühle, was Arkdhem fühlt, heißt das, wir sind verbunden?"

"Ja." Pareena sieht ein wenig erleichtert aus. Sie wirft dem Oberbefehlshaber einen Blick zu und Dawn ist neben ihm steif geworden und sieht verärgert aus. Aber das scheint er nicht zu bemerken. "Ja, das wäre die Bindung."

"Sie kann immer noch durchtrennt werden", sagt der Oberkommandierende mit einer Stimme, die zwischen fest und sanft liegt. "Wir haben es natürlich noch nicht bei einer Paarung zwischen Tsenturion und Mensch versucht, aber für Tsenturion, die sich mit einer ungeeigneten Partnerin paaren-"

"Moment mal." Ich hebe wieder meine Hand. "Willst du uns auseinanderbringen?" Sowohl Pareena als auch Dawn sehen immer aufgebrachter aus, aber das ist nichts im Vergleich zu dem, was ich fühle. Ich möchte vielleicht nicht laut zugeben, wie viel mir Arkdhem bereits bedeutet, aber ich will verdammt sein, wenn ich zulasse, dass sie ihn mir wegnehmen.

"Ja", sagt der Oberkommandierende. "Sofort, wenn du es willst."

Ich lasse meine Hand sinken, umklammere das Tablet in meinem Schoß und starre ihn an. "Warum sollte ich das wollen?"

"Sobald wir das Band brechen, wirst du nicht mehr Arkdhems Gefährtin sein." Er sagt die Worte, als wäre damit alles gesagt worden und plötzlich tut mir Dawn sehr leid, wenn das ein Beispiel für sein Hörverständnis ist. Hat er denn gar nichts von dem gehört, was ich gesagt habe, seit er in mein und Arkdhems Leben eingedrungen ist? Neben ihm fängt Dawn an zu zappeln, mit einem finsteren Blick im Gesicht. Pareena hat die Arme vor der Brust verschränkt und starrt den Oberbefehlshaber an.

Sie hatten nicht gelogen, als sie sagten, sie seien auf meiner Seite und das macht mir noch mehr Mut, dem Anführer einer völlig fremden Spezies zu trotzen.

"Ich will keinen neuen Partner." Ich spreche die Worte deutlich aus. Kurz und bündig.

"Ich weiß, das ist keine ideale Situation." Sein Ton wird ein wenig sanfter, aber das ist mir egal. "Ihr habt euch bereits verbunden, aber unsere Protokolle verlangen..."

"Warum kann ich nicht einfach an Arkdhem gebunden bleiben?" Ich unterbreche ihn erneut. Ich kümmere mich nicht um ihre Protokolle.

Gavrills Anzug verdunkelt sich zu einem Blau, das fast schwarz ist. Seine Stimme ist streng, als er sagt: "Arkdhems Verbrechen dürfen nicht belohnt werden."

"Sie ist keine Belohnung, sie ist ein Mensch." Dawn sieht aus, als ob Feuer aus ihren Augen schießen würde, als sie sich ruckartig von ihrem Gefährten löst. Ich feuere sie still- schweigend an, als sie ihre Hand auf den Tisch knallt. "Es sei denn, du hältst *mich für eine* Belohnung für gutes Benehmen? In diesem Fall sollten wir vielleicht unsere Bindung auflösen, denn ich glaube nicht, dass es gutes Benehmen ist, eine Frau zu zwingen, ihre Bindung zu brechen, weil es *dir* nicht gefällt."

Der Anzug des Oberbefehlshabers blinkt reinweiß. Er greift nach seiner Gefährtin, aber Dawn schlägt seine Hand weg, immer noch starrend.

"Oberbefehlshaber, ich dachte, wir hätten das hinter uns", sagt Pareena in einem ruhigen Ton, in dem ebenso viel Wut steckt wie in Dawns Ausbruch. "Tribute haben ihre eigenen Emotionen und Wünsche, die gültig sind und als solche behandelt werden müssen, es sei denn, ihr wollt, dass wir uns wie Objekte fühlen und als nicht wertvoll angesehen werden."

"Ja, das haben sie behauptet", füge ich hinzu, verschränke die Arme vor der Brust und genieße die Panik, die in Gavrills Gesicht aufsteigt, als er sich einer vereinten Front wütender menschlicher Frauen gegenübersieht. Ich brauche nicht einmal zu argumentieren, Dawn und Pareena tun das für mich.

Die Tsenturion wollen menschliche Tribute? Sie werden lernen müssen, mit uns umzugehen.

* * *

Arkdhem

"BOGDAN", grüße ich misstrauisch.

Bogdans Anzug ist wie immer glänzend schwarz, aber von den hell schimmernden Sternen, die nach der Verbindung mit Pareena erschienen, ist nichts zu sehen. Sein Helm verdeckt sein Gesicht vollständig und ein Wald von Stacheln ragt aus seiner Rüstung. Er sieht kampfbereit aus.

Ich stehe direkt an der schimmernden Barriere der Zelle, in der ich gefangen gehalten werde. Als Bogdan sich mir nähert, beginnt meine eigene Rüstung auf seine kriegerische Haltung zu reagieren. Die Nanotech-Rüstung wird dicker und verleiht meinen Beinen und meinem Oberkörper mehr schützende Masse. Mein Helm dehnt sich aus, um meinen Schädel und Kiefer zu bedecken, aber ich lasse nicht zu, dass er mein Gesicht verdeckt.

"Wie waren deine Flitterwochen?", frage ich ruhig.

"Schrecklich", knurrt er. "Das verdanken wir dir."

"Deshalb hast du also schlechte Laune." Ich tippe auf

meinen Helm. "Oh, nein, warte, ich habe vergessen, mit wem ich spreche. Du hast immer schlechte Laune."

Bodgan fährt fort, als hätte ich nichts erwidert. "Statt eines schönen, erholsamen Urlaubs mit meinem Tribut erfuhr ich von deinem Verrat und machte mich auf die Suche nach dir."

Suche? Ich fühle mich geschmeichelt. Aber anstatt ihn weiter anzustacheln, versuche ich, mit ihm zu reden. "Es war nicht zu ändern. Meine Gefährtin befand sich möglicherweise in Gefahr."

Bogdan spottet. "Eine bequeme Ausrede, aber wir wissen beide, dass du nicht glaubst, was die Vgotha uns über die Jabol erzählt haben. Der Oberkommandierende mag deinen Lügen vertrauen, aber ich kenne die Wahrheit." Er zeigt mit dem Finger auf mein Gesicht, nahe genug an der Barriere, damit sie sich warnend kräuselt. "Du hättest gegen die Befehle gehandelt und deinen Tribut abgeholt, ob sie nun in Gefahr war oder nicht."

"Das ist wahr", antworte ich. Warum sollte ich es leugnen? Ich glaube, dass der Oberbefehlshaber und Bogdan von den Vgotha getäuscht wurden. Dawn hegt einen Groll gegen die Jabol und die Lüge der Vgotha hat das noch verstärkt. Aber ich weiß auch, dass Bogdan die Jabol jetzt für unsere wahren Feinde hält. "Würdest du nicht dasselbe für Pareena tun, wenn sie in den Händen der Jabol wäre?"

"Sprich ihren Namen nicht aus!" Bogdans Gebrüll hallt in der Zelle wider.

Er ist also immer noch empfindlich, weil ich versucht habe, seinen Tribut zu verführen. Und ich kann es nicht lassen, das Messer noch einmal in der Wunde umzudrehen. "Vielleicht ist das der Grund, warum ihr keine schönen Flitterwochen hattet. Dein Tribut spürt, dass du dich nicht wirklich für sie interessierst." Rote Schlieren ziehen sich durch Bogdans Rüstung, aber ich fahre fort. Ich habe hier nichts

Besseres zu tun und mein eigener Zorn und meine Frustration haben sich aufgestaut und aufgestaut und aufgestaut, während ich darauf gewartet habe, was als Nächstes passieren wird. Bogdan war schon immer ein bequemes Ventil für solche Emotionen und ich bin immer noch der Meinung, dass er Pareena nicht verdient hat. "Wenn du ihrer wirklich würdig wärst, hättest du dich nicht so lange geweigert, dich mit ihr zu verbinden."

"Sei still", brüllt er. Sein Anzug blinkt rot vor Wut, die Farbe schimmert durch das tiefe Schwarz. "Der einzige Grund, warum du noch stehst, ist, dass der Oberbefehlshaber mir nicht erlaubt hat, mich in dein Privatquartier zu beamen und dich direkt herauszufordern. Aber jetzt ist der Oberbefehlshaber nicht hier." In Bogdans Hand formt sich eine Waffe und er richtet sie direkt auf mein Gesicht.

Automatisch formt sich mein Helm, um mein Gesicht vollständig zu schützen. Die Stacheln sind an meiner Rüstung gewachsen, sodass ich ein Spiegelbild von Bogdan bin, ein Tsenturio in voller Kampfmontur.

"Du bedrohst einen unbewaffneten Soldaten?" Ich hebe meine leeren Hände. Solange ich in der Zelle bin, kann meine Nanotechnologie keine Waffe bilden und er weiß das. Er kann mich auch nicht angreifen. Die Barriere würde seine Stöße blockieren, sie ist auf beiden Seiten solide. "Wie ehrenhaft. Wie mutig."

Bogdan absorbiert die Klinge zurück in seine Rüstung. "Ich brauche keine Waffe, um dich zu vernichten. Stell dich mir, wenn du dich traust." Er schlägt auf die Platte an der Seite meines Kerkers.

Und die Barriere zwischen uns verschwindet.

* * *

Marta

· · ·

"OBERBEFEHLSHABER, wenn du gestattest, das sind ausgezeichnete Argumente", sagt Medik in seinem großväterlichen Ton. Gavrill sieht Medik mit einem *'E tu, Brutus?'*-Ausdruck an. Er sieht aus, als würde er Schmerzen haben.

"Arkdhem hat sich eines Tributs als unwürdig erwiesen. Nicht, dass Tribute Gegenstände wären." Der Oberbefehlshaber wendet sich flehend an Dawn und reicht ihr die Hand. "Dawn, ich habe nicht gemeint, dass du ein Objekt oder eine Belohnung bist. Ich verstehe, dass Tribute Menschen sind, die nicht wie Trophäen für gute Dienste vergeben werden sollten."

"Hast du?" Dawn schnaubt. "Weil es sich so anhört, als würdest du versuchen, Marta zurückzurufen, als wäre sie ein Spielzeug, mit dem Arkdhem nicht mehr spielen kann."

"Meine Liebe, nein." Dem Kommandanten gelingt es, Dawns Hand zu ergreifen. Sie lässt ihn widerwillig gewähren, hält aber ihr Gesicht abgewandt. Er gewinnt sie wieder für sich. Ich beiße mir auf die Lippe, weil ich ihre Beziehung ebenso wenig kaputt machen will wie meine eigene. "Tribute sind ein Geschenk. Aber nicht, weil sie Gegenstände sind. Denn deine Liebe ist das Wichtigste und sollte nicht an einen Unwürdigen verschwendet werden."

"Man muss nicht würdig sein, um bedingungslose Liebe zu bekommen, das ist der Punkt", sagt Dawn und schüttelt den Kopf. "Man kann sich nicht aussuchen, wen die Tribute lieben."

"Ich werde für immer dankbar sein, dass du mir deine geschenkt hast." Gavrill küsst Dawns Knöchel. Der Moment ist so zärtlich, dass ich meine Augen abwende. Das riecht nach einem alten Streit.

"Was Dawn zu sagen versucht, ist, dass, wenn ihr wirklich glaubt, dass Tribute den Tsenturion gleichgestellt sind, ihr ihnen die gleichen Rechte einräumen müsst wie euch selbst", fast Pareena zusammen. "Wenn eine Bindung gelöst werden soll, muss es Martas Entscheidung sein."

Der Oberbefehlshaber, der immer noch Dawns Hand hält, schüttelt den Kopf. Auf seinem Gesicht ist nun echter Schmerz zu sehen. Wenn es nicht meine eigene Zukunft wäre, um die er sich sorgt, könnte er mir leid tun. So aber habe ich kein Problem damit, ihn noch eine Weile wie einen Wurm am Haken zappeln zu sehen.

"Ich kann nicht zulassen, dass ein Krieger, der seinen Posten aufgegeben hat, seinen Tribut behält. Die Strafe muss dem Verbrechen angemessen sein."

"Bei allem Respekt", fügt Medik hinzu, "wir sind nicht mehr nur eine reine Militärgesellschaft. Die Tsenturion und Tribute bilden nun auch eine zivile Gesellschaft, während wir uns gleichzeitig im Krieg befinden. Wir müssen einen neuen Weg für unsere Protokolle und Bräuche finden. Nach unseren alten Bräuchen hätte sich Arkdhem als Krieger niemals gepaart, während er seine Pflichten erfüllte. Wenn wir versuchen, die alten Protokolle auf unsere aktuelle Situation zu übertragen, ohne die Veränderungen zu berücksichtigen, wird das nur zu weiteren Unstimmigkeiten und Problemen führen."

"Hört, hört", murmle ich, als der Oberbefehlshaber aufstöhnt. Dawn klopft ihm mitfühlend auf die Schulter, aber sie hat einen selbstgefälligen Gesichtsausdruck. Ich weiß nur, dass ich es nicht kampflos hinnehmen werde, wenn sie versuchen, mich von Arkdhem zu trennen. "Wenn ihr versucht, mich mit einem anderen zu paaren, beiße ich seinen Schwanz und seine verdammte *Seela* ab."

Ich ignoriere den entsetzten Blick des Oberbefehlshabers und schaue wieder auf mein Tablet, um nach Arkdhem zu sehen und stoße einen lauten Schrei aus.

"Was ist los?", fragt Pareena.

"Arkdhem ist weg." Ich halte das Tablet hoch und Schock und Sorge durchströmen mich. Der Raum, in dem er eingesperrt war, ist jetzt leer. Was ist mit ihm geschehen? Wo ist er hingegangen? Ich versuche, durch das Band nach ihm zu greifen, aber alles, was ich spüre, ist Wut, die, da bin ich mir ziemlich sicher, meine eigene ist, wenn man das aktuelle Gesprächsthema bedenkt.

Bevor ich völlig ausflippen kann, nimmt mir Gavrill das Tablet ab und tippt auf den Bildschirm, um den Winkel der Kameras zu ändern.

Arkdhem erscheint wieder - und er kämpft mit dem riesigen Krieger in der schwarzen Rüstung. *Wer ist das?*

"Verdammt, Bodgan", schnauzt Pareena und schockiert uns alle. "Nicht schon wieder." Sie stößt sich von ihrem Sitz ab und stürmt aus dem Raum.

 arta

ICH REIßE dem Oberkommandierenden das Tablet aus der Hand und renne Pareena hinterher, das Herz in der Brust pochend. Arkdhem kämpft! Und nicht nur das, er kämpft gegen Pareenas Gefährten! Was zum Teufel ist hier los?

Aber tief in meinem Herzen weiß ich... Pareenas Gefährte ist wahrscheinlich genauso sauer wie der Oberkommandierende, aber das bedeutet nicht, dass es in Ordnung ist, meinen Gefährten zu verletzen, verdammt! Blöde Neandertaler-Krieger-Mentalität.

"Tribute", brüllt der Oberbefehlshaber hinter uns her, sein Stuhl scharrt auf dem Boden, als er sich erhebt. "Ich befehle euch, stehen zu bleiben! Wenn zwei Krieger kämpfen, könnt ihr nicht angreifen..."

"Oh, lass sie in Ruhe", schnauzt Dawn. "Wir sind NICHT fertig damit, darüber zu reden..." Ihre Stimme wird unterbrochen, als die Tür zufällt. *Mach ihn fertig, Dawn!* Vielleicht hämmert sie die Botschaft in Gavrills Dickschädel. In der Zwischenzeit hoffe ich, dass es Arkdhem gut geht. Wenn er Pareenas Gefährten tötet...

Ich folge Pareena durch die verwinkelten Gänge des Tsenturion-Schiffs und laufe so schnell ich kann, um mit ihr Schritt zu halten.

"Ich kann das nicht glauben. Ich dachte, er wäre darüber hinweg..." murmelt Pareena, bevor ihre Stimme so leise wird, dass ich nicht mehr hören kann, was sie sagt.

Ich will sie fragen, was los ist, aber sie rast mit voller Geschwindigkeit um eine Ecke und ich rutsche ein wenig, als ich versuche, ihr zu folgen.

Ich kann erkennen, dass wir uns dem Ort nähern, an dem Arkdhem ist, denn die Kampfschreie hallen den Gang entlang. Vor uns spähen mehrere Tsenturion-Soldaten durch eine Tür.

"Was steht ihr denn da so rum?", schreit Pareena sie an. Sie stürmt im Eiltempo nach vorne und huscht um sie herum, bevor sie merken, dass sie da ist.

"Wartet!" Einer der wartenden Soldaten bemerkt sie, aber es ist zu spät - ich bin bereits an ihm und den anderen drei Tsenturion vorbeigeschossen, um den Raum ebenfalls zu betreten. Sie waren zu sehr von Pareena abgelenkt, um mich zu bemerken, bis es zu spät war.

Kurz vor der Tür bleibt Pareena stehen und ich stoße mit ihr zusammen. Ich kann es ihr nicht verdenken, dass sie stehen bleibt. Das ganze Gefängnis hat sich in eine Kampf-szene verwandelt.

Arkdhem und ein anderer Krieger in schwarzer Rüstung mit furchterregenden Stacheln, die aus seinem Helm und Rücken herausragen, kämpfen gegeneinander. Der schwarz gekleidete Krieger ist größer und massiger, aber Arkdhem ist fitter und schlanker, was ihn bewegli-cher macht. Die beiden prügeln sich mit den Fäusten und das Knurren und Brüllen ist furchterregend zu hören.

"Stopp", schreit Pareena gleichzeitig mit mir, als ich Arkdhems Namen rufe. Keiner der Krieger hört uns. Pareena wendet sich an einen der wartenden Tsenturion und stemmt die Hände in die Hüften. "Hattet ihr nicht den Befehl, den Gefangenen zu bewachen?"

"Ja?", antwortet einer der Soldaten und zuckt zusammen, als Bogdan Arkdhem gegen die Wand knallt und den ganzen Raum erschüttert. Auch ich zucke zusammen und mir droht das Herz aus der Brust zu springen, während ich sie beobachte und weiß, dass ich nicht eingreifen sollte. Ich will Bogdan keine Munition gegen Arkdhem geben. Er würde einen Tribut wahrscheinlich nicht absichtlich verletzen, aber ich bin Arkdhems Tribut, also ist es ihm vielleicht egal. "Aber Commander Bogdan gab uns den Befehl..."

"Und? Du solltest Arkdhem *vor* ihm beschützen. Wenn euer Kommandant euch einen dummen Befehl gibt, dann folgt nicht seinem Schwachsinn!", schreit Pareena sie an. Sie schauen sich alle an und wissen nicht, was sie tun sollen.

"Oh mein Gott", murmle ich.

"Steht nicht einfach so herum!" Pareena fuchtelt mit den Armen vor den Wachen herum. "Tut etwas!"

Die vier Soldaten sehen sich gegenseitig an, als warteten sie darauf, dass die anderen den Anfang machen.

"Ah, nun, Kommandant Bogdan hat uns gesagt, wir sollen zurückbleiben und uns nicht einmischen. Der Kommandant hat uns nicht gesagt, dass wir Arkdhem bewachen sollen und wir können uns einem direkten Befehl nicht widersetzen..."

Pareena richtet sich zu ihrer vollen Größe auf, die etwa halb so groß ist wie die des kleinsten Tsenturion und ihre Augen blitzen. "Oberbefehlshaber Gavrill ist auf dem Weg", verkündet sie. "Was wird er sagen, wenn er erfährt, dass du diesen Kampf zugelassen hast?"

Die vier Krieger seufzen. Einer nach dem anderen zuckt mit den Schultern, ihre Rüstungen werden dicker und ihre Helme verdecken ihre Gesichter.

"Tretet zurück, Tribute", befiehlt einer von ihnen und die vier stürzen sich ins Getümmel.

"Gut gemacht", flüstere ich Pareena zu.

"Danke. Den Oberbefehlshaber zu erwähnen, funktioniert normalerweise", flüstert sie zurück und reibt sich mit der Hand das Gesicht. "Wir müssen aber wirklich ein paar neue Protokolle erstellen. Die Art und Weise, wie die Krieger Befehle befolgen, kann in manchen Situationen gut sein, aber natürlich funktioniert das nicht immer."

"Ich glaube, sie haben mehr Angst vor dir als vor dem Oberkommandierenden", murmle ich. Wir lächeln uns kurz an, wenden uns dann aber wieder dem Kampf zu und beißen uns auf die Lippen.

Die Gefängniswärter stapfen zu den kämpfenden Kriegern hinüber.

Einer von ihnen hebt die Hand. "Auf Befehl des Oberbefehlshabers befehlen wir euch, aufzuhören..."

Bevor er zu Ende sprechen kann, trifft Bogdans Faust den Krieger in die Brust und schleudert ihn gegen die Wand.

Pareena und ich zucken synchron zusammen.

Arkdhem wirft einen Wächter zu Boden und springt über ihn hinweg, um den dritten zu überwältigen. Bogdan springt auf den vierten. Die Arme von Arkdhem und Bogdan heben und senken sich zeitgleich wie in einer einstudierten Choreografie aus Schlägen. Wache eins und drei fallen zu Boden. Na toll. Anscheinend werden sie sich *jetzt* vertragen und nebeneinander kämpfen, anstatt sich gegenseitig zu bekämpfen.

Igitt. Männer.

Aber es ist eine wirklich beeindruckende Darbietung kriegerischen Könnens. Pareena und ich bekommen plötzlich aus erster Hand zu sehen, warum Bogdan und Arkdhem das zweite und dritte Kommando über die Tsenturion haben. Als sie gegeneinander kämpften, waren sie ebenbürtig, aber gegen zwei zu eins mit anderen Kriegern kämpfen?

Das ist kein Problem.

Und es ist nicht so, dass die Wachen nicht selbst hochqualifizierte und bösartige Kämpfer sind. Sie sind es und ich merke es, ihre flüssigen Bewegungen, die Entschlossenheit in ihren Gesichtern.

Es ist nur so, dass Arkdhem und Bogdan so viel besser sind.

Der zweite Wächter versucht, Arkdhem von hinten anzugreifen, indem er sich nach vorne stürzt und seine Arme um Arkdhems Schultern schlingt. Ohne auch nur innezuhalten, schnappt Arkdhem nach vorne und nutzt den Schwung des Wächters, um ihn herumzuwirbeln und Wächter Eins, der gerade auf die Beine getaumelt war, mit einem Roundhouse-Kick niederzuschlagen.

"Heilige Scheiße! KO!", rufe ich. Dann sehe ich Pareenas Blick, ziehe eine Grimasse und falle zurück. "Sorry. Hab mich von der Aufregung anstecken lassen." Ist es meine Schuld, dass ich zu Hause auf MMA und Käfigkämpfe stehe und für einen Moment vergessen habe, dass es hier um etwas Ernstes geht?

Sie schüttelt den Kopf und murmelt etwas von einer Überdosis Testosteron, die hier ansteckend sei. Ich beiße mir auf die Lippe.

Wache Vier hat etwas, das wie ein Streitkolben aussieht, aus seiner Rüstung wachsen lassen. Pareena erschrickt, als er es gegen das Gesicht ihres Gefährten schwingt. Doch aus Bogdans Handschuhen wachsen Stacheln und *er fängt den Streitkolben mit seinen Händen auf.* Er hält nicht einmal inne und zieht den Wächter zu sich, während er sein eigenes Knie hochreißt. Der Wächter ist doppelt gekrümmt, als Bogdan ihn gegen die Wand schleudert und er umkippt.

"Gut gemacht, Babe!", schreit Pareena und klatscht in die Hände.

Jetzt bin ich an der Reihe, eine Augenbraue in ihre Richtung zu heben. Sie bedeckt ihre geröteten Wangen und murmelt: "Ich schätze, es ist leichter, sich zu verrennen, als ich dachte."

Die Gefängniswachen sind offiziell aus dem Kampf ausgeschieden. Drei von ihnen liegen regungslos an der Wand. Der andere stöhnt, sein Helm hängt halb von seinem Kopf herunter.

Aber das bedeutet, dass Arkdhem und Bogdan sich wieder gegenseitig angreifen können. Und sie verschwenden keine Zeit, sondern treten sich gegenseitig in den Hintern.

Arkdhem springt an Bogdan vorbei und zertrümmert seinen Helm. Einer von Bogdans Stacheln fällt ab.

Aber Bogdan dreht sich um und wirft den Streitkolben nach Arkdhem, was meinen Gefährten unvorbereitet trifft.

Arkdhem taumelt. Bogdan brüllt im Triumph und nimmt die Verfolgung auf.

"Was sollen wir tun?" Ich weine.

Pareena zuckt hilflos mit den Schultern und wendet ihre Aufmerksamkeit wieder ihrem Gefährten zu, ihr Ausdruck ist von Angst und Sorge geprägt.

Jetzt haben die beiden außerirdischen Krieger ihre Waffen verloren und ringen miteinander. Bogdan schlägt Arkdhem auf die Schulter. Arkdhem zittert, sein Anzug wird durch den Schlag schwarz, aber er bleibt aufrecht und erwidert den Schlag mit einem Ellbogen in Bogdans Gesicht.

Pareena und ich halten beide den Atem an. Irgendwann haben wir angefangen, uns an den Händen zu halten.

Ich wende mich wieder dem Kampf zu. Die Wucht der Schläge hat einige Teile der Rüstung zerschmettert. Kleine und große Stücke liegen im Raum verstreut. Ein größeres Stück - eine Brust- oder Rückenplatte - liegt in der Mitte und droht, jemanden zum Sturz zu bringen. Ich wusste nicht, dass sich die Nanotechnologie auf diese Weise lösen kann.

Teile von Bogdans und Arkdhems Rüstung sind grau geworden. Die meisten der Stacheln sind abgebrochen. Es sieht nicht gut aus.

"Sie werden kämpfen, bis einer aufgibt." Oder noch schlimmer: Jemand wird tödlich verletzt oder stirbt.

Ich möchte nicht, dass das einer von uns beiden passiert.

Nach einigen angespannten Momenten des Ringens befreit sich Arkdhem aus Bogdans Griff und platziert einen Schlag, der den größeren Krieger auf den Boden schickt. Während des Falls scheißt Bogdans Bein heraus und bringt Arkdhem zu Fall. Der größere Krieger kommt schnell wieder auf die Beine, während Arkdhem noch wegrollt. In einer blitzschnellen Bewegung ist Bodgan auf ihm, die Faust hoch in die Luft gereckt. Er will Arkdhem den Schädel zertrümmern.

Ich denke nicht einmal nach. Mit einem spitzen Schrei - "Nein!" - werfe ich mich zwischen Bogdan und Arkdhem und bedecke Arkdhems Kopf mit meinem Körper.

"Marta!" Der Schrei von Pareena folgt mir. Auch Bogdan schreit auf, ich höre das Entsetzen in seiner Stimme, aber ich spüre auch seine Bewegung.

Sie sind so schnell, dass, als ich mich zwischen sie geworfen hatte, seine Faust schon runtersauste.

Ich bin gewappnet und warte auf den unvermeidlichen Schmerz, auf meinen möglichen Tod. Ich habe keine Rüstung. Keinen Schutz. Ich kenne Arkdhem erst seit einer Woche. Aber in diesem Moment weiß ich auch, dass ich mich irgendwie in ihn verliebt habe und ich wäre bereit, für ihn zu sterben. Ich bereue es nicht.

Es gibt eine Geräuschexplosion neben meinem Kopf, das

Kreischen von Metall auf Metall, und ich hebe benommen den Kopf. Irgendwie hat Bogdan es geschafft, seine Faust umzulenken, sodass sie neben meiner Schulter auf den Boden knallt, anstatt mich zu treffen.

Das große Männchen zuckt zurück, steht auf und lässt mich über Arkdhems Kopf liegen. Er starrt auf mich und die Vertiefung, die er im Boden des Schiffes hinterlassen hat, als würde er merken, wie nahe er dran war, mich zu töten. Ich starre ihn an, mein Herz klopft so schnell, dass sich meine Brust eng anfühlt, als würde sie sich um sich selbst schließen und ich kann kaum atmen.

Pareena rast an uns vorbei, knallt gegen die Brust ihres Gefährten und schlingt ihre Arme um ihn. Der einzige Weg, wie er und Arkdhem jetzt zueinander gelangen können, führt über uns beide.

"Genug", sagt sie ihm mit Nachdruck.

Kräftige Hände heben mich auf, als Arkdhem mich von seinem Kopf herunterzieht, damit er sich aufsetzen kann. Sein goldenes Gesicht wirkt etwas blasser als sonst, aber ansonsten unverletzt, als sich der Nanotech ablöst und seine Haut zum Vorschein kommt.

"Geht es dir gut?", frage ich ihn und streichle seine Wangen.

"Ja, meine Marta." Er starrt mich an, als würde er mich mit seinen Augen aufsaugen und versuchen, sich jeden winzigen Millimeter meines Gesichts einzuprägen. Als hätte er Angst, dass ich ihm wieder weggenommen werden könnte. Ich werfe meine Arme um ihn und klammere mich an ihn. Scheiß drauf. Wenn sie versuchen, uns wieder zu trennen, werden sie es mit einer stinksauren Brasilianerin zu tun bekommen und darauf sind sie auf keinen Fall vorbereitet.

"Was hast du dir dabei gedacht?", brüllt Bogdan Pareena an.

"Ich wollte dich zur Vernunft bringen", schreit sie sofort zurück. Es gibt kein Anzeichen auf die ruhige Beraterin Pareena. Sie schiebt ihr langes schwarzes Haar aus dem Gesicht, dämonische Flammen tanzen in ihren Augen. "Und ich kann dir die gleiche Frage stellen. Was hast *du* dir dabei gedacht, einen Tsenturion-Kollegen anzugreifen?" Sie schlägt ihre kleine Faust gegen seine riesige Schulter.

Bevor Bogdan antworten kann, stürmt der Oberbefehlshaber in den Raum, offensichtlich wütend. Ich brauche die Farben seiner Rüstung nicht zu sehen, um zu wissen, dass er mit seiner Geduld am Ende ist.

Dawn ist direkt hinter ihm. Sie sieht uns, keucht und stürzt nach vorne, aber er fängt sie auf und wiegt sie vor sich, seine Hände auf ihrem runden Bauch.

Arkdhem rappelt sich auf und hebt mich mit sich. Wir stehen dem Oberkommandierenden und Dawn in der gleichen Position gegenüber - ich vor Arkdhem, mit dem Rücken zu ihm und seinen Armen um mich. Neben uns dreht Bogdan Pareena sanft in den Spiegel, aber nicht bevor sie ihrem Gefährten noch einmal auf den Arm schlägt. Ich verschränke die Arme vor der Brust und starre den Oberbefehlshaber zurück an.

Die Wächter der Zelle haben es bis zur Tür geschafft und helfen sich gegenseitig auf.

"Ich habe euch befohlen, den Gefangenen zu bewachen", schnauzt der Oberkommandierende sie an. "Was ist passiert?"

Die Gefängniswärter sehen sich gegenseitig an und dann Bogdan, schweigend und unsicher.

"Oberbefehlshaber... Kommandant Bogdan befahl uns, zurückzutreten und ihm zu erlauben, mit Kommandant Ark - ich meine, dem Gefangenen - zu sprechen." Wache Eins sieht genervt aus, weil er Bogdan verpfeifen muss, aber er wird den Obersten auch nicht anlügen. Weitere Risse in ihren derzeitigen Protokollen kommen zum Vorschein. Ich kann nicht anders, als mich ein wenig selbstgefällig zu fühlen. Ich werde dem Oberbefehlshaber all diese Risse ins Gesicht drücken, bis er nachgibt und mir gibt, was ich will - meinen Gefährten.

"Ich habe Bogdan dazu angestiftet, mich herauszufordern und anzugreifen", sagt Arkdhem sanft.

"Er ist ein Verräter an unserer Art", murmelt Bogdan.

Der Oberbefehlshaber hebt eine Hand, um sie aufzuhalten und blickt sie an. "Genug. Meldet euch in der Krankenstation", befiehlt er den Wachen. Sie salutieren steif und taumeln davon.

"Und ihr zwei. Was soll ich nur mit euch machen? Ich sollte euch *beide* in die Zelle werfen." Der Oberkommandierende starrt sie an. "Schlimm genug, dass ihr aufeinander losgehen müsst, aber jetzt habt ihr auch noch weitere Krieger in eurer Fehde verletzt! Und eure Tribute in Gefahr gebracht!"

* * *

Arkdhem

ICH VERSTEIFE mich und klammere mich noch fester an Marta als zuvor. Ich hatte nicht gewusst, dass sie in Gefahr war. Ich hätte nicht erwartet, dass sie in meiner Nähe war, als Bogdan und ich kämpften.

Als sie sich auf mich geworfen hatte, zwischen Bogdan und mich, war meine ganze Welt auf entsetzliche Weise zum Stillstand gekommen. Ich konnte immer noch nicht glauben, dass sie sich in ein tsenturonisches Duell eingemischt hatte und dabei unverletzt geblieben war. Dafür schulde ich Bogdan Dank für seine überlegene Selbstbeherrschung. Sie hätte getötet werden müssen und das weiß ich.

Das Bedürfnis nach Dankbarkeit ist groß.

"Vielleicht sollten wir eine Abkühlungsphase einlegen", schlägt Pareena mit ihrer normalen, ruhigen Stimme vor. Sie windet sich in Bogdans Armen, während er ihr die Haare kämmt und wirkt bereits ruhiger, seit sie bei ihm ist.

"Vielleicht könnte Arkdhem bis zur Verhandlung einfach in seinem Quartier bleiben", schlägt Dawn mit einem Blick auf mich und Marta vor. Ich weiß die Geste zu schätzen, aber ich weiß bereits, dass das nicht möglich sein wird. Die Tribute haben einen großen Einfluss darauf, was mit ihnen geschieht. Nicht so sehr auf das, was außerhalb ihrer Sphäre passiert.

Aber der Oberbefehlshaber schockiert mich.

"Nun gut", sagt er, obwohl er nicht glücklich darüber aussieht. Sowohl Bogdan als auch ich starren ihn verwundert an. "Arkdhem, bis zur Verhandlung bleibst du in deinem Quartier, auch zu den Mahlzeiten. Dein Tribut kann kommen und gehen, wie es ihm beliebt."

Ich starre ihn an, während Bogdan einen ungläubigen Laut von sich gibt.

"Du belohnst ihn einfach mit einem Urlaub, obwohl er Verrat begangen hat?" Er klingt wütend. Ich kann es ihm nicht verdenken. Ich hatte erwartet, dass ich bis zu meiner Verhandlung hier bleiben würde. Und danach weitaus Schlimmeres zu erleiden.

"Der Befehlsgewalt enthoben zu werden, ist keine Belohnung, genauso wenig wie das Einsperren in ein Quartier ein Urlaub ist", knurrt Gavrill zurück.

Das ist wahr. Es ist beschämend zu wissen, dass ich meines Amtes enthoben werde. Alle werden es wissen, und sie werden wissen, warum. Aber das Warum - Marta - ist es wert.

"Was ist mit seinem Tribut?" Bogdan winkt uns mit einer Hand zu, bevor er sie wieder um seinen eigenen Tribut legt. Ich knurre ihn an.

"Marta", schnappt mein Tribut und ich schlinge meine Arme um sie. Ich will nicht, dass Bogdan die Aufmerksamkeit auf sie lenkt, aber das hält sie nicht auf. "Mein Name ist Marta."

"Marta", betont der Oberbefehlshaber ihren Namen, "wird entscheiden, wo sie sein möchte."

Es liegt etwas in seinem Tonfall, in seinem Gesichtsausdruck und ich kneife die Augen zusammen und schaue Dawn und Pareena an. Beide sehen erfreut aus und Dawn tätschelt sogar seinen Arm.

Ah, die Tribute sind wieder am Werk. Sie haben uns so sehr verändert, seit der Ankunft von Dawn und den weiteren Veränderungen nach Pareenas Bleiben. Aber ich will mich nicht beklagen.

"Ich möchte bei Arkdhem bleiben", sagt Marta.

Die Freude durchströmt mich so stark, dass ich vor Glück explodieren könnte. Es ist leicht, das Geräusch zu ignorieren, das Bogdan macht. Mein Tribut, meine Marta, hat sich einfach entschieden, bei mir zu bleiben. Es gibt kein besseres Gefühl im ganzen Universum.

Der Oberkommandierende nickt. Er sieht auch nicht besonders glücklich aus, aber er sagt Marta nicht, dass sie es nicht darf oder nicht soll. Ja, ich erkenne in dem Sinneswandel des Oberbefehlshabers durchaus die geschickten Hände unserer Tribute.

"Nun gut. Wenn du dich umentscheidest, brauchst du nur auf die Brücke zu kommen."

"Das kann ich dann machen", antwortet Marta. Sie reibt sich die Stirn und ich spüre die Erleichterung, die sie durchströmt. Ich kuschle mich enger an sie.

"Bogdan, du hast diesen Vorfall eindeutig provoziert",

fährt der Oberkommandierende fort. "Deshalb übertrage ich dir für die nächsten zwei Zyklen das Kommando auf der Brücke und die Aufsicht über die Abfallverdichtung auf Ebene achtzehn."

Müllabfuhr. Ein anderes Mal hätte ich seine Bestrafung weitaus mehr genossen, aber es ist viel schlimmer, wenn man mir meinen Rang vollständig entzieht.

"Aber...", protestiert Bogdan.

"Diskutiere weiterhin mit mir und ich füge ein paar weitere Halbmonde hinzu, um Medik in der Krankenstation zu unterstützen. Du kannst alle Flüssigkeitsprobenbehälter reinigen und desinfizieren."

"Ich habe also Mülldienst und er bekommt einen kostenlosen Urlaub mit seinem Tribut", brummt Bogdan.

"Ja", antwortet der Oberkommandierende ernst. "Und es ist deine Schuld. Hättest du ihn nicht angegriffen, säße er noch immer in der Zelle."

Diesmal muss ich mir ein Lächeln verkneifen. Ich bin frei und es ist Bogdans Schuld.

"Vergiss nicht, dass ihm das Kommando entzogen wurde", fügt Gavrill hinzu. "Dein Mülldienst ist nur vorübergehend. Seine Strafe könnte dauerhaft sein."

Bogdan hält den Mund und lässt sich von Pareena abführen.

Aber Gavrills düstere Ankündigung hat meine gute Laune weggewischt. Ist das ein Hinweis auf das, was noch kommen wird? Eine dauerhafte Degradierung? Werde ich in die untersten Ränge der Krieger zurückgestuft, um mich wieder hochzuarbeiten?

Es ist keine Schande, auf dem letzten Platz zu stehen, aber es ist eine Schande, seinen Platz zu verlieren. Es ist eine große Schande.

Marta macht ein besorgniserregendes Geräusch und ich verdränge mein Bedauern. Welche Schande ich auch immer ertragen muss, welche Strafe ich auch immer erleiden muss, sie ist es wert. Ich habe es schon einmal gesagt und ich habe es gemeint.

"Wir werden dich zu deinem Quartier begleiten", sagt der Oberkommandierende und ich nicke. Mit einer Geste tritt er zur Seite und ich lasse Marta widerwillig los, damit sie sich bewegen kann. Sie ergreift sofort meine Hand - was mir gefällt - und wir vier gehen den Flur entlang.

arta

"Brauchst du medizinische Hilfe?", fragt der Oberkommandierende und mustert Arkdhem, während er und Dawn uns durch den Gang begleiten. Dawn scheint beschwichtigt zu sein, was den Oberkommandierenden angeht, aber ich fühle mich nicht ganz so großzügig.

Während ich etwas von dem bekomme, was ich will, ist es schwer zu vergessen, dass er immer noch derjenige sein wird, der für die Disziplinierung meines Gefährten verantwortlich ist. Ich vertraue darauf, dass er uns zusammenbleiben lässt, wenn Arkdhems Prozess vorbei ist. Bis dahin bleibe ich misstrauisch.

"Nein." Arkdhem zuckt mit der Schulter und zuckt zusammen. Der Nanotech dort ist immer noch grau. Er und Bogdan haben sich wirklich die Seele aus dem Leib geprügelt. Ich möchte ihm eine Ohrfeige geben und ihn gleichzeitig umarmen. "Ich habe in meinem Quartier ein einfaches

Panzerungsreparaturset. Und ein Ruhezyklus wird den größten Teil des Schadens beheben."

Einen Moment lang denke ich, der Oberkommandierende würde etwas sagen, aber stattdessen seufzt er. Ich werfe ihm einen Blick zu und in seinen Augen liegt ein entrückter Ausdruck, als ob er nachdenken würde.

Den Rest des Weges gehen wir schweigend, was ein wenig unangenehm ist, aber ich habe keine Lust, es zu brechen. Als wir Arkdhems Quartier erreicht haben, blockiert der Oberkommandierende die Tür, um uns anzusehen.

"Ich habe dir nicht verziehen, was du getan hast", sagt er zu Arkdhem. "Indem du dein Kommando verlassen hast, als wir auf der Seite des Planeten waren, hast du uns ungeschützt gelassen. Alles ist gut ausgegangen, aber das macht das Risiko und die Entscheidung, die du getroffen hast, indem du mich nicht kontaktiert hast, nicht zunichte. Die Befehlskette gibt es nicht ohne Grund und das ändert sich auch nicht, wenn wir jetzt Tribute haben."

Dawn sieht besorgt aus, vielleicht weil es unmöglich ist, diesen Punkt zu bestreiten. Sie beißt sich auf die Lippe und ich blicke zu Boden. Meine Gedanken rasen, aber mir fällt kein gutes Argument gegen das ein, was der Oberbefehlshaber gesagt hat, außer dass ich froh bin, dass Arkdhem meinetwegen gekommen ist. Aber wäre ich immer noch froh gewesen, wenn es anderen Schaden zugefügt *hätte?*

Nein. Nein, das wäre ich nicht gewesen.

"Ich verstehe", entgegnet Arkdhem leise. "Ich kann mich nicht dafür entschuldigen, dass ich meine Marta zu mir geholt habe, aber ich wünschte, ich hätte dich vor meiner Abreise kontaktiert." Das ist das erste Mal, dass er das sagt und ich glaube, er meint es ernst. Wenn er die Reaktion des Oberkommandanten sieht, wird Arkdhem vielleicht klar, dass dieser ihn nicht hätte hängen lassen.

Der Oberbefehlshaber nickt mit ernster Miene.

"Du wirst die Konsequenzen tragen. Der Rat wird in drei Tageszyklen zusammentreten. Bis dahin bleibst du hier mit deinem Tribut." Er tritt zur Seite und macht eine entsprechende Geste. Dawn klammert sich an seinen Arm und wirft mir einen Blick zu, als Arkdhem die Tür zu seinem Quartier öffnet und wir eintreten, als wolle sie sagen, dass sie tun wird, was sie kann.

Ich hoffe, dass sie viel erreichen kann, denn die letzten Worte des Oberbefehlshabers an uns tragen nicht gerade zu meinem Vertrauen bei.

"Sie ist der einzige Grund, warum ich eure Verbindung nicht gewaltsam aufgelöst habe. Sie hat sich für dich eingesetzt. Du bist ihr etwas schuldig."

Ich halte den Atem an. Mein Körper zittert unter den Nachwirkungen von allem. Der Gedanke, dass unsere Verbindung zerbricht, lässt meine Beine kaum mein Gewicht tragen, als würde ich gleich zusammenbrechen.

Ich wusste nicht einmal, dass ich eine Bindung habe, aber ich möchte sie nicht verlieren.

Was ist, wenn der Rat trotzdem beschließt, uns zu trennen? Wie viel Macht hat der Oberkommandierende?

Meine Angst muss sich in meinem Gesicht widerspiegeln, denn Dawn zeigt mir stumm einen Daumen nach oben. Aber sie lässt ihre Hand fallen, bevor sich ihr Freund ihr zuwendet.

Und damit gleiten die Türen zu Arkdhems Quartier zu.

In dem Moment, in dem die Tür zufällt, zieht mich Arkdhem zu sich heran und presst seinen Mund auf meinen. Er streichelt sanft meinen Hinterkopf, aber seine Lippen sind nicht so sanft zu meinen, seine Zunge stößt zu, plündert. Ich lehne mich zurück, schlinge meine Arme um seinen Hals und ziehe ihn an mich.

Er hebt mich hoch, ohne seinen Mund von meinem zu

nehmen und geht zum Bett. Ich lande auf seinem Schoß. Wir knutschen wie Highschool-Schüler in einem Autokino.

Dann packt er mich im Nacken und dreht mich, sodass ich mit dem Bauch nach unten auf seinem Schoß liege.

"Was ist denn jetzt los?" Ich quieke. Ich zappele, aber es geht nicht weiter. Arkdhem zieht mein Gewand hoch und kaum ist mein umgedrehter Hintern entblößt, kracht seine Hand herunter.

Klatsch!

"Wenn du dich jemals wieder so in Gefahr begibst..." Die Angst in seinem Tonfall beunruhigt mich mehr als alles andere.

"Werde ich nicht. Ich verspreche es." Ich trete. "Es tut mir leid... Ich hätte es nicht getan. Ich dachte, du würdest sterben!"

Er reißt mich nach oben, drückt seinen Mund wieder auf meinen und küsst mich, als wäre es das Letzte, was er tun würde. Ich halte mich an seinen Schultern fest und akzeptiere seinen Kuss, in der Hoffnung, seine Ängste zu beruhigen.

Er zieht sich zurück, seine Brust hebt sich. Seine Augen schließen sich für einen Moment. "Als ich sah, wie Bogdans Faust nach unten sauste und ich mich nicht bewegen konnte… nichts tun konnte, um dir zu helfen..."

"Ich wusste nicht, was ich sonst tun sollte. Das war nicht mein bester Moment. Ich werde es nicht wieder tun." Ich lege meine Hände auf beide Seiten seines Gesichts, bis er mich ansieht. "Aber wie kannst du von mir verlangen, dass ich unbeteiligt bleibe, wenn dein Leben bedroht ist?"

"Ich habe dich nicht verdient", haucht er.

Ich erhebe mich in seinen Armen, um seinen Mund zu treffen und lange Zeit tauschen wir mit unseren Zungen Intimitäten aus, inhalieren einander, bis ich von ihm betrunken und benebelt bin.

Als er schließlich seine Finger in mein Haar krallt und meinen Kopf zurückzieht, ist der leichte Schmerz köstlich und bringt mich zurück.

"Du hast dein Leben in Gefahr gebracht", knurrt er und seine Hand greift fester in mein Haar, sodass es brennt. Es ist auch verdammt heiß und ein bisschen beängstigend, weil mein Hintern plötzlich kribbelt, als Warnung vor dem, was noch kommen wird. Ungezogene Mädchen werden bestraft.

Meine halb geschlossenen Augen fliegen auf.

"Stell dich nie zwischen zwei kämpfende Krieger", sagt er und schüttelt mich leicht.

"Das war dumm, ich weiß", gestehe ich, was mir in meinem Fall nicht weiterhelfen wird.

Arkdhems Augen leuchten, aber sein Griff um mein Haar lockert sich. "Mein Herz ist beinahe stehen geblieben." Seine Hände gleiten zu meinem Gesicht. "Du bist mein Herz, Marta. Du musst dich mehr um dich kümmern." Sein Daumen reibt über meine Unterlippe. "Es macht mir keine Freude, dir zu sagen, dass du eine Strafe verdient hast."

Ich schnaube fast. Er ist nicht unzufrieden damit, mich bestrafen zu müssen. Sein Schwanz ist steinhart unter meinem Hintern.

Ich bin versucht, zu wiederholen, was er Gavrill gesagt hat und so etwas wie "Ich akzeptiere die Konsequenzen" zu erwidern, aber ich verziehe mein Gesicht zu einer ernsten Maske.

Er drückt mir noch einen Kuss auf die Lippen, bevor er mich hochhebt und mich langsam auszieht. Die Kleidungsstücke gleiten leicht zu Boden. Vielleicht ist das ja so ein Ding mit dieser Tribut-Bekleidung - sie ist so konzipiert, dass man sie schnell ausziehen kann.

Als sich der Stoff zu meinen Füßen sammelt, befiehlt er mir, mich auf das Bett zu legen. "Auf allen vieren, sofort."

Mit klopfendem Herzen tue ich, was er befiehlt. Meine

Pussy ist bereits feucht. Der Gedanke an Bestrafung scheint sie zu erregen, denn ich weiß sehr gut, wie das in der Vergangenheit mit erotischem Vergnügen verbunden war.

Als hätte Arkdhem die Wendung meiner Gedanken gespürt, fügt er hinzu: "Du darfst nicht kommen."

Verdammt, natürlich nicht. Das ist eine Bestrafung.

Ich schaue hinter mich. Arkdhem ist zum Replikator gegangen und hat sich einen Stock geholt. Er federt ihn gegen sein Bein. Er pfeift durch die Luft und hinterlässt eine lange graue Linie auf seiner Rüstung.

Ich atme tief ein. Das wird weh tun.

Ich drehe mich schnell um, bevor er meinen Blick bemerkt. Falls er mich doch sieht, sagt er nichts. Er kehrt an meine Seite zurück und legt eine Hand in meinen Rücken.

"Drei mit dem Rohrstock", sagt er einfach. Ich versuche, nicht zu wimmern.

Die Schläge kommen blitzschnell.

Schräger Schlag! Schräger Schlag! Zwei horizontale brennende Linien durchkreuzen mein Hinterteil. Die dritte und letzte Linie verläuft schräg zu den beiden anderen.

Mit pochendem Hintern warte ich darauf, was noch passieren wird. Drei Stockschläge, so hart sie auch sind, können nicht meine ganze Strafe sein.

Ich muss nicht lange warten. Der Braut Trainer beginnt sich zu dehnen und meinen Hintern zu füllen, wie immer. Diesmal wächst der Plug zu einer beachtlichen Größe. Es ist verdammt unangenehm, aber meine Muschi tropft immer noch.

Arkdhem streichelt meinen Po. Der Plug füllt mich so sehr aus, dass ich stöhnen möchte. Wenn Arkdhem ihn nach ein paar Minuten herausziehen würde, würde mein Poloch sich gar nicht zusammenziehen. Heißt das, er wird endlich...

"Ungezogene Tribute werden in den Arsch gefickt", sagt er. "Und sie dürfen nicht kommen."

Ich zittere. Meine Nippel sind hart wie Steine. Das wird eine wirklich angenehme Bestrafung für ihn sein. Plötzlich brennt es zusätzlich in meinem gestreckten Hintern.

"Während ich darauf warte, dass du fertig gedehnt bist, werde ich deinen Hintern von innen und außen wärmen."

Der Plug brennt jetzt wirklich und ich winde mich. Was hat er getan?

"Ich glaube, in den Handbüchern heißt das 'figging'. Es ist eine uralte Technik, bei der normalerweise Ingwer verwendet wird." Arkdhem reibt meinen Hintern, die beruhigende Berührung ist der Gegenpol zu dem zähneknirschenden Stechen in mir. "Ich konnte es ganz gut nachmachen."

"Es tut weh", jammere ich.

"Das soll es auch." Er prüft meine Muschi, sein langer Finger gleitet rein und krümmt sich, um die Innenwand zu massieren, bis sich eine angenehme Wärme in mir ausbreitet. "Und trotzdem ... bist du feucht." Ich kann sein Grinsen hören.

Er soll verdammt sein. Er weiß, wie sehr ich auf diese Bestrafungen reagiere.

Das Brennen in meinem Hintern wird immer schlimmer.

Arkdhem zwingt mich, mich hinzuknien und meine Arme auf dem Rücken zu verschränken, damit er mit meinen Brüsten spielen kann, sie streicheln, in meine Brustwarzen kneifen und meinen Gesichtsausdruck genau beobachten kann.

Ich bin fast dankbar, als er an meinen Brustwarzen zupft, denn das Gefühl dämpft das Stechen in meinem Hintern ein wenig.

"Soll ich etwas gegen die Schmerzen tun?", fragt er.

Ich kneife meine Augen zusammen. Das klingt wie eine Fangfrage. "Was immer du willst, Meister", antworte ich vorsichtig.

Er grinst und zieht mich über seinen Schoß, wobei er meinen Hintern hoch in die Luft streckt. Jetzt klopft seine große Handfläche auf meinen bereits von den Rohrstockschlägen übersäten Hintern. Er wird ihn zwischen den roten Linien rosa färben.

Er schlägt auf jede Backe und teilt sie wieder in vier Quadranten ein - sechs, einschließlich meiner Sitzfläche. Er pfeffert jeden Quadranten. Das scharfe Gefühl seiner Handfläche lenkt ein wenig von dem grausamen Biss des ingwerartigen Plugs ab, aber als er aufhört, pocht mein Hintern - innen und außen.

"Au, au, au", rufe ich. Habe ich mich jemals gefragt, wie sich Figging anfühlen würde? Ich wünschte, ich könnte in der Zeit zurückgehen und diese spezielle Fantasie löschen. Das ist ätzend.

Die Haut um den Plug herum fühlt sich verbrannt an. Der Plug wächst weiter und dehnt mich noch mehr aus.

Plötzlich schlägt Arkdhem auf den Plug.

Ich keuche, aber meine Mitte tropft unaufhörlich. Er versohlt ihn wieder und dann beginnt der Plug plötzlich zu vibrieren.

"Oh nein..." Ich winde mich auf seinem harten Schoß.

"Ja." Seine Finger reiben meine Schamlippen, sammeln die Feuchtigkeit. Er führt seine Finger an meine Lippen und lässt mich meinen eigenen Saft schmecken.

Dann hebt er mich von seinem Schoß und lässt mich vor ihm auf die Knie sinken. Er zieht meinen Kopf nach oben, damit ich die breite Spitze seines Schwanzes sehe. Die Seela-Sauger krallen sich in mein Gesicht.

Ich werde danach definitiv Knutschflecken im Gesicht haben. Und wenn mich einer der Tribute sieht, werden sie genau wissen, was passiert ist. Bei dem Gedanken wird mir ganz heiß.

Arkdhem zwingt mich, ihm einen zu blasen, hält meine

Haare fest und führt meinen Kopf. Mit dem Stock klopft mir von Zeit zu Zeit warnend auf den Hintern, wenn ich die Anweisungen nicht richtig befolge. Ich wippe energisch mit dem Kopf und versuche, seine Gunst zu gewinnen, während mein Arsch brennt. Arkdhem grunzt über mir, sein Schwanz scheint in meinem Mund anzuschwellen. Ich verdopple meine Bemühungen. Wenn ich ihn genügend befriedige, lässt er mich vielleicht auch mal ran... was ich dringend brauche. Obwohl mein Arsch in Flammen steht, bin ich noch nie so erregt gewesen.

Aber er zieht sich plötzlich aus meinem Mund zurück. Die *Seela* lösen sich mit kleinen Ploppgeräuschen von meinen Wangen. Er zieht mich an den Haaren und bringt mich in eine neue Position. Ich erhebe mich von meinen Knien und folge seiner Führung. Auf dem Bett landend, stütze mich auf Händen und Knien ab. Der Stock klopft auf die Innenseiten meiner Schenkel und zwingt mich, sie weit zu spreizen.

Arkdhem platziert den Stock in meinem Blickfeld und drückt auf meinen Rücken, bis ich mit dem Gesicht auf dem Bett liege, die Wange an der Bettdecke. Mein Arsch ist hoch in der Luft. Ihm dargeboten.

Meine Schenkel zittern vor Anstrengung, weil ich meine Beine so weit gespreizt habe, aber meine Brustwarzen sind verhärtete Kiesel, die sich in das Bett drücken. Arkdhem umgreift meinen Hintern und meine ganze Aufmerksamkeit gilt der Masse an Empfindungen in meinem Po.

Der Braut Trainer verschwindet und lässt meinen Hintern weit aufgerissen, aber leer zurück. Das Brennen ist weg und ich schmelze vor Erleichterung, aber dann dringt die breite Spitze von Arkdhems Schwanz in meinen Eingang ein. Es sticht, brennt, schmerzt...

Er bewegt sich langsam und lässt mich jeden Zentimeter seines Schwanzes spüren, während er in meinen Arsch stößt.

Ich stöhne, erschaudere und verkrampfe mich. Würde sich ein menschlicher Schwanz anders anfühlen? Ich werde es nie erfahren. Die Empfindungen sind seltsam, aber ich weiß nicht, ob es nur daran liegt, dass er ein Außerirdischer ist, oder daran, dass er in meinem Arsch steckt.

Es tut weh und doch fühlt es sich gut an. Es sticht und doch pocht es. Ich schnappe nach Luft, während er mich ausfüllt und habe das Gefühl, dass in meinem Körper nicht genug Platz für die ganze Luft ist, die ich benötige. Ich kann nicht tief einatmen, nicht, während er immer noch in mich gleitet, in meinen intimsten Raum eindringt und mich ganz für sich beansprucht.

Ich wimmere, als er gänzlich in mich eindringt und seine *Seela* die Kurven meines Hinterns streichelt. Ich spüre, wie sich sein Schwanz in mir biegt, der seltsame Kopf bewegt sich und massiert meine Innenwände. Es ist eine perverse Qual, die meinen Kopf genauso verwirrt wie meinen Körper.

Ich habe mich noch nie von einem Mann so einnehmen lassen. Das hätte ich auf der Erde auch nie getan. Ich wollte mich nicht aufsparen, aber ich hätte nie gedacht, dass ich so etwas mit mir machen lassen würde. Nicht, dass Arkdhem gefragt hätte. Und das macht mich noch heißer, auch wenn ich auf der Erde einem Mann für diese Anmaßung die Eier abschneiden würde.

Aber er ist kein Mensch. Er ist Arkdhem. Mein Krieger. Mein Gefährte. Mein Ein und Alles, ob ich es jemals laut zugeben werde oder nicht.

"Du wirst nicht kommen", befiehlt er, aber dann lässt er seine Hand fallen und greift um meine Hüfte, um meine Pussy zu stimulieren.

Das ist nicht fair!

Das Vergnügen durchzuckt mich. Ich beiße die Zähne zusammen und versuche, mich auf die brennende Dehnung in meinem Arsch zu konzentrieren.

"Arkdhem-", keuche ich. "Meister, bitte."

Er streichelt leicht meine Schamlippen. "Nein."

Der scharfe Schlag lässt mich mit den Zähnen knirschen, aber wenigstens lässt er meinen Orgasmus abklingen. Nur, das tut er nicht, nicht wirklich. Das Durcheinander der Empfindungen - die Dehnung, das Brennen, die Fülle, die leichte Verkrampfung als Reaktion auf Arkdhems riesigen Schwanz, der meinen hinteren Eingang füllt, die Spannung in meinem Rücken und die zarten kleinen Knabbereien der *Seela* an meinem gezüchtigten Hintern - all das vermengt sich zu einem Strudel überwältigender Emotionen. Und obwohl die meisten dieser Empfindungen nicht angenehm sein sollten, verstärken sie den wachsenden Druck meines Orgasmus.

"Meister", rufe ich halb, halb flehe ich.

"Das ist eine Strafe, mein Herz." Aber er nimmt seine Hand weg und greift an die Vorderseite meines Oberschenkels und zieht mich noch fester an sich. "Und jetzt kümmere dich um mein Vergnügen."

Sein arroganter Befehl jagt mir Schauer der Lust über den Rücken. Aber ich bin mir nicht sicher, wie ich irgendetwas tun kann, gedehnt und vollgestopft und halb bewusstlos vom Kampf gegen meinen Höhepunkt.

Ich kann mich nur an den Laken festhalten, während seine Stöße mich nach vorne ins Bett schaukeln.

* * *

Arkdhem

DER ARSCH meines Tributs ist unfassbar eng und brennend heiß. Ich kämpfe gegen meinen eigenen Höhepunkt an, während ich in ihren engen Kanal hinein- und hinausgleite.

Ihr Fleisch ist rosig von meiner Handfläche. Ihr Hintern krallt sich an meinen Schwanz, der Muskelring zieht sich um mein Glied zusammen. Meine *Seela* unterstützt meine Stöße, saugt sich gierig an ihrem gezüchteten Fleisch fest.

Durch die Bindung durchströmen mich Martas Emotionen. Sie ist von Gefühlen überwältigt, schwankt zwischen der Empfindung des angenehmen Schmerzes und der schmerzhaften Lust.

Ich bewege mich härter und schneller, lasse meine Gefühle die Zügel meiner Bewegungen übernehmen und stoße mit all meiner Frustration und Angst in Martas Hintereingang.

In den Handbüchern wird diese Verbindung als "unanständiger Sex" bezeichnet, und ich verstehe das vollkommen, während ich ihr verbotenes Loch fülle. Das Tabu steigert die Erregung und ich kann es am Flattern ihres Pulses und ihren Gefühlen spüren.

Sie auf diese Weise zu nehmen, ist kein reines Vergnügen. Es ist auch ein Schmerz, trotz der Sorgfalt, mit der ich sie unterworfen habe und doch erträgt sie ihn für mich. Zu meinem Vergnügen.

So etwas habe ich noch nie erlebt. Es ist nicht nur ihre willige Hingabe, es ist das, was sie für mich zu tun bereit ist. Wie weit sie bereit ist, zu gehen. Für mich. Alleine. So lange ging es bei der Rasse der Tsenturion darum, was für uns alle gut ist, aber sie hat nur mich gesehen. Arkdhem.

Sie hat sich für mich entschieden.

Und bestand darauf, bei mir zu bleiben.

Lass mich sie ganz und gar für mich beanspruchen, so wie es ihr Volk tut, indem sie für mich Schmerzen erträgt und mir ihre Lust schenkt.

Ich packe ihre Hüften fester und stoße von hinten in sie hinein. Bei jedem Stoß springen meine *Tentakel* ab und werden wieder befestigt und sie schreit auf, als sie weitere

Schmerzfunken an meinem versohlten Hintern entzünden. Ich kann die Hitze spüren, die von den Striemen durch die empfindlichen Organe ausgeht und sie streichen an ihrem aufgerichteten Fleisch entlang, wobei meine Faszination von der Reaktion meines Körpers widergespiegelt wird.

"Oh Gott", keucht Marta, die sich unter mir windet und bockt. Ich spüre, wie sich ihre Muskeln um mich zusammenziehen, was mein eigenes Vergnügen noch steigert. Ich höre die Verwirrung in ihrer Stimme und spüre sie in meinem Inneren, da sie zwischen Schmerz und Lust gefangen ist. "Bitte, Meister. Ich werde kommen."

"Freches Tribut", murmle ich und beobachte, wie meine *Seela* über ihren Hintern streicht, wie sich meine Finger in ihre Hüften graben, während auch mich die Lust packt. "Nun gut. Wenn du kommen kannst, während ich deinen Arsch ficke, darfst du das."

Ich werde ihr die Ekstase nicht verwehren, wenn sie es schafft. Sie hat es verdient.

Ich stoße hart zu, ramme mich von hinten in sie und genieße es, wie sie aufschreit, ihr Schrei wird immer höher und höher, bis sie unter mir explodiert. Ich vergrabe mich in ihr und stöhne bei meinem eigenen Höhepunkt, während sie meinen Schwanz zusammendrückt und meinen Orgasmus in langen, lustvollen Schüben aus mir herausmelkt. Ich spüre, wie sie um mich herum kommt, genauso verloren in der Lust wie ich, wie mein eigenes Echo zu ihr zurückkehrt und uns beide durch schieres sexuelles Glück gleiten lässt, während die Verbindung zwischen uns jedes bisschen unserer gegenseitigen Lust verstärkt.

Als sie unter mir schlaff wird, gerate ich einen Moment in Panik, bevor ich merke, dass sie nur bewusstlos ist. Glückselig. In den Handbüchern war von solchen Dingen die Rede.

Mit selbstgefälliger Zufriedenheit mache ich sie und mich

sauber. Als ich meinen Körper um ihren schmiege, spüre ich, wie sie sich wieder regt und sie stöhnt ein wenig.

Ich küsse ihre Stirn und ziehe sie näher zu mir heran.

"Heilige Scheiße... ich bin am Boden zerstört..."

Ich verstehe nicht, was sie sagen will, aber "zerstört" bedeutet normalerweise nichts Gutes.

"Du bist perfekt", antworte ich und streiche mit den Fingern durch ihr Haar.

"Das gilt auch für dich." Sie gähnt. Ihr Ton ist flapsig, aber ich kann die Tiefe ihrer Emotionen spüren, die durch die Verbindung ausstrahlen, weil meine eigene mit ihrer übereinstimmt und die beiden sich gegenseitig verstärken.

Dennoch halte ich die Dinge leicht, weil ich spüre, dass sie sich nach einer so intimen Erfahrung nach Leichtigkeit sehnt.

"Immer wenn du mir nicht gehorchst, bekommst du den unartigen Sex", sage ich ihr und streichle immer noch ihr Haar. Sie windet sich gegen mich und gibt ein leises Brummen von sich. Trotzdem sollte sie wissen, dass es echte Konsequenzen gibt. "Du darfst dich nie wieder in Gefahr begeben. Bei einem zweiten Vergehen werde ich nicht mehr so sanft sein."

"Das werde ich nicht", murmelt sie im Halbschlaf und wird schnell müde.

Ich schließe sie in die Arme und senke meine Stimme zu einem Flüstern. Ich bin mir nicht einmal sicher, ob sie mich hören kann, aber in gewisser Weise macht es das einfacher, die Worte auszusprechen.

"Ich kann nicht ohne dich leben. Du bist mein Herz."

arta

ALS DER SCHLAF LANGSAM ABKLINGT, spüre ich als Erstes meinen wunden Po. Er fühlt sich heiß an wie eine sterbende Sonne. Kein Wunder, dass ich auf dem Bauch geschlafen habe. Ich berühre meine Backen, halb in der Erwartung, die Tentakel zu spüren. Meine Haut ist glatt, aber meine Schamlippen sind schmerzempfindlich und geschwollen von den leidenschaftlichen Küssen.

Ich rolle mich auf die Seite und strecke mich aus der ungünstigen Position. Ein Schatten fällt auf mich - es ist Arkdhem, der mir ein Glas Wasser entgegenhält.

"Ich dachte, du hast vielleicht Durst", murmelt er. Gierig greife ich nach dem Glas. Die Bewegung wirft mich auf den Rücken und ich schreie auf. Ich stelle meine Füße auf das Bett und hebe meine Hüften an, damit mein armer, pochender Hintern angehoben wird.

"Lass mich dir helfen." Arkdhem klingt leicht amüsiert. Er

schiebt mich auf seinen Schoß und lässt mich gegen ihn lehnen, sodass mein Gewicht auf meiner Hüfte liegt. Ich schlucke das ganze Glas in einem Zug, während er mich festhält. Er streichelt mein vom Schlaf zerzaustes Haar zurück und fährt, als ich ausgetrunken habe, über meine Augenbrauen und meine geschwollenen Lippen. Ich schließe meine Augen und lasse ihn die Spuren, die er auf meinem Körper hinterlassen hat, nachzeichnen.

Ich möchte langsam aufwachen und diesen Moment auskosten. Es hätte so leicht anders sein können.

"Wir waren kurz davor, getrennt zu werden, nicht wahr?", frage ich.

"Ja, mein Herz." Er fährt mit einem Finger an meinem Kiefer entlang und drückt dabei auf ein paar empfindliche Stellen. Vielleicht habe ich tatsächlich ein paar Knutschflecken im Gesicht.

Ich fange seine Finger und schaue ihn an. "Ich werde es nicht zulassen. Ich werde für dich kämpfen."

Er drückt meine Hand. "Ich verdiene dich nicht."

"Vielleicht nicht." Ich rutsche auf seinem Schoß hin und her und zucke zusammen, als mein Hintern mit seinen harten Schenkeln in Berührung kommt. Aber ich möchte, dass dieses Gespräch von Angesicht zu Angesicht stattfindet. "Ich möchte mit dir zusammen sein, Arkdhem. Ich weiß, wir haben uns gerade erst kennengelernt, aber das..." Ich lecke mir über die Lippen und suche nach Worten. Es ist an der Zeit, ehrlich zu sein. Alle Grenzen zwischen uns aufzulösen. Noch nie habe ich mich für jemanden so geöffnet. Es ist beängstigend, aber aufregend. "Sie fragten mich, ob wir eine Bindung haben. Ich habe ja gesagt."

Arkdhem dreht seinen Kopf und küsst meine Finger. "Ich fühle es auch", murmelt er.

"Damit das funktioniert, müssen wir ehrlich sein. Ich will nicht, dass etwas zwischen uns steht."

"Ich verstehe."

"Warum hast du es wirklich getan? Warum hast du dich den Befehlen widersetzt, wenn du die Konsequenzen kanntest? Hilf mir zu verstehen." Die Fragen, die mir im Kopf herumschwirren, kommen wieder an die Oberfläche, aber mehr noch, ich will ihm helfen, seine Verteidigung für den Prozess zu formulieren. Es muss doch etwas geben, womit wir alle milde stimmen können.

Seine Augen werden unscharf, als ob er etwas sieht, was ich nicht erkennen kann.

"Die Jabol sind unsere Verbündeten... Aber vor kurzem hatte der Oberkommandierende einen Grund bekommen, ihnen zu misstrauen. Die Vgotha, die wir für die Zerstörung von Tsentur verantwortlich machen, haben Pareena und Dawn benutzt, um eine Audienz beim Oberbefehlshaber zu bekommen."

Ich presse meine Lippen zusammen, um keine Zwischenfragen zu stellen. Irgendetwas in seiner Stimme, oder vielleicht ist es die Verbundenheit, die ich spüre, lässt mich denken, dass er nicht wirklich darüber reden will. Dass er nicht sicher ist, ob er es glaubt. Ich möchte weder ihn noch vom Thema ablenken. Ich habe auch Schwierigkeiten, Frllil und die Jabol mit dem Bild, das ich von den anderen Tsenturion bekommen habe, in Einklang zu bringen.

"Sie behaupteten, dass die Vgotha vor langer Zeit Gefangene der Jabol waren. Sie wurden gezwungen, in den Minen zu arbeiten und körperliche Arbeit zu verrichten, um die Gesellschaft der Jabol zu unterstützen."

"Sie waren Sklaven", sage ich schlicht, als er innehält. Zum Glück ist das alles, was er braucht, um mit seiner Rede fortzufahren.

"Ja. Und dann fand ihr Anführer Tor einen Weg, sie zu befreien. Die Vgotha behaupten, sie wollten nur Freiheit und einen Ort, an dem sie in Frieden leben können. Aber die

Jabol wollten sie weiter versklaven. Viele Vgotha wurden getötet und sie übten Vergeltung... Und dann beschlossen die Jabol, dass sie Hilfe brauchten. Feuerkraft. Krieger. Die Jabol sagen, die Vgotha hätten unseren Planeten zerstört und wir vertrauten ihnen. Sie hatten lange Zeit mit uns Handel getrieben. Wir hatten noch nie etwas von den Vgotha gehört, aber nachdem wir ihnen mehrmals im Kampf begegnet waren, war es leicht zu glauben, was die Jabol über sie behaupteten."

Er reibt sich das Kinn und ich beiße mir auf die Lippe, weil ich spüre, dass er noch mehr sagen wird. Ich warte darauf.

"Die Vgotha zeigten uns ein Video, wie die Jabol unseren Planeten zerstörten. Irgendeine Art von Waffen, die unser Volk vernichtet haben. Der einzige Grund, warum unsere Flotte überlebte, war, dass unsere Schiffe auf einer Erkundungsmission im tiefen Weltraum waren. Als wir zurückkehrten, war von unserer Heimat nichts als Schutt übrig. Der Planet und jeder, der auf ihm lebte, war verschwunden."

Ich hatte in Frllils Akten etwas darüber gelesen und die Zerstörung den Vgotha angelastet, aber das hatte nicht dieselbe emotionale Wirkung wie ein Gespräch mit jemandem, der tatsächlich davon betroffen war. Der auf seinen Planeten zurückgekehrt war und ihn zerstört vorfand. Seine Familie und seine Freunde waren verschwunden. Die Einzigen, die noch übrig waren, waren die, die bei ihm waren.

"Das ist ja furchtbar", flüstere ich. *Scheiß auch auf Frllil, wenn er von all dem wusste und es mir nicht gesagt hat. Aber hätte er das getan? Er schien sich so sehr für das Programm zu engagieren, dafür, die Rasse der Tsenturion fortzuführen... ist das vielleicht von Schuldgefühlen motiviert?* "Es tut mir so, so leid."

"Es ist schon lange her, mein Herz."

Es ist schon lange her, aber ich kann das Echo meiner eigenen Traurigkeit in mir spüren, einen tiefen, leeren

Schmerz, der pocht und pulsiert wie ein physischer Knoten in der Mitte meiner Brust. Er ist nicht darüber hinweg. Wie sollte er auch?

"Deshalb wolltest du mich also nicht mit dem Jabol allein lassen." Ich drücke meine Finger auf meine Brust, wo ich seinen Schmerz spüren kann und denke schnell nach.

All die Gespräche, die ich gehört habe, ergeben endlich mehr Sinn. Ich kann sehen, dass Arkdhem hin- und hergerissen ist, ob er der Version der Vgotha glauben soll oder nicht, aber der Oberkommandierende und Bogdan finden sie offenbar glaubwürdig.

Weil Pareena und Dawn es waren, die die Kommunikation ermöglicht haben?

Ich muss wirklich mit den anderen Tributen darüber sprechen, sobald ich die Gelegenheit dazu habe.

"Gibt es eine Möglichkeit, dass das Video von Vgotha gefälscht sein könnte?"

Würde all diese fortschrittliche außerirdische Technologie das einfacher oder schwieriger machen? Das kann ich unmöglich wissen.

"Vielleicht. Es wäre schwierig, aber..." Arkdhem zuckt mit den Schultern und wirkt beunruhigt. "Die Vgotha sagen, sie hätten das Video von den Riknari erhalten."

"Wer sind sie?" Ich begann, mich ein wenig zu ärgern, um nicht zu sagen zu frustrieren. Niemand hatte eine vierte Gruppe erwähnt!

* * *

Arkdhem

Blinzelnd konzentriere ich mich wieder auf meine Partnerin, deren Ungeduld sich mir zu erkennen gibt. Ich schüttle mich ein wenig, meine Mundwinkel verziehen sich nach oben.

"Du hast dich schon so gut in mein Leben eingefügt, dass ich manchmal vergesse, dass du nicht immer hier warst. Ich bitte um Entschuldigung. Ich wollte dich nicht in Unwissenheit lassen." Die Wut, die in ihren Augen aufblitzt, lässt nach und ich ziehe sie zu mir und gebe ihr einen Kuss auf die Schläfe. "Die Riknari sind im ganzen Universum dafür bekannt, dass sie sich sowohl für die Gerechtigkeit als auch für den Frieden einsetzen. Sie helfen denen, die sich nicht selbst helfen können - wenn die Vgotha zum Beispiel von den Jabol versklavt würden, würden die Riknari ihnen helfen wollen."

Während ich schweige, überlege ich erneut, ob ich wirklich glaube, dass die Vgotha ihre Technologie von den Riknari erhalten haben oder nicht. Wenn es wahr ist...

"Haben sich die Riknari jemals geirrt?" Martas Gesicht hat diesen leeren Ausdruck, den ich von ihr kenne, wenn sie Informationen verarbeitet. Es ist eine weitere Frage, die ich nicht erwartet habe, denn niemand von uns würde jemals auf die Idee kommen, so etwas zu fragen.

"Nicht, dass ich wüsste." Ich schüttele den Kopf. "Es heißt, sie hätten ein allsehendes Orakel, das alle Seiten einer Situation sehen und zu einem fairen und gerechten Schluss kommen kann. Ich habe noch nie von einem Fall gehört, in dem die Riknari sich auf eine Seite gestellt hätten, die sie nicht verdient hätte oder die ihr Vertrauen missbraucht hätte."

Jetzt muss ich mich allerdings fragen. Könnte die Vgotha die Riknari irgendwie getäuscht haben?

Es gibt gewisse Informationen, die ich schon so lange für selbstverständlich halte, dass es mir nie in den Sinn kam, sie zu hinterfragen. Ich weiß, dass der Oberbefehlshaber der Behauptung der Vgotha, die Riknari hätten ihnen die Technologie gegeben, um ihre Unterdrücker zu besiegen, große Bedeutung beimisst.

Aber es wirft auch die Frage auf: Wenn die Riknari sich der Situation mit den Vgotha und den Jabol bewusst waren, wenn sie über uns Bescheid wussten und das Band von der Zerstörung Tsurus hatten, warum hätten sie sich dann nicht für unsere Sache einsetzen sollen? Uns ihre Hilfe angeboten?

Ich kenne den Standpunkt des Oberbefehlshabers, dass die Riknari eine kleine Rasse sind und nicht überall gleichzeitig sein können, aber ich finde es trotzdem seltsam. Warum die Vgotha und nicht wir? Wenn sie den Vgotha überhaupt geholfen haben.

Martas Finger streicheln meinen Arm und lösen die Anspannung, die sich in meinem Körper aufgebaut hat.

"Und jemand, der behauptet, das 'Orakel hat gesagt', ist für deinen Oberbefehlshaber Beweis genug?"

Ich mache ihr keinen Vorwurf wegen der Zweifel in ihrer Frage. Das würde mir nicht genügen und ich glaube auch nicht, dass es dem Oberbefehlshaber genügen würde, nicht wenn es von einer Quelle kommt, der wir nicht vertrauen können.

"Nein, die Vgotha sagten, die Riknari hätten das Video der Zerstörung von Tsentur aus den Aufzeichnungen der Jabol geliefert."

Ich schüttele den Kopf, als ob ich dadurch einige der Bilder, die mir durch den Kopf gehen, loswerden könnte. Ich werde nie vergessen, dass ich dieses Video gesehen habe, solange ich lebe.

* * *

MARTA

Arkdhems Stimmung hat sich verdüstert, was ich ihm nicht verdenken kann.

Aber ... die eigenen Aufzeichnungen der Jabol? Dieselben, zu denen mir Frllil Zugang verschafft hat?

Da ist ein Funke in meinem Hinterkopf, ein blinkendes Licht in der Dunkelheit. Die kleinste Andeutung einer Lichtfee, die mich anspornt. Früher hatte ich dieses Gefühl, wenn ich auf etwas Gutes gestoßen bin - wichtige Informationen, einen Zeugen oder einen Informanten, der bereit war zu reden. Mein Lektor sagte, ich hätte einen 'Riecher' für eine gute Geschichte. Und jetzt kribbelt es in meinen journalistischen Sinnen.

Ich bin sehr ruhig. Das ist die erste journalistische Lektion, die ich gelernt habe: Sobald man mit einer Quelle zusammen ist, macht das Zuhören neunundneunzig Prozent der Arbeit aus.

"Und obwohl du dir nicht sicher warst, ob die Jabol schuldig sind, hast du dich seinem Befehl widersetzt und mich trotzdem geholt."

Die monumentale Entscheidung, die sein Leben veränderte und zwar nicht zum Besseren. Aber er tat es für mich. Wenn er es nicht getan hätte und der Oberkommandierende sich gegen meine Rückholung entschieden hätte, was wäre dann mein Schicksal gewesen? Ich erschaudere, denn obwohl ich mir gerne vorstelle, dass Frllil mich zur Erde zurückgeschickt hätte, weiß ich auch nicht, ob das möglich gewesen wäre. Wäre eine der Verbesserungen, die er mir verpasst hatte, umkehrbar gewesen? Hätte es ihn interessiert? Oder hätte man mich als bedauerlich gescheitertes Experiment abgeschrieben?

"Ich konnte dich nicht einen Mikrozyklus länger als nötig bei den Jabol lassen. Wenn auch nur die geringste Möglichkeit bestand, dass die Jabol diese abscheuliche Sache getan hatten, wollte ich dich nicht in ihren Klauen haben. Sie könnten leicht herausfinden, dass die Tsenturion die Wahrheit erfahren haben und dich als Geisel nehmen. Oder... schlimmer."

Ich beiße mir auf die Lippe, weil Arkdhems Gedanken so

sehr mit den meinen übereinstimmen. Und er nahm an, dass die Tsenturion mich gewollt hätten, dass es ihnen wichtig gewesen wäre, was mit mir geschah. Ich bin mir nicht so sicher, ob das wahr ist.

Es macht keinen Spaß, darüber nachzudenken. Ich verziehe fast das Gesicht. Ich bin froh, dass Arkdhem mich nicht lange dort gelassen hat. Ich bin froh, dass er mein Gefährte ist. Ich drücke seine Hand und er erwidert den Druck.

Es herrscht eine lange Stille. Arkdhem scheint in Gedanken versunken zu sein. Also stelle ich die Frage, von der ich weiß, dass das Tribunal sie stellen wird.

"Warum bist du gegangen, ohne den Oberbefehlshaber zu informieren?"

"Weil ich nicht riskieren wollte, dass er mir sagt, ich solle nicht gehen." Seine Augenbrauen bilden eine mürrische Linie. "Ich habe die Befehlskette für dich durchbrochen, Marta. Und ich würde es wieder tun."

"Nun, das ist eine Menge." Ich scherze und blinzle ein paar Mal, weil meine Augen brennen. Nicht, dass ich emotional werden würde oder so. Ich habe ein Gefühl in der Brust, als hätte sich eine gewisse Anspannung gelöst. Mein Verstand will, dass ich ihm etwas Sinnvolles sage - ich habe das Gefühl, ich sollte es tun, aber ich weiß nicht, was. Darin bin ich überhaupt nicht gut. Ich schenke ihm ein gedämpftes Lächeln. "Danke, dass du mir das alles anvertraut hast."

"Hast du noch Fragen?"

"Im Moment nicht." Ich reibe mir zügig über das Gesicht und wische jede Spur von Tränen weg, die herausgesickert sein könnte. "Ich denke, ich muss alles erstmal verarbeiten und dann werde ich Fragen haben."

"Ich verstehe." Er beugt sich vor und küsst mich sanft auf die Stirn. "Ich muss jetzt zur Arbeit gehen."

"Ich dachte, du darfst dein Quartier nicht verlassen."

"Ich werde hier an meinem privaten Arbeitsplatz arbeiten. Ich muss die Übergabe meines Kommandos beenden."

Mein Inneres zieht sich schmerzhaft zusammen. Es muss wirklich schlimm für ihn sein, alles zu verlieren, wofür er gearbeitet hat. Wenn es so ist, versteckt er es gut. Aber das würde er, nicht wahr? Er ist der Typ, der nicht will, dass ich mich schlecht fühle. Er versohlt mich vielleicht wie ein Sadist, aber tief im Inneren ist er eine Art Zimtschnecke.

Aber weil ich ich bin, muss ich natürlich weitermachen.

"Was hältst du davon?"

Er berührt mein Haar. "Du bist jeden Preis wert."

Eine weitere Anspannung in mir löst sich auf. Ich glaube ihm. Er hat lange auf eine Gefährtin gewartet. Vielleicht wird er mir doch keine Vorwürfe machen und es mir übel nehmen.

"Ich glaube, ich werde mich noch ein bisschen ausruhen." Ich lege mich auf das Bett und zucke zusammen, als mein zarter Hintern die Laken berührt.

Er sieht selbstgefällig aus. "Wenn ich zurückkomme, werde ich dich baden. Das wird dir helfen zu heilen."

Ich nicke und rolle mich auf dem Bett zusammen. Ich schließe meine Augen und warte, bis er das Zimmer verlassen hat. Vielleicht habe ich ihm eine kleine Lüge erzählt. Ich will mich ausruhen, aber ich will auch mit Frllil sprechen.

Ich habe immer noch das Funkgerät, mit dem ich ihn angeblich erreichen kann, aber ich habe noch nicht versucht, es zu benutzen. Da Arkdhem im anderen Raum ist und die Tür geschlossen ist, sollte er mich nicht hören.

Für diese Geschichte möchte ich direkt zur Quelle gehen.

arta

ICH KAUERE mich dicht an das Bett heran, bis mein Mund nur noch Zentimeter vom Kissen entfernt ist, was hoffentlich das Geräusch dämpfen wird.

Ich drücke meinen Finger an mein Ohr und hoffe, dass es so einfach funktioniert, wie Frllil es gesagt hat. Ich höre nichts.

"Frllil", flüstere ich und versuche, das Funkgerät in meinem Ohr zu aktivieren. Braucht es mehr, als dass ich es drücke? Im Stillen verfluche ich mich dafür, dass ich nicht mehr Fragen gestellt habe, aber es ist ja nicht so, dass ich Zeit dafür gehabt hätte.

Als seine Stimme ertönt, ist sie ein wenig knisternd, aber klar genug, dass ich seine Worte gut verstehen kann. "Marta Romero Flores. Ich bin hier."

Trotz allem, was Arkdhem mir erzählt hat, fühle ich eine gewisse Erleichterung, als ich Frllils Stimme höre. Er mag zu einer fremden Spezies voller krimineller Superhirne gehören, aber ich hatte das Gefühl, dass wir Freunde sind. Verflucht. Denke ich. Ich hasse es, mein Bauchgefühl zu hinterfragen - ich habe mich so lange auf meinen Instinkt verlassen, dass es sich falsch anfühlt, daran zu zweifeln.

"Ich habe ein paar Fragen", sage ich und zögere. Ich möchte ihm nicht alles erzählen, was Arkdhem mir anvertraut hat, aber andererseits möchte ich auch nicht, dass noch jemand in dieses verrückte Chaos hineingezogen wird. "Werden noch mehr Tribute kommen?"

"Ich habe die nächste Übereinstimmung noch nicht gefunden, nein."

Mein Bauchgefühl sagt, ich soll Frllil vertrauen. Mein Verstand schreit dagegen an. Aber wenn ich es tun will, dann ist jetzt der richtige Zeitpunkt. Er hat keinen neuen Tribut, also muss ich nicht befürchten, dass einer anderen menschlichen Frau etwas Schlimmes zustößt, wenn die Vgotha die Wahrheit sagen. Und wir müssen vor allem herausfinden, wem wir vertrauen können.

Andererseits, wenn sich herausstellt, dass ich Frllil nicht trauen sollte, möchte ich nicht, dass er weiß, dass die Tsenturion und die Vgotha miteinander in Kontakt stehen. Zum Glück gibt es einen guten Grund, warum die Tsenturion den Jabol nicht infrage stellen, der nichts mit den Vgotha zu tun hat.

"Hast du schon von den Riknari gehört?"

"Ja. Was ist das Problem, Marta Romero Flores?" In seiner Stimme schwingt ein Hauch von Ungeduld mit, der mich zur Weißglut treibt. "Ich habe keine Zeit für diese seltsamen Fragen. Ich habe meine Pflichten zu erfüllen."

Ja, genau das macht mir Sorgen. Ich habe eine Menge Leute getroffen, die bereit sind, im Namen der "Pflicht" ungeheuerliche Dinge zu tun. Es ist nicht schwer zu glauben, dass es Aliens gibt, die dasselbe tun würden. Es fällt mir schwerer als sonst, meine eigenen Gefühle zu kontrollieren. Wegen des Einflusses von Arkdhem auf mich? Wegen der Bindung?

Ich weiß nicht, aber ich weiß, dass es zum Teil an meinem aufsteigenden Temperament liegt, das mich dazu veranlasst, schärfer als sonst zu sein.

"Die Riknari haben die Tsenturion kontaktiert und ihnen gesagt, dass die Jabol eine Waffe besitzen, die ihren Planeten zerstört hat."

"Das wäre undenkbar", sagt Frllil sofort und zögert nicht lange mit seiner Antwort. "Wir sind eine friedliche Rasse, die sich der Forschung verschrieben hat."

Aber wie undenkbar ist das wirklich?

Denn je mehr ich darüber nachdenke, desto mehr Sinn ergibt es. Wenn sie eine so friedliche Rasse sind, wäre es doch gut, eine Kriegerrasse zu haben, die ihnen zur Seite steht, oder?

"Die Riknari sagen, dass die Vgotha von den Jabol versklavt wurden."

"Sie wurden nicht versklavt. Wir sind technologisch überlegen. Wir haben ihre Dienste gegen unsere Technologie eingetauscht." Er klingt wie ein kleines Kind, das eine Geschichtsstunde vorträgt. Aber ich komme von der Erde und weiß nur zu gut, wie gerne manche Leute die Geschichte umschreiben, vor allem wenn es um Themen geht, die sie oder ihre Vorfahren schlecht aussehen lassen.

"Was ist passiert, als sie diesen Handel nicht mehr betreiben wollten?", frage ich.

"Ich ... nun, sie sind natürlich gegangen. Und haben uns dann angegriffen, weil sie wütend waren, dass wir ihnen unsere Technologie nicht umsonst geben wollten." Er sagt das so sachlich, als hätte er noch nie in seinem Leben infrage gestellt, was man ihm erzählt hat.

"Hast du dir jemals die Aufzeichnungen darüber angesehen?"

"Was? Nein, natürlich nicht. Dazu gibt es keinen Grund. Die Führer der Erleuchtung würden uns nicht anlügen. Das wäre undenkbar."

Das ist, als hätte man es mit einem Kind zu tun. Vielleicht hat er Recht, wenn er diesen Anführern blind vertraut, aber ich habe bisher nur erlebt, dass blindes Vertrauen immer schlecht ausgeht. Vielleicht sind die Außerirdischen den Menschen ähnlicher, als ich dachte, selbst solche wie die Jabol, die uns weder ähnlich sehen noch zu sein scheinen.

Oder vielleicht ist das nur mein menschlicher Zynismus. Ich weiß nur, dass ich nicht bereit bin, Frllils blindes Vertrauen in mein eigenes Herz zu lassen. Ich habe schon immer alles infrage gestellt und ich stehe mehr auf die Riknari-Methode, die Dinge von allen Seiten zu betrachten, damit ich alle Informationen habe, bevor ich mir ein Urteil bilde. Es ist klar, dass Frllil die Vgotha-Seite der Dinge überhaupt nicht in Betracht gezogen hat, oder irgendetwas, was ihm gesagt wurde, infrage gestellt hat. Was ich überhaupt nicht nachvollziehen kann, aber so hört es sich für mich an.

Ich atme aus, drücke meine Stirn gegen das Kissen und schließe meine Augen. "Frllil, ist es möglich, dass deine Lichtwächter, wenn sie eine solche Waffe hätten, den Planeten der Tsenturion auslöschen würden, ohne die Bevölkerung zu informieren?"

"Ohne eine öffentliche Debatte? Sie sind unsere Führer, sie treffen keine Entscheidungen für uns alle, ohne alle zu informieren. Das wäre undenkbar." Er hält inne, als er dieses Wort noch einmal ausspricht, als würde ihm bewusst werden, wie viele Dinge, die er sagt, "undenkbar" sind und er endlich darüber nachdenkt. Ich beiße mir auf die Lippe, um ruhig zu bleiben und ihn das verarbeiten zu lassen, was er geistig verarbeiten muss. Als er wieder spricht, ist seine

Stimme viel gedämpfter. "Das würden sie nicht tun, aber... wenn sie es täten, wäre die Aufzeichnung im Archiv. Alles muss archiviert werden."

"Darf ich mir das mal anschauen?"

"Es sind Rohdaten. Man kann sie nicht assimilieren. Es gibt so viele Informationen in den Archiven, dass wir Jabol nur selten versuchen, sie alle zu verarbeiten, wir konzentrieren uns auf unsere eigenen Forschungsgebiete." In seiner Stimme schwingt jetzt etwas mit, als ob er merkt, dass er vielleicht vieles geglaubt hat, ohne es wirklich zu erforschen. Er klingt fast ein wenig verwirrt. "Ich könnte aber nachsehen. Wenn das, was du sagst, wahr ist..." Seine Stimme verstummt. Er glaubt es immer noch nicht. Er will es nicht glauben. Ich kann es ihm nicht verdenken. Manchmal ist Unwissenheit wirklich ein Segen, zumindest für die Unwissenden, vor allem, wenn sie dadurch den Schaden ignorieren können, den sie anderen zugefügt haben. Er fügt mit leiserer Stimme hinzu: "Die Tsenturion könnten Rache wollen."

"Wir müssen die Wahrheit wissen, Frllil", sage ich und versuche ihn zu überreden. "Wenn du glaubst, dass du es tun kannst, ohne in Schwierigkeiten zu geraten ... Bitte. Du musst verstehen, wie wichtig das ist."

Wenn das stimmt, bedeutet das, dass nicht nur die Tsenturion belogen wurden, sondern auch ein großer Teil der Jabol und zwar in Bezug auf eine ganze Reihe von Dingen.

"Ich werde die Archive durchforsten", sagt Frllil schließlich. "Sobald ich die Wahrheit kenne, werde ich dich holen. Du wirst es sehen. Sie können das nicht getan haben. Das ist undenkbar." Seine Stimme klingt, als sei er entschlossen, mir das Gegenteil zu beweisen und ich hoffe, dass er Recht hat. Ich hoffe es wirklich.

"Danke, mein Freund."

"Ja, Marta. Ich bin dein Freund und du bist meiner."

Daraufhin verstummt die Kommunikation.

Ich lasse mich auf die Seite fallen, rolle mich zusammen und schließe die Augen. Jetzt kann ich mich ausruhen. Bald werde ich die Wahrheit wissen und sie mit Arkdhem teilen können. Es fühlt sich gut an.

Stunden später werde ich geweckt, als Arkdhem kommt und mich ins Bad trägt. Ich will ihm von meiner Unterhaltung mit Frllil erzählen, beiße mir aber auf die Lippe. Später. Wenn ich Antworten habe.

Das heiße Wasser lässt mich zischen. Arkdhem untersucht alle meine blauen Flecken.

"Ich hätte nicht so lange mit dem Auftragen der Heilsalbe warten sollen", sagt er und untersucht eine besonders ärgerlich aussehende Beule.

"Es war als Strafe gedacht." Ich zucke mit den Schultern. "Ich mag sie irgendwie." Ich setze mich auf seinen Schoß und knirsche mit den Zähnen, als die Bewegung neue Schmerzen hervorruft. Das beruhigende Bad hilft, aber nicht viel.

Er zieht eine Grimasse und schüttelt den Kopf. "Das ist zu viel. Ich werde dich zu Medik bringen."

"Oh mein Gott." Ich bedecke mein Gesicht mit meinen Händen. Medik wird den Beweis für unsere sexuelle Perversion sehen. Natürlich weiß er wahrscheinlich alles darüber, er war wahrscheinlich derjenige, der Arkdhem die Handbücher überhaupt erst gegeben hat. "Mir geht es wirklich gut, ich würde es dir sagen, wenn es nicht so wäre."

Und um ehrlich zu sein, werde ich ziemlich sauer sein, wenn ich meine blauen Flecken verliere. Sie fühlen sich wie Ehrenzeichen an, nicht wie etwas, das medizinisch behandelt werden muss. Meine sadistische Zimtschnecke scheint nicht zu wissen, welchem seiner Instinkte er folgen soll.

"Komm, mein Tribut." Arkdhem hievt mich aus dem Wasser. Er wickelt ein Handtuch um mich, aber ich bin immer noch feucht, als er zur Tür hinausgeht.

"Ich kann gehen", protestiere ich und halte das Handtuch über meine Brüste. "Das sind nur blaue Flecken!

* * *

Arkdhem

KOPFSCHÜTTELND LEGE ich Marta auf das Bett, als es an der Tür läutet. Marta springt auf, anscheinend hat sie nicht bemerkt, dass ich Medik bereits gerufen habe, dass ich das getan habe, als ich sie noch untersuchte.

"Herein."

"Du hättest mich anziehen lassen können", murrt Marta und zieht das Handtuch fester um sich. Ich werfe ihr einen belustigten Blick zu, als Medik eintritt. Es gibt keinen Grund, in seiner Gegenwart schüchtern zu sein.

"Mein Tribut könnte Schaden genommen haben", erkläre ich, stehe auf und mache eine Geste zu ihr. Mit einem sturen Gesichtsausdruck rümpft Marta verärgert die Nase über mich.

"Nicht vom Kampf, hoffe ich", sagt Medik und eilt mit besorgter Miene herbei. "Wenn ja, dann hättest du mich schon viel früher rufen sollen."

"Nein, nein, das kommt nicht vom Kampf", sage ich, und Marta stöhnt und bedeckt ihr Gesicht, das plötzlich sehr rot ist.

"Arkdhem, stell dich da drüben hin." Sie deutet auf die Ecke. Ihre Wangen färben sich dunkler, mehr als ich in all der Zeit, die wir zusammen verbracht haben, gesehen habe und ich finde das faszinierend und unverständlich zugleich. Ich verstehe nicht, warum sie jetzt die Farbe wechselt.

"Warum?"

"Weil das hier schon peinlich genug ist, ohne dass du über

mir schwebst." Sie presst ihre Hände gegen ihr Gesicht. "Oh mein Gott, geh einfach, bitte. Ich kann mich nicht daran erinnern, wann ich das letzte Mal jemanden zu einem Arzttermin mitgenommen habe, vor allem, wenn ich eigentlich keine Untersuchung brauche."

"Wenn du willst, kannst du das Handtuch behalten, um die Stellen zu bedecken, die ich nicht sehen soll", sagt Medik ernst zu ihr. Ich runzle die Stirn. Er muss die blauen Flecken sehen, um sich zu vergewissern, dass ich in meinem Eifer der Bestrafung nicht zu viel Schaden angerichtet habe.

Obwohl Marta darauf besteht, dass es ihr gut geht, möchte ich seine medizinische Meinung hören.

"Danke, das werde ich." Marta sieht mich wieder an und zum ersten Mal sehe ich, dass sie sich wirklich unwohl fühlt und mich nicht so nah bei sich haben möchte. "Bitte stell dich in die Ecke?"

Wenn sie diesen flehenden Ton anschlägt, kann ich sie nicht abweisen.

Innerlich seufzend gehe ich zu der Ecke, die sie angedeutet hat und schaue über meine Schulter, als Medik sich über sie beugt.

"Marta, hast du irgendwelche besonders schlimmen Schmerzen oder wunde Stellen?", fragt Medik.

Ich beiße mir auf die Zunge, denn er fragt sie, nicht mich, aber es ist schwierig.

"Eigentlich nicht. Mir geht es wirklich gut."

"Wie wär's, wenn du mich das Schlimmste sehen lässt, nur um Arkdhems Nerven zu beruhigen?"

Ich werfe einen finsteren Blick in die Ecke, aber ich protestiere nicht. Was auch immer sie dazu bringen wird, sich von ihm untersuchen zu lassen.

"Oh, gut", murmelt sie und ich höre das Rascheln von Stoff.

Ich werfe einen Blick über meine Schulter, um zu sehen,

was sie ihm zeigt - das Handtuch, das sie um sich gewickelt hat, wurde hochgehoben, sodass eine üppige Kurve des Gesäßes zu sehen ist. Die dunkle Färbung der blauen Flecken auf ihrer Haut lässt mich zusammenzucken. Sie ist nicht so blass wie Dawn, aber dieser Teil ihrer Haut ist heller als der Rest und die blauen Flecken treten deutlicher hervor.

Es gibt einen Teil von mir, der es liebt, meine Spuren an ihr zu sehen. Dieser Teil beunruhigt mich. Schließlich will ich ihr nicht wehtun, nicht einmal zur Strafe.

"Siehst du? So schlimm ist es gar nicht." Martas Stimme ist entrüstet darüber, dass sie Mediks Untersuchung über sich ergehen lassen muss und meine Lippen zucken. Sie ist ein feuriger Geist, meine Marta.

Medik hebt den Kopf und seine Augen treffen meine, Amüsement tanzt in ihnen. Eine seiner Hände ruht auf Martas Hüfte, die Fingerspitzen auf dem Nanotech-Gürtel.

"Arkdhem, es geht ihr wirklich gut. Sicherlich hast du nicht..."

Mitten im Satz flackert Medik auf. Nicht nur er, auch Marta.

Was zum Teufel?

Ich bin schon in Bewegung, aber es ist zu spät. Sie flackern noch einmal auf, mit überraschten Gesichtern und dann verschwinden sie beide.

"Marta! Medik! Marta!" Ich renne vorwärts und werfe mich auf das Bett, auf dem mein Tribut noch vor wenigen Augenblicken ruhte. Der Abdruck ihres Körpers ist noch da, auf den Laken, aber sie ist weg und meine Hände gleiten ins Leere an die Stelle, auf der sie nur wenige Augenblicke zuvor geruht hat.

Die schiere Panik macht mich fertig.

Was ist gerade passiert?

Wie?

Warum?

Ich heule bei all dem Horrorszenario, das ich mir ausmale, meine Rüstung wird schwarz und blinkt mit gezackten Rändern in ekelhaften Rot- und Gelbtönen.

Die Tür öffnet sich hinter mir, aber ich kann nicht hinsehen, höre nicht die Schreie der Krieger, die in den Raum stürmen, um mich zu finden und das Bettzeug umherzuschmeißen, als ob ich sie irgendwie darunter versteckt finden könnte. Meine Brust schnürt sich um mein schnell schlagendes Herz viel zu eng zusammen, während mir ein Gedanke durch den Kopf schießt, immer und immer wieder.

Sie ist weg, sie ist weg, sie ist weg.

arta

ICH ERINNERE mich nicht mehr daran, was für ein Gefühl es war, durch das Wurmloch zu reisen, während ich im Sterben lag, aber ich stelle es mir in etwa so vor. Ich fühle mich, als würde ich zusammengedrückt, erstickt und auseinandergezogen werden, alles auf einmal. Als würde mein Körper in alle Richtungen gedehnt und zwar so stark, dass meine Moleküle in verschiedene Richtungen fliegen, während ich explodiere, nur um plötzlich wieder auf zu engem Raum zusammengedrückt zu werden.

Als es abrupt endet, übergebe ich mich - direkt auf den glänzenden Boden vor mir. Ich habe keine Ahnung, woher ich sofort weiß, dass er anders ist als der Boden in Tsenturion, aber ich weiß es.

Jabol. Das sieht aus wie der Boden von Frllils Labor.

Entsetzen durchfährt mich, als mir die offensichtliche

Schlussfolgerung durch den Kopf schießt, obwohl meine Gedanken so zersplittert und unzusammenhängend sind.

Dumpfbacke, Dumpfbacke, Dumpfbacke.

"Was hat das zu bedeuten?" Mediks Stimme ist laut. So laut. Ich zucke zusammen, als ich meinen Kopf hebe. Er stemmt sich auf die Beine, schwankt auf ihnen, aber er schafft es, sich vor mich zu stellen, als wolle er mich beschützen.

Auf der anderen Seite von ihm kann ich die Jabol sehen. Sie sind zu viert. Ist einer von ihnen Frllil? Ich habe keine Ahnung. Sie sehen alle genau gleich aus. Sogar noch mehr als die Tsenturion-Krieger, die wenigstens charakteristische Merkmale haben. Wie kann man einen Wackelpudding von einem anderen unterscheiden?

Einfache Antwort: Sie haben keine.

Ich kann nicht erkennen, ob einer von ihnen Frllil ist.

"Wer ist das? Wie ist er mit ihr gekommen? Ist das ihr Partner?" Einer der Jabol zittert. Kann ein Pudding vor Empörung zittern? Ich stöhne leicht und versuche, mich auf dieselbe Weise hochzudrücken wie Medik, denn ich will nicht vor den feindlichen Aliens auf dem Boden liegen und mir das Handtuch an die Brüste klemmen.

"Nein, das ist der Tsenturion Medik." Einer der anderen Kleckse wackelt nach vorne und irgendwie erkenne ich ihn jetzt, da er gesprochen hat, Frllil. Der dreckige kleine Verräter. Ich starre ihn an, aber er scheint mich nicht zu bemerken. "Er hat ihre Nanotechnologie angefasst, als sie transportiert wurde."

Mein Gehirn fühlt sich an, als würde es in einem Nebel arbeiten, aber ich verstehe, was er sagt - die Nanotechnologie ist der Grund, warum sie mich teleportieren konnten. Das ist verdammt beängstigend. Heißt das, Pareena und Dawn sind auch verwundbar?

"Er ist unbrauchbar", sagt der erste Jabol. "Beseitigt ihn."

Ein Lichtstrahl schießt aus einem der anderen Jabol und trifft Medik in die Brust und ich schreie auf, als Medik vor mir auf die Knie fällt und ich schere mich nicht mehr um das Handtuch. In seiner Rüstung ist ein großes Loch eingebrannt, das sich anscheinend schnell selbst reparieren will.

"Nein", flüstere ich, mein Schock und mein Entsetzen lassen mich erstarren, während ich die Hände auf die klaffende Wunde lege. Etwas brennt in meinen Augen und erst als ich die Nässe auf meinen Wangen spüre, merke ich, dass ich weine. "Nein, Medik... nein..."

Er lächelt und einen Moment lang denke ich, dass er trotz allem wieder gesund wird.

"Sala..." Er haucht das Wort aus, als wäre es ein Segen und schließt die Augen.

Ich warte und warte und warte, aber seine Augen öffnen sich nicht mehr und seine Brust ist still. Er ist tot. Er ist wirklich tot. Er wurde vor meinen Augen niedergestreckt, ohne einen Funken Mitgefühl oder Sorge um ihn als Person. Sie haben ihn mit Cedric Diggory umgebracht.

"Nein." Ich wimmere das Wort, die Tränen laufen mir unkontrolliert über die Wangen.

Das Geräusch dröhnt zurück in meine Ohren und ich kann Frllil schreien hören. Aber es ist zu spät. Es ist viel zu spät.

"Sie sagten, Sie wollten sie zur Befragung! Es sollte niemand verletzt werden! Das ist undenkbar!"

Oh Frllil. Du armes, verblendetes Arschloch. Ich schließe meine Augen und ersticke an dem Schluchzen, das sich einen Weg aus meiner Kehle bahnen will. Man muss kein Genie sein, um herauszufinden, was passiert ist.

Er ging zu seinen Lichtführern und stellte entweder die falschen Fragen oder sagte ihnen so viel, dass sie misstrauisch wurden. Er wollte mit ihnen reden. Und er hatte sich in ihnen geirrt. So, so falsch.

Er würde mir leidtun, wenn er nicht so verdammt dumm wäre. Wegen ihm wurde Medik getötet. Wut durchfährt mich. Wut. Alles begleitet von einer Hilflosigkeit, die mich zum Schreien bringt.

"Er war unbrauchbar. Bleib zurück, Frllil. Du bist eindeutig durch die Interaktion mit diesen niederen Formen von deinem Pfad abgelenkt worden. Wir werden dich auf den einzig wahren Weg zurückführen, wie es unsere Aufgabe ist."

Frllil Borsten, oder so nah wie möglich an so einem Ding.

"Es gibt keinen einzig wahren Weg! Wovon redet ihr?"

"Schweig, Frllil." Die Ränder des ersten Jabols rollen auf eine Weise, die mich anwidert und irgendwie bedrohlich wirkt. Ich presse die Lippen aufeinander, lehne mich an Mediks Körper und versuche immer noch herauszufinden, was ich tun soll. Wenn es überhaupt etwas gibt, was ich tun kann. "Wir sind die Führer. Wir haben den Einen Wahren Pfad gefunden. Wir werden euch den Weg zeigen."

Was als vage Drohung gedacht war, entpuppt sich nun als regelrechte Einschüchterung.

Frllil zittert und fällt lautlos zurück.

Von ihm wird es keine Hilfe geben. Ich bin ganz allein.

* * *

Arkdhem

MARTA IST WEG.

Ich wiege mich auf meinem Bett hin und her, das klaffende Loch in der Mitte meiner Brust ist unerträglich. Es ist, als hätte ich Tsentur noch einmal verloren, aber viel schlimmer... jede Hoffnung für die Zukunft, die ich noch hatte, ist mir genommen worden und ich weiß nicht, von wem oder wie ich sie zurückbekommen kann.

Das Einzige, was mich davon abhält, mich aus der Luftschleuse zu stürzen, ist der winzige Rest des Bandes, das uns noch zusammenhält. Ich kann sie spüren. Oder ich mache mir etwas vor. Aber ich bin mir fast sicher, dass ich sie spüren kann. Und solange sie am Leben ist, kann ich sie vielleicht zurückholen.

Und wenn nicht, dann werde ich denjenigen, der sie entführt hat, bis ans Ende des Universums jagen und mich rächen, ganz gleich, was der Oberbefehlshaber dazu zu sagen hat.

"Das muss wieder die Vgotha sein!" knurrt Corin und legt einen seiner Arme stützend um mich.

"Auf keinen Fall", protestiert Dawn von ihrem Platz neben dem Oberbefehlshaber aus. "Das würden sie nicht. Außerdem, wie hätten sie es tun sollen? Als sie mich und Pareena entführten, gab es Kämpfe. Nicht Menschen, die spurlos verschwinden. Das ist etwas, was die Jabol tun."

"Mein Tribut liegt richtig." Die Stimme des Oberkommandierenden ist hart und voller Entschlossenheit. "Die Vgotha haben es trotz all ihrer Taktik und Technologie nie geschafft, jemanden auf diese Weise zu transportieren. Die Jabol hingegen..."

"Das ist kein Beweis", argumentiert Corin, der seinen Arm fest um meine Schultern gelegt hat, als sei er entschlossen, mich durch bloße Willenskraft zusammenzuhalten. Er ist ein guter Freund, aber ich bin kaum in der Lage, ihn wirklich zu schätzen. "Die Technologie der Vgotha hat sich weiterentwickelt, wir haben vielleicht noch nicht alles gesehen, wozu sie fähig sind. Jedes Mal, wenn wir uns umdrehen, haben sie etwas Neues."

"Er hat nicht Unrecht", sagt Bogdan. Ausnahmsweise stört

mich die Anwesenheit des Zweiten nicht. Ich kümmere mich nicht um ihn.

Ich interessiere mich nur für Marta.

Das Bett unter mir bewegt sich leicht und ich hebe den Kopf, um zu sehen, dass Pareena neben mir Platz genommen hat. Sie ist mir nahe, ohne mich zu berühren und ihre dunklen Augen sind voller Mitgefühl, dessen Anblick schmerzt, weil er bedeutet, dass es einen Grund dafür gibt. Denn Marta ist fort.

"Kannst du sie spüren, Arkdhem? Durch das Band?"

"Nur genug, um zu wissen, dass sie lebt." Meine Stimme ist heiser vom Schreien, die Worte rasseln aus meiner schmerzenden Kehle. Und doch schmerzt nichts so sehr wie die Leere in meinen Armen. "Fürs Erste."

"Hey, keine defätistische Haltung." Dawn kommt von vorne auf mich zu. Anders als Pareena zögert sie nicht, vor mir in die Hocke zu gehen und ihre Hand auf mein Knie zu legen. Aber Gavrill und ich haben eine ganz andere Beziehung als Bogdan und ich. Die Wärme ihrer Hand trägt nicht dazu bei, die Kälte zu lindern, die mich von innen heraus packt. "Wenn sie noch lebt, können wir sie zurückholen."

"Können wir?" Die bitteren Worte kommen mir nicht über die Lippen. "Kannst du das garantieren? Denn ich weiß - wir alle in Tsenturion wissen, dass es Dinge gibt, die wir nicht ändern können. Manche Dinge können wir nie wieder gutmachen."

Stille bricht ein, als die Trauer der Krieger den Raum erfüllt, der rote Faden, der uns seit der Zerstörung von Tsentur immer verbunden hat, egal wie unterschiedlich unsere Ansichten über alles andere sind. Egal wie sehr Bogdan und ich uns streiten, egal wie wir kämpfen, es gab immer diese gemeinsame Verbindung zwischen uns, zwischen uns allen. Das ist etwas, was Dawn und Pareena nicht wirklich begreifen können und ich bin um ihretwillen froh darüber.

Es vergeht ein langer Moment, dann sammelt sich Dawn und schüttelt den Kopf.

"Ich kann nicht wissen, was du durchgemacht hast, aber ich weiß, wenn ich Marta wäre, wäre ich stinksauer, dass du mich aufgegeben hast, bevor alle Hoffnung verloren war. Ja?"

Meine Partnerin ist feurig. Eine Kämpferin. Eine Überlebenskünstlerin.

Alles, was sie bereits erlebt hat, hat das bewiesen.

Dawn hat nicht ganz Unrecht.

Ich sammle mich, schaue zu Gavrill auf und frage ihn als Mitzenturio und nicht als einer seiner Krieger. "Bitte um Erlaubnis, mein Quartier zu verlassen." Der Kies in meiner Stimme unterstreicht die Hohlheit meines Tons. "Wir müssen herausfinden, wer meine Marta entführt hat."

"Erlaubnis erteilt. Gehen wir auf die Brücke."

* * *

MARTA

AN MEDIKS KÖRPER GESCHMIEGT, muss ich gegen meine Trauer ankämpfen. Ich klammere mich an ihn, will mich nicht von ihm wegbewegen, bis ich es unbedingt muss, versuche, mein Gehirn wieder zum Laufen zu bringen und sehe mich in dem Raum um, in dem ich gelandet bin. Es muss doch etwas geben, was ich tun kann. Etwas, das ich nutzen kann.

Ich weiß noch, wie ich meinen Tod akzeptierte, als ich unter Trümmern auf der Erde lag und verblutete. Das ist jetzt nicht mehr der Fall. Ich kann mich immer noch bewegen. Ich bin von verrückten Wissenschaftlern umgeben. Es muss etwas geben, das ich tun kann, selbst wenn ich diese Wichser mit mir in den Abgrund reißen muss.

Mein Tod wird *nicht* sinnlos sein.

Der Raum ist kreisförmig und unter meinen Beinen ist ein leichtes Brummen zu hören, das darauf hinweist, dass wir uns auf einem Schiff befinden. Es gibt keine Fenster, aber im Raum um uns herum sind viele Bildschirme, auf denen verschiedene Diagramme und Dinge zu sehen sind, die ich nicht lesen kann.

Frllil entfernt sich immer weiter vom Rest der Jabol und zieht sich in eine Ecke zurück. Ich widerstehe dem Drang, ihn anzuschreien, etwas zu tun. Ich habe ihm schon einmal vertraut. Diesen Fehler werde ich nicht noch einmal machen.

Die anderen drei Jabol streiten sich in der Mitte des Raumes, einer von ihnen drückt auf eine Konsole und ist offensichtlich zunehmend frustriert.

"Warum funktioniert es nicht?", trällert er und wendet sich Frllil zu, der wieder zurückweicht.

"Die Nanotechnologie war immer dazu gedacht, den Tribut an den Krieger zu binden", sagt er. "Dabei scheint er sich auf metaphysischer Ebene so stark verändert zu haben, dass er nicht mehr auf unsere ursprüngliche Technologie reagiert. Der einzige Grund, warum es bei Marta möglich war, ist, dass sie der jüngste Tribut ist und die Technologie sich nur wenig verändert hat, seit sie an die Tsenturion ausgeliefert wurde."

Bilde ich mir das nur ein, oder sieht er mich an, nachdem er gesprochen hat? Auf jeden Fall fühle ich mich etwas besser, weil ich weiß, dass diese Arschlöcher Dawn und Pareena nicht in die Finger kriegen können. Nicht, dass sie es nicht versucht hätten.

Die drei fangen sofort an, darüber zu diskutieren, wie sie Dawn und Pareena zurückholen können. Es ist klar, dass sie die Tribute benutzen wollen, um die Tsenturion zur Zusammenarbeit zu zwingen. Und was noch schlimmer ist, ich bin mir ziemlich sicher, dass es funktionieren wird. Das muss der Grund sein, warum sie es so eilig hatten, die ranghöchsten Offiziere mit Tributen zu verkuppeln - es war nicht nur eine Anerkennung ihres Ranges, es war ein Plan zur Absicherung.

Es brodelt in mir, ich lasse meine Augen über alles schweifen, auf der Suche nach etwas, das ich gebrauchen kann ... wir sind definitiv auf einer Art Brücke, aber nichts von der Technik sieht aus wie etwas, das die Tsenturion besitzen. Es ist viel mehr wie das, was Frllil hatte, aber all das Zeug, das er mich nicht anfassen ließ - das ich tatsächlich nicht anfassen konnte, weil es für Wackelpudding und nicht für Zweibeiner gedacht war.

Obwohl es sich falsch anfühlt, zwinge ich mich sogar dazu, nach unten zu schauen und Mediks Körper unauffällig abzutasten, in der Hoffnung, dass er etwas bei sich hat, das ich gebrauchen kann... eine Art Waffe, ein Überbleibsel seiner Rüstung.

Währenddessen werden die Argumente der Jabols immer lauter. Für eine Gruppe, die auf dem "einzig wahren Weg" ist, scheinen sie keine einheitliche Denkweise zu haben.

Es tut mir leid, Marta.

Die Stimme klingt, als wäre sie in meinem Kopf und nicht in meinem Ohr und ich richte mich ruckartig auf.

Die Jabol sehen weder mich noch Frllil an und er steht im Abseits. Etwas wird mir zugeworfen und ich greife automatisch danach, um es aufzufangen. Es sieht aus wie ein kleiner Stock.

"Was war das?", fragt einer der Jabol und sein Körper zittert. Wie viel hat er gesehen? Ich kann es nicht sagen und ich drücke das Ding an mich und kuschle mich enger an Medik.

Es tut mir leid, Marta. Du musst ihnen sagen, dass sie sofort schießen sollen. Wenn du zurückkommst. Sag ihnen, sie sollen sofort schießen. Das ist sehr wichtig.

"Was war das?", fragt der Jabol, wobei einer von ihnen näher an Frllil und der andere an mich herantritt.

Sie sollen schießen! Sofort. Es ist wichtig.

Und dann wird die Welt wieder schwarz.

* * *

Arkdhem

WIR SEHEN uns die Aufzeichnung von Martas Verschwinden aus meinem Quartier noch einmal an, mein Kiefer krampft sich wegen der unbändigen Emotionen zusammen, die mich durchströmen, als in der Mitte der Brücke etwas zu flackern beginnt. Mehrere Krieger schreien auf, ihre Rüstungen fahren hoch. Alarmsignale ertönen in unseren Ohren.

"Stopp!", brülle ich. Ich erkenne den Anblick. Das Flackern.

In der Mitte der wehenden Luft erscheinen zwei Gestalten: Marta auf ihren Knien, Medik auf dem Rücken.

"Feuer sofort..." Ihre Stimme ist ein Flüstern, als ich sie erreiche und sie in meine Arme ziehe, fast unfähig zu glauben, dass sie wirklich da ist.

"Was?"

"Sofort schießen!"

Ihre Stimme fällt mit einem weiteren Schrei zusammen.

"Oberbefehlshaber! Ein Jabol-Schiff ist gerade auf unseren Bildschirmen erschienen! Es ist bewaffnet!"

"Sofort feuern!" Gavrills Befehl wiederholt Martas Worte, dann schüttelt sie sich, ihr Gesicht und ihre Miene klären sich, als würde sie aus ihrer Benommenheit erwachen.

"Warte!", schreit sie. "Frllil ist noch da!"

Aber es ist zu spät.

Auf den Bildschirmen erscheinen feurige Explosionen und ich ziehe sie in meine Arme, drücke ihr Gesicht an meine Brust, damit sie nicht sieht, wie das Jabol-Schiff explodiert ... und erst als Dawn schreit, sehe ich nach unten und erkenne, was wir alles verloren haben.

Medik hat sich nicht bewegt, nicht weil er benommen oder verletzt ist... in seiner Brust klafft eine einzige Wunde, die seine Nanotech nicht einmal versucht hat zu reparieren, weil keine Reparatur möglich ist. Es hat keinen Sinn.

Medik ist tot.

Ich drücke Marta fester an mich, dieser neue Verlust pulsiert in mir und verdoppelt die Angst zwischen uns. Er löscht meine Freude nicht aus, sie wieder in meinen Armen zu haben, aber er existiert neben ihr... ein Loch wurde geschlossen und ein anderes hat sich geöffnet.

"Nein! Medik! *Nein!*" Gavrill fällt neben Mediks Leiche auf die Knie, seine Stimme bricht, weil er die Wahrheit bereits kennt.

Überall auf der Brücke sinken die Krieger auf die Knie, während die Trauer, die wir vor Tsenzyklen begraben glaubten, wieder erwacht und die Brücke ist überflutet von Rüstungen in flackernden Blau- und Grautönen, die unsere Trauer widerspiegeln. Dawn schlingt ihre Arme von hinten um Gavrill, Tränen fließen ihr über das Gesicht. Ich wiege Marta an mich, während sie schluchzt und meine eigenen Tränen gesellen sich zu den ihren.

Der Mann, der allen Kriegern seit der Zerstörung von Tsentur als Vater diente, ist nicht mehr da.

arta

ICH HABE mich in Frllil geirrt. Er war kein wertloser Feigling. Er hat mich gerettet und sich selbst geopfert. Und die Schuldgefühle, weil ich weiß, dass meine Gedanken über ihn vor seinem Tod so beleidigend waren, nagen genauso an mir wie die Schuldgefühle, dass ich im Angesicht der Gefahr so nutzlos war. Ich hätte mich selbst retten sollen. Ich hätte ihn retten sollen und Medik, und... Stattdessen war ich die ultimative Jungfrau in Nöten, gerettet von äußeren Kräften.

Nachdem ich das kleine Stöckchen dem Oberbefehlshaber übergeben hatte, rollte ich mich auf Arkdhems Schoß zusammen und tat mein Bestes, um die Welt auszusperren - wie der nutzlose Mensch, der ich war. Arkdhem trug mich zurück in seine Räume und ich schlief ein, unfähig, der Realität auch nur einen Moment länger ins Auge zu sehen.

Als ich aufwachte, ging ein Gemurmel durch den Raum.

Ich öffne die Augen und sehe Arkdhem vor seinem Bildschirm stehen, den Oberbefehlshaber auf dem anderen Bildschirm, beide reden leise miteinander. Bedeutet das, dass Arkdhem immer noch vor Gericht steht?

Tränen steigen mir in die Augen. Ich werde ernsthaft zusammenbrechen, wenn ich noch einen Schlag einstecken muss.

Glaubst du, dass du nicht schon auseinandergefallen bist?

Ich ignoriere die gemeine kleine Stimme in meinem Kopf und richte mich auf. Arkdhem, der die Bewegung aus dem Augenwinkel sieht, blickt sofort zu mir hinüber und sagt dann etwas zum Oberkommandierenden, bevor er den Bildschirm ausschaltet. Als er sich dem Bett nähert, rolle ich mich zu einem kleinen Ball zusammen und sein Blick wird mitfühlend.

Ich spüre seinen Kummer in meiner Mitte, einen pulsierenden Ball des Unglücks, der noch größer ist als mein eigener.

"Medik... Frllil..."

"Sie sind beide tot." Arkdhem sitzt auf der Bettkante, sein eigener Verlust steht ihm schwer in den Augen, und ich rücke näher an ihn heran.

"Frllil war einer der Guten", sage ich und lehne mich an ihn. Arkdhem zieht mich sofort auf seinen Schoß. Meine Muskeln reagieren wie immer, ich entspanne mich an ihm, auch wenn ich diesen Komfort nicht verdient habe. "Das ist nicht fair."

"Es ist nicht fair, aber so ist der Krieg", sagt Arkdhem.

"Willst du der gesamten Jabol-Rasse den Krieg erklären?"

"Frllil schickte ein Datenpaket mit dir rüber. Nur ein kleiner Teil der Jabol war dafür verantwortlich, aber die Anführer erlaubten ihnen, ihre 'Forschung' fortzusetzen. Die allgemeine Bevölkerung wusste nicht, was vor sich ging. Aber es muss ein Exempel statuiert werden. Gavrill hat tsenturionische Schiffe in das jabolische System geschickt."

Ich drücke seine Hand. "Sie werden nicht..."

Arkdhem schüttelt den Kopf.

"Wir werden nicht ihr gesamtes System oder einen ihrer Planeten zerstören. Aber wir werden die militärischen Außenposten zerstören, die wir für sie errichtet haben und die Waffenlager, die sie von uns erworben haben. Wir werden auch die von Frllil zur Verfügung gestellten Daten verbreiten, damit alle Jabol wissen, was ohne ihr Wissen genehmigt wurde und damit sie die Wahrheit über ihre Anführer erfahren und dann werden wir gehen. Was dann geschieht, hängt von ihnen ab und davon, ob sie uns glauben oder nicht." Er hält einen Moment inne. "Die Anführer derjenigen, die an den 'Einen Wahren Weg' glaubten, wurden alle an Bord von Frllils Schiff getötet. Ich weiß nicht, wie er es geschafft hat, dir all diese Informationen zukommen zu lassen, aber er hat es geschafft."

"Was ist mit der Vgotha?"

"Die Vgotha haben eine Wahl. Sie können Rache an ihren ehemaligen Sklavenhaltern nehmen. Aber nach all dieser Zeit wollen sie vielleicht einfach nur Frieden."

"Ich hoffe es. Ich glaube nicht, dass die ganze Rasse böse ist. Frllil war es nicht."

"Frllil war sehr mutig. Wir arbeiten noch daran, alle Informationen zu entschlüsseln, die er auf dem Gerät hatte, das du uns gegeben hast."

"Was glaubst du, was da drauf ist?", frage ich und fühle mich sofort wieder schuldig, weil ich ein bisschen neugierig bin. Menschen - nun ja, Aliens, aber für mich sind es immer noch Menschen - sind tot und ich möchte wissen, welche Daten einer von ihnen hinterlassen hat.

Ein ungutes Gefühl macht sich in meinem Magen breit.

"Ich weiß es nicht, aber ich freue mich darauf, es herauszufinden." Seine Hände streichen über mein Haar und ich frage mich, wie viel von meinen eigenen Gefühlen er spüren kann. Nicht viel, hoffe ich. "Frllil wird nicht umsonst gestorben sein. Wir werden alle Daten, die er uns geschickt hat, entschlüsseln und nutzen. Schon jetzt hat er sowohl die Tsenturion als auch die Jabol gerettet. Ohne seine Tapferkeit und die Informationen, die er uns geschickt hat, hätte der Oberbefehlshaber der Jabol-Bevölkerung wohl weit weniger Gnade gezeigt."

Nun, das ist zumindest etwas. Unschuldige werden nicht wegen einer Nachricht sterben, die ich weitergegeben habe.

Ich klammere mich an dieses Wissen, während Arkdhem weiter mit mir kuschelt.

"Mediks Beerdigung ist in einem Zyklus, willst du hingehen?", fragt er leise, seine Stimme ist sanft, als wolle er mir sagen, dass ich nicht hingehen muss, wenn ich nicht will.

Und ich will es nicht, aber ich glaube, ich muss es tun.

"Ja", flüstere ich. Aber ich bewege mich nicht. Ich lasse zu, dass er mich im schummrigen Licht des Raumes festhält und lasse zu, dass seine Anwesenheit und sein Trost den Rest der Welt noch ein wenig länger fernhalten.

$$* * *$$

MARTA

ALS ICH NEBEN Arkdhem in einem Meer von Kriegern aus Tsenturion stehe, ist die Traurigkeit deutlich zu spüren. Ihr gemeinsamer Kummer erdrückt mich und verstärkt meine Schuldgefühle. Ich hätte etwas tun sollen, um Medik zu retten. Irgendetwas. Er hätte nicht einmal dort sein sollen - nur ich war es.

Gavrill leitet die Beerdigung von einer erhöhten Plattform inmitten der Menge. Dawn steht an seiner Seite und hält eine Schale mit Blumen in den Händen. Pareena steht gegenüber von Dawn und hält eine weitere, identische Schale. Bogdan erhebt sich hinter ihr. Der Raum ist voller dunkelgrauer, blau gefärbter Rüstungen. Die Farbe ist wunderschön, aber traurig und mir kommen Tränen in die Augen, wenn ich sie nur sehe.

"Bei all unseren früheren Beerdigungen war Medik dabei", murmelt Arkdhem mit fester Stimme. "Er diente uns allen als Vater, nachdem wir die unseren verloren hatten und jetzt dienen wir als seine Söhne anstelle derer, die er verloren hat."

Meine Kehle und meine Brust sind wie zugeschnürt, als eine langsame Prozession von Kriegern einen Sarg mit Mediks Leichnam auf die erhöhte Plattform trägt. Ich schlucke und räuspere mich mehrmals, aber der Knoten löst sich nicht auf.

"Wir gedenken der Gefallenen", sagt Gavrill zu den Versammelten. "Wir ehren unsere Toten. Die vielen, die wir verloren haben. Behaltet sie in guter Erinnerung."

Ich zucke zusammen, als alle um mich herum antworten: "Wir werden uns erinnern."

Arkdhems Hand liegt auf meiner Schulter. Ich hebe meine und drücke sie fest. Jetzt, da Beerdigungen so selten sind, ist jede Beerdigung eine Erinnerung an die Zerstörung ihres Planeten. Es ist eine Gelegenheit, über diesen großen Verlust nachzudenken.

Wie haben die Krieger den Völkermord an ihrer Rasse betrauert? Hat Medik eine Zeremonie wie diese abgehalten? Oder haben die Krieger einfach weitergemacht, sich mit der Pflicht betäubt und versucht, zu vergessen?

Sie konnten sich jedoch nicht auf ihre Pflichten konzentrieren. Sie waren Krieger, die es sich zur Lebensaufgabe gemacht hatten, die Schwachen zu beschützen. Und sie konnten das, was ihnen am heiligsten war, nicht schützen.

Kein Wunder, dass die Manipulation der Jabol funktioniert hat. Der Oberkommandierende muss die Chance ergriffen haben, seinen Kriegern eine neue Aufgabe zu geben. Und nun haben sie einen Zweck erfüllt - Gerechtigkeit gegen diejenigen, die Tsentur zerstört haben, aber den anderen verloren. Ohne die Jabol wird es keine Tribute mehr geben.

Medik war auch ein wesentlicher Bestandteil des Tribut-Programms.

Beide starben gemeinsam.

Arkdhem berührt meine Schulter. "Es ist Zeit." Er reicht mir ein Tablett mit einem medizinischen Scanner und ein paar anderen Geräten, die Medik benutzt hat.

Dawn und Pareena haben jeweils ihren Teil der Zeremonie vollzogen. Pareena besprengte Mediks reglose Gestalt mit Wasser, um ihn symbolisch zu reinigen. Und Dawn umgab Mediks Körper mit Blumen.

Jetzt bin ich an der Reihe. Ich steige die Treppe hinauf und lege Medik das Tablett mit seinen Werkzeugen zu Füßen.

"Wir erinnern uns an die gewählte Aufgabe des Gefallenen", sagt Gavrill zu der Menge. "Wie er uns allen gedient hat."

"Wir erinnern uns", antwortet die Menge.

Ich beiße mir auf die Lippe. Verdammt noch mal. Ich blinzle ein paar Mal und gehe blindlings zurück zu Arkdhem, der auf mich wartet. Er schlingt seine Arme um mich und ich schmiege mich an ihn, weil ich mich verstecken möchte.

Er senkt den Kopf zu mir. "Das hast du gut gemacht."

Ich schüttele leicht den Kopf.

"Was ist los?", fragt er.

"Ich kann nicht aufhören, wie ein Reporter zu denken. Es ist einfacher, wenn ich ein Beobachter sein kann. Weg von all dem hier." Ich winke mit der Hand und fühle mich lahm.

"Nur eine Reporterin." Ich hatte immer schon die Schuldgefühle des Überlebenden, aber nicht so wie jetzt.

Arkdhem nimmt meine Hand in seine beiden Hände. "Du bist nicht nur eine Reporterin, meine Marta", sagt er schlicht. "Das warst du nie. Und jetzt bist du meine Gefährtin. Wir sind miteinander verbunden und wir teilen sowohl unsere Trauer als auch unsere Freude."

Verdammt, ich will nicht weinen. Ich beiße die Zähne zusammen, nicke und konzentriere mich auf das Geschehen. Arkdhem beobachtet mich jedoch weiterhin genau.

Gavrill und die Frauen haben die Plattform verlassen. Sie erhebt sich über uns alle und faltet sich über Mediks Körper. Sie verwandelt sich in ein kleines Raumschiff.

Das kleine Beerdigungsschiff erhebt sich und schwebt in der Luft, bevor es sich sanft auf das Ende des Rumpfes zubewegt. Die Luft flimmert kurz, als eine Luftschleuse aktiviert wird, die uns von dem Beerdigungsschiff abschirmt.

Die Tsenturion drehen sich gemeinsam um. Das kleine Schiff mit Mediks Leiche treibt immer noch zum hinteren Teil des Rumpfes. Dann öffnen sich die Türen und das Schiff verlässt den Rumpf. Meine Ohren schmerzen und ich klammere mich an Arkdhem, um mich zu beruhigen. Die Versiegelung verhindert, dass wir alle aus dem Raum gesaugt werden, aber wir können immer noch beobachten, wie das Beerdigungsschiff in die Leere dahinter treibt.

"Das ist wie ein Wikingerbegräbnis", murmele ich.

"Was ist das, meine Marta?" Arkdhem beugt sich hinunter.

"Ein Wikingerbegräbnis. Ähm ... Die Wikinger waren eine andere Kriegerkultur auf der Erde", erkläre ich. "Zumindest glauben wir, dass sie das waren ... Sie haben nicht wirklich etwas aufgeschrieben." Ich plappere vor mich hin. "Wie auch immer, ich sollte die Klappe halten und einfach zusehen."

Im jenseitigen Raum hat sich der Rest der tsenturionischen Flotte zu einem Korridor von Schiffen aufgereiht.

Mediks Beerdigungsschiff schwebt zwischen ihnen und nimmt Kurs auf die jenseitigen Sterne. Wie ein Wikingerbegräbnis, aber im Weltraum.

Als das Beerdigungsschiff das Ende des Korridors erreicht, schießen Lichtstrahlen aus den nächstgelegenen tsenturionischen Raumschiffen und erfassen das kleine Schiff. Ein helles Aufflackern der Explosion und das kleine Schiff mit Mediks Leiche ist verschwunden, zerstört von den Waffen. Es ist nichts als Weltraumstaub übrig. Ich keuche auf, ein Zittern durchfährt mich.

"Er ist jetzt bei seiner Gefährtin und seiner Familie", murmelt Arkdhem.

"*Ay dios.*" Ich wende mich ab, eine Hand über meinem Mund. Arkdhem wiegt mich an seinen Körper. Ich bin froh, dass wir nicht vorne, sondern hinten sind, denn eine schockierende Welle von *etwas* überspült mich. Mein Gesicht fühlt sich eng an. Ich schnappe nach Luft, aber meine Lunge fühlt sich zu klein an. Mir wird gleich schlecht. Was geschieht hier? Ist das Kummer?

Arkdhem streichelt sanft meinen Rücken.

"Ich weine nicht über Dinge", sage ich versteift. "So bin ich nicht. Aber..." Igitt, meine Worte bleiben mir im Hals stecken. Ich bin kurz davor, mich zu übergeben... oder so. Ich fasse mir an die Brust und beuge mich vor.

Und dann platzen die Worte heraus. "*Es ist meine Schuld!*"
Ich kralle mich an Arkdhem fest. *Holt mich raus.*

Er hebt mich auf und trägt mich in den hinteren Teil des Saals. Mein Gesicht steht in Flammen, aber die Krieger gehen einfach auseinander, um Platz zu machen und niemand starrt mich an.

Arkdhem setzt mich in einer ruhigen Ecke ab, wo alle mit dem Rücken zu uns stehen. Ich zittere. Irgendetwas Seltsames ist mit meinem Körper passiert - mein Inneres ist wie ein Messer, das mich schneidet.

Arkdhem umarmt mein Gesicht und beugt sich hinunter, sodass ich nur ihn sehen kann. "Sag es mir."

"Es ist meine Schuld", stoße ich hervor. "Es ist meine Schuld, dass er tot ist."

"Nein, meine Marta. Es war die Schuld des Jabol. Nicht Frllil", korrigiert er, denn er weiß, dass ich Frllil nicht gerne mit seinen bösen Vorgesetzten in einen Topf werfe, "sondern Frllils Vorgesetzten. Sie und nur sie tragen die Schuld an den Todesfällen."

"Aber wenn ich das nicht getan hätte..." Ich verfolge meine Handlungen bis zum Ende zurück. Wenn ich Arkdhem nicht weggeschickt hätte... Wenn ich mich bei meiner Untersuchung von Medik nicht geschämt hätte...

"Vielleicht ist es also meine Schuld", entgegnet Arkdhem, als ob er meine Gedankengänge lesen könnte. "Ich habe Medik zu dir gebracht. Als Frllils Vorgesetzte versuchten, dich zurückzuholen, wäre jeder, der dich berührt hätte, mitgegangen. Es ist meine Schuld, dass ich dich in diesem Moment nicht gehalten habe. Wäre ich auch mitgenommen worden, hätte ich jeden Feind durchbohren können." Er sieht aus, als wolle er sofort mit jemandem kämpfen.

Ich zittere ein wenig, mein Gesicht fühlt sich steif an. "Du weißt nicht, ob das passiert wäre. Sie hätten dich töten können. Medik war ziemlich schwach. Der Jabol hatte eine Waffe vorbereitet, die seine Rüstung dezimiert hat." Jetzt wird mir wirklich schlecht. Wenn ich Arkdhem verloren hätte...

"Und sie hätten dich töten können", entgegnet er.

"Aber wenn ich keine Fragen gestellt und Frllil nicht dazu gebracht hätte, in den Archiven nach weiteren Informationen zu suchen..."

"Dann wäre es vielleicht anders gelaufen - schlimmer. Die Jabol haben Gräueltaten begangen. Es wäre immer zu einem Krieg gekommen und alle Beteiligten wären in Gefahr gewesen." Er hält inne. "Es sei denn, du wünschst, dass die Tsenturios niemals die Wahrheit herausfinden..."

"Nein, nein." Mein Magen hat sich beruhigt. Unter Arkdhems beruhigender Berührung entspanne ich mich ein wenig.

Er lässt mich eine Minute lang starr verharren und fragt dann sanft: "Hast du alle Möglichkeiten ausreichend durchdacht? Kannst du die Schuldgefühle ablegen? Ist es ehrenvoll, sich selbst die Schuld am Tod von Medik oder Frllil zu geben?"

"Nein", gebe ich zu.

Er berührt meine Wange, direkt unter meinem Auge. Sein Finger wird feucht.

"Ich weine nicht", plappere ich. "Ich weine nicht bei solchen Dingen."

Arkdhem schlingt seine starken Arme um mich. Ich lasse zu, dass er mich an seine Brust kuschelt. "Vielleicht tust du es dieses Mal."

* * *

MARTA

EINE NEUE PLATTFORM hat sich anstelle der alten erhoben und Pareena steigt die Treppe hinauf, um sich an die Menge zu wenden.

"Und jetzt möchte ich jeden willkommen heißen, der nach vorne kommen und eine Geschichte über Medik erzählen möchte, einen nach dem anderen. Wenn ihr wollt. Ihr könnt sagen, was er euch bedeutet hat. Lasst uns die Erlebnisse mit ihm in Ehren halten und uns an ihn erinnern, wie er es gewollt hätte. Dann können wir trauern und unser Leben leben - so wie er es gewollt hätte."

Kaum ist sie weg, steigt Bogdan die Treppe hinauf. Er sieht so mürrisch und grimmig aus wie immer, aber als sein Blick seine Gefährtin trifft, wird er weicher.

"Ich fange an", sagt er mit einem Widerwillen, der mich denken lässt, dass Pareena ihn dazu angestiftet hat. "Medik... als ich meinen Tribut erhielt, wusste ich nicht, wie ich mich mit ihr verbinden sollte. Ich wusste nicht, was ich mit ihr tun sollte. In meiner Trauer um meine verlorene Familie und in meiner Wiedergeburt als Gefährte meines Tributs stand er mir mit Rat und Tat zur Seite. Er trat in die Fußstapfen meines Vaters und leitete mich, so wie es ein Vater tun würde." Eine weitere Pause mit noch mehr finsterem Blick, als ob er sich ärgerte, seine Gefühle teilen zu müssen. "Das ist meine Erinnerung an Medik."

Ja, Pareena hat ihn definitiv dazu angestiftet. Aber es funktioniert. An der Treppe bildet sich jetzt eine Reihe von Tsenturion.

"Danke für das Gespräch", murmelt Pareena und gibt dem nächsten Krieger ein Zeichen, die Plattform zu besteigen.

Ich klammere mich an Arkdhems Taille. Die riesige Welle der Trauer hat sich gelegt und mir ist nicht mehr nach Weinen zumute. Unten in der Menge sehe ich Dawn, die sich an ihren Gefährten lehnt. Sie ist in Tränen ausgebrochen, aber sie bekommt einen Freibrief, weil sie schwanger ist. Nicht wie ich, der zusammengebrochen ist, obwohl ich eigentlich kein Recht dazu habe.

Pareenas Wangen sind feucht, aber sie ist in ihrem Element, sie hilft anderen, ihre Gefühle zu verarbeiten, sie hilft ihnen durch ihren Kummer. Im Gegensatz zu mir ist sie nützlich und die Krieger reagieren auf sie und lassen sich von ihr trösten.

Während ich den Geschichten zuhöre, die die Krieger über Medik erzählen, drängt sich mir eine Erinnerung auf.

Das letzte, was Medik zu mir sagte. Ich hatte es fast vergessen, bei all dem, was unmittelbar danach geschah.

"Arkdhem... Was bedeutet Sala?"

"Sala? Sala war der Name von Mediks Gefährtin."

Und schon habe ich wieder Tränen in den Augen.

KAPITEL 18

M*arta*
Der Gedenkgottesdienst ist gerade zu Ende, als Arkdhem sich zu mir herunterbeugt und mir ins Ohr flüstert: "Marta, kommst du mit mir? Es gibt etwas, das du sehen solltest."

"Jetzt?" Alles, was ich will, ist zurück in unsere Zimmer gehen und im Bett liegen. Mich nicht bewegen. Nicht nachdenken. Vielleicht noch ein bisschen schlafen. Unbewusstheit ist Glückseligkeit.

"Ja."

Aber er würde nicht fragen, wenn es nicht wirklich wichtig wäre. Ich neige den Kopf und lasse mich von ihm in den Flur ziehen.

"Die Kommunikationsoffiziere haben mich kurz vor dem Gottesdienst kontaktiert. Sie haben die Kodierung in Frllils Gerät geknackt", erzählt mir Arkdhem.

"Was? Warum hast du das nicht gleich gesagt?" Ich beschleunige meine Schritte und schiebe meine Melancholie beiseite. Meine Neugierde war schon immer meine treibende Kraft und ich verspüre ein überwältigendes Bedürfnis zu erfahren, was auf diesem Gerät war. Arkdhem beschleunigt das Tempo und als wir das Kommunikationsdeck erreichen, joggen wir bereits. Natürlich bin ich außer Atem, aber er nicht.

Wir betreten einen kleinen, abgedunkelten Vorraum und gehen sofort zu einer Tür. Arkdhem legt seine Hand an die Wand, um Einlass zu erbitten.

Das Licht wird noch dunkler und Arkdhem drückt meine Hand.

"Warum ist es so dunkel?", frage ich in gedämpftem Ton.

"Es ist Teil der Entschlüsselung. Offenbar sind die Informationen lichtempfindlich."

Eine Sekunde später signalisiert ein zischendes Geräusch, dass die Tür vor uns aufgegangen ist. Der Raum dahinter ist viel größer und wird von einem leuchtenden 3D-Modell erhellt, das sich in der Mitte des Raumes befindet. Arkdhem bittet mich hinein und die Tür schließt sich hinter uns, sodass die Dunkelheit erhalten bleibt. Links von uns stehen zwei Tsenturion, aber meine Augen sind auf das Modell einer Galaxie vor uns gerichtet. Das spiralförmige Muster hängt in der Luft und dreht sich langsam. Das Zentrum ist hellgelb, aber die Ranken sind blassweiß. Fast eine milchige Farbe...

Ist es das, was ich denke, dass es ist?

"Was habt ihr gefunden?", fragt Arkdhem. Seine Hände legen sich auf meine Schultern, um mich zu stützen. Ich lege eine Hand auf seine große.

"Es hat einen Tag gedauert, bis wir erkannt haben, dass wir den Code mit Hilfe des dunklen Lichts entschlüsseln können", sagt einer der Kommunikationsoffiziere fast entschuldigend. "Aber von da an war es einfach. Die Daten enthalten vor allem eines: eine Karte zu einem bestimmten Sternensystem."

"Oh mein Gott..." Ich atme die Worte aus und beiße mir

sofort auf die Lippe. Es ist noch zu früh, um das zu sagen, nicht wahr? Die Milchstraße kann in ihrer Erscheinung nicht völlig einzigartig sein, im ganzen Universum.

Während der Tsenturion spricht, dreht sich das Bild vor uns und wird dann größer, als ob jemand auf einen Knopf gedrückt hätte, um es heranzuzoomen.

"Welches Sternensystem?", fragt Arkdhem, während die Galaxienspiralen größer werden und dann am Rande des Bildes verschwinden.

"Es ist keines, das unsere Systeme erkennen. Er ist unglaublich weit weg. Die Karte konzentriert sich auf einen bestimmten Stern - du kannst ihn hier sehen." Ein Punkt auf dem Bild vergrößert sich und wird zu einer vertraut ausse-henden leuchtenden Kugel, die von ein paar bunten Punkten umgeben ist. "Er hat neun Planeten... nun, acht Planeten? Bei dem letzten ist es schwer zu sagen."

Ich keuche. "*Dios mio!*"

Das ist es! Das war's!

"Marta? Was ist los?" Arkdhem beruhigt mich, während ich auf ihn zeige.

"Das ist unser System! Das ist die Erde!" Das Bild meines Heimatplaneten schwebt vor uns. Es sieht vertraut aus: zwei eisige Punkte an beiden Enden, dazwischen blaue und braune Kontinente. In der Mitte befindet sich Ecuador.

Ich starre auf meinen Heimatplaneten und tief in meinem Innern verspüre ich einen Schmerz.

"Wie weit weg?", fragt Arkdhem und scheint zu merken, dass ich sprachlos geworden bin.

Der IT-Tsenturion räuspert sich. "Weit. Wir würden mindestens zwei Tsenzyklen brauchen, um es zu erreichen. Aber die Daten enthalten klare Anweisungen, wie man durch das Wurmloch navigiert. Wenn wir die Galaxis erreicht haben, können wir die Erde finden."

Ich führte eine Hand an meine Lippen, eine Geste, die

meine Mutter oft machte, wenn sie überrascht war. "Ich kann es nicht glauben. Wir können zurückgehen! Dawn, Pareena und ich - wir alle - können nach Hause!"

Arkdhem drückt mich an den Schultern, während er den IT-Mann fragt: "Rodion, enthalten die Anweisungen auch zeitliche Koordinaten?"

Rodion plappert etwas über Wurmlöcher und Koordinaten, das ich nicht verstehe.

"Was soll das bedeuten?" Ich wende mich an Arkdhem.

In der Dunkelheit kann ich sein Gesicht nicht sehen, aber er klingt sehr ernst, als er sagt: "Das bedeutet, dass du nach Hause zurückkehren kannst und auf der Erde nur ein paar Jahre vergangen sein werden. Ohne Zeitkoordinaten würden wir erst Jahrhunderte später zu eurem Planeten zurückkehren."

Mir bleibt der Mund offen stehen. "Richtig. Wurmlöcher."

Ich bin kein Physiker, aber schneller als das Licht zu reisen, hätte doch einen gewissen Einfluss auf die Zeit, oder?

Arkdhems große Hand streicht über mein Haar. "Ein Weg zurück zu deinem Planeten. Frllil hat dir das aus einem bestimmten Grund hinterlassen."

"Sein letztes Geschenk." Meine Augen brennen. Ich bin froh, dass es hier drin dunkel ist.

"Wir sind mit der Entschlüsselung der Daten fertig, wenn du das Licht einschalten möchtest", sagt Rodion.

"Ähm, ja." Ich streiche mit den Fingern über mein Gesicht. Ich scheine unter einem Übermaß an Emotionen zu leiden. Schon wieder. Mir ist heiß und kalt am ganzen Körper.

Muss. Nicht. weinen.

Vielleicht bin ich einfach nur überwältigt. Ich hätte nie gedacht, dass ich in der Lage sein würde, wieder nach Hause zu gehen. Als das Licht wieder angeht, wirble ich zu Arkdhem und halte ihn fest. "Ist das nicht unglaublich?", schwärme ich. "Wir können nach Hause zurückkehren!"

Wir können unseren Freunden und unserer Familie sagen, dass wir nicht gestorben sind. Wir können den Tsenturion menschliche Frauen vorstellen und zwar auf menschliche Art und Weise und nicht durch Entführung. Ihre Technologie nutzen, um unseren Planeten zu retten. Unsere Frauen benutzen, um ihre Rasse zu retten. Es könnte so viel Gutes dabei herauskommen. Zum ersten Mal, seit Medik vor meinen Augen getötet wurde, fühle ich Freude. Hoffnung.

Gott, wir könnten wirklich Welten verändern. Universen.

"Ja", antwortet er leise. Sein Gesicht ist seltsam leer, seine Augen sind hohl.

"Ich kann es nicht glauben", wiederhole ich. Ich möchte auf dem Schiff herumlaufen und vor Freude schreien. "Das wird so toll."

Und doch ist da immer noch ein hohler Schmerz in der Mitte meiner Brust, aber ich schiebe ihn beiseite. Es ist nur natürlich, dass trotz dieser bedeutsamen Nachricht ein gewisser Kummer zurückbleibt.

Aus irgendeinem Grund kommt es mir nicht in den Sinn, dass es Arkdhems Schmerz sein könnte, den ich spüre.

In meinem Kopf verdichten sich mehr und mehr die Zusammenhänge, die zeigen, wie vorteilhaft dies für beide Rassen sein wird. Aber wir müssen es auf die richtige Weise präsentieren. Und das wird meine Aufgabe sein. Ich werde diejenige sein, die die Geschichte ins Rollen bringt und die Tsenturion den Menschen vorstellt.

* * *

Arkdhem

MEIN TRIBUT IST SO GLÜCKLICH, als wir in mein Quartier zurückkehren. Das Band zwischen uns sprudelt über vor

Aufregung. Ihre Wangen sind leuchtend rosa. Jetzt murmelt sie vor sich hin.

"Ich könnte über die BBC oder die New York Times berichten. Aber die haben mich für meinen letzten Artikel brüskiert. Vielleicht entscheide ich mich stattdessen für die LA Times. Oder die Washington Post. Nur um es ihnen heimzuzahlen, diesen hochnäsigen Mistkerlen. Aber das muss mit Bedacht geschehen..." Sie wirbelt zu mir und betrachtet meinen gedämpften Gesichtsausdruck. "Oh Arkdhem... Ist es falsch von mir, so aufgeregt zu sein? Das ist der Exklusivbericht meines Lebens!"

Sie kräht praktisch vor Freude und ich verstehe das. So habe ich mich auch gefühlt, als ich zum stellvertretenden Kommandeur ernannt wurde. Ich weiß, wie viel ihr das bedeutet.

"Überhaupt nicht", antworte ich. Ihr Glück sollte mein eigenes sein, aber der Geschmack ist bittersüß.

Ich möchte, dass sie zur Erde zurückkehrt und ihre Karriere vorantreibt. Das will ich auch. Aber ich will nicht zurückgelassen werden. Was werden Dawn und Pareena denken? Werden sie sich von ihrer Begeisterung anstecken lassen und ebenfalls entschlossen sein, ihr Leben als Tribut zu verlassen?

Wenn ja, werden der Oberbefehlshaber und Bogdan mich hassen.

Allerdings sind Dawn und Pareena schon viel länger Tribute als Marta. Ihre Bindungen zu ihren Gefährten sind tiefer. Vielleicht haben sie nicht den gleichen Drang, so schnell zu gehen wie Marta.

Ich reibe mir die Brust, wo der Schmerz in mir immer stärker wird.

Ich hatte solche Angst, dass der Oberbefehlshaber sie mir wegnehmen würde, aber es stellte sich heraus, dass es nicht er und mein bevorstehender Prozess waren, die ich fürchten musste... es war Martas Heimatplanet. Und wie kann ich da mithalten? Wenn ich die Gelegenheit dazu hätte, würde ich natürlich Tsentur wiedersehen wollen.

Aber du würdest wollen, dass sie mit dir geht, nicht wahr?

Ja, natürlich, aber bei ihr ist es anders. Sie hat sich nicht freiwillig entschieden, am Tribut-Programm teilzunehmen, nicht wirklich. Und selbst wenn sie es getan hätte, hätte sie nicht wirklich verstehen können, worauf sie sich einlässt.

Sie lässt sich auf dem Rücken auf das Bett fallen und starrt an die Decke. Obwohl sie eben noch voller Energie war, hält das die Melancholie nicht davon ab, sich wieder einzuschleichen. Ich kenne das nur zu gut.

Die Pflicht treibt einen nur so weit.

Irgendwann muss man aufhören und wieder fühlen.

"Ich kann nicht glauben, dass ich Frllil für einen Feigling gehalten habe", flüstert sie, wobei sich ihre Stimme ein wenig verschluckt.

Ich lege mich zu ihr aufs Bett und nehme sie in die Arme, um sie zu trösten. Ich werde sie so lange halten, wie ich kann, bis ich sie loslassen muss.

MARTA

"IN ORDNUNG, Arkdhem. Sag uns, warum wir hier versammelt sind", sagt der Oberkommandierende. Wir sitzen alle um einen runden Tisch - wir drei menschlichen Frauen und unsere Gefährten sowie der Tsenturion Rodion, der einer der IT-Spezialisten war, die Frllils Verschlüsselung geknackt haben.

Es ist erst ein paar Stunden her, dass die Trauerfeier zu Ende ging. Dawn und Pareena haben immer noch rote

Augen vom Weinen und meine eigenen Augen fühlen sich immer noch kratzig an. Arkdhem hat auf das Treffen bestanden und allen gesagt, es sei wichtig.

Bogdan hat die Arme vor der Brust verschränkt. Er blickt Arkdhem finster an.

Mein Gefährte ist unbeeindruckt. "Meine Marta hat etwas zu verkünden." Er berührt meinen Arm.

"Nun, Rodion und ich", sage ich. "Er ist derjenige, der die Verschlüsselung herausgefunden hat."

"Welche Verschlüsselung?" Dawn schaut verwirrt.

"Auf dem Datenträger, den Frllil Marta gegeben hat, waren noch mehr Informationen verschlüsselt", wirft der Oberkommandierende ein. "Mehr als die Informationen über die Jabol und diesen Unsinn über den "Einen Wahren Pfad". Ich wusste allerdings nicht, dass sie entschlüsselt worden waren." Er zieht die Augenbrauen zu Rodion hoch, der mit den Schultern zuckt.

"Wir wollten Ihnen einen vollständigen Bericht geben und wir mussten einige der Informationen testen. Arkdhem und Marta waren entscheidend dafür, dass wir herausgefunden haben, dass es etwas Wertvolles zu berichten gibt."

"Es war sein letztes Geschenk an uns." Plötzlich habe ich einen Knoten in der Kehle. Ich schlucke ein paar Mal darum herum. Dumme Emotionen, die mich verschlucken lassen.

Dawns und Pareenas Augen glänzen. Da fühle ich mich gleich ein bisschen besser.

"Soll das heißen, dass diese Nachricht vom Feind kommt?" Bogdan knurrt.

"Frllil war nicht der Feind", stoße ich hervor, bereit zu argumentieren. Ich bin nicht der Einzige, der die Erinnerung an Frllil verteidigen will.

"Nenn ihn nicht so!" Dawn knallt auf den Tisch. "Er war unser Freund!" Ihr Gesicht verzieht sich und sie sieht aus, als würde sie gleich weinen. Der Oberbefehlshaber legt einen Arm um sie.

"Wir verstehen. Er ist nicht der Feind", sagt er beschwichtigend.

Bodgan öffnet seinen Mund, wahrscheinlich um zu argumentieren. Wir alle starren ihn an.

"Bogdan", murmelt Pareena und legt eine Hand auf den Arm ihres Gefährten, der sich geschlagen gibt.

"Nun gut. Der Jabol Frllil, der nicht unser Feind ist", brummt er.

"Wenn es Ihnen um die Sicherheit geht, habe ich den Inhalt gründlich überprüfen lassen, um sicherzugehen, dass sich keine Waffe darin befindet", sagt Arkdhem. "Die Nachricht war lediglich eine Information. Rodion kann die Sicherheitsprotokolle erklären."

"Ja, erlauben Sie mir, das zu erklären." Rodion beginnt mit einem Haufen Fachchinesisch, als hätte er auf seinen Moment gewartet. Der Oberbefehlshaber sieht vage interessiert aus, aber er blickt immer wieder zu seiner Gefährtin hinunter. Dawn sieht müde aus, das arme Ding und ich bin sicher, dass Rodions dröhnende Stimme nicht gerade hilfreich ist.

Pareena nickt, als ob sie zuhören würde, aber ihre Augen beginnen zu glänzen. Meine tun es auch.

"Vielleicht können wir uns die ganze Erklärung für später aufheben", unterbricht Arkdhem Rodions Geschwafel. "Lass dir von Marta die wichtigen Details erzählen."

Dankbar drücke ich die Hand meines Gefährten. Das Lächeln, das er mir schenkt, ist fast... traurig. Es lässt mich innehalten.

In letzter Zeit war mein Partner sehr ruhig. An seinem Ende unserer Verbindung flackert so etwas wie... Einsamkeit auf? Sogar Verzweiflung. Ich werde herausfinden müssen, was da vor sich geht. Aber zuerst bin ich aufgeregt, diese Neuigkeiten zu teilen.

"Marta?", fordert Arkdhem auf.

"Ähm, ja. Der Punkt ist, dass Frllil uns eine Nachricht hinterlassen hat. Rodion und sein Team haben daran gearbeitet, sie zu entschlüsseln."

"Wir waren uns allerdings nicht sicher, was wir gefunden hatten, bis Arkdhem Marta zu uns brachte", fährt Rodion fort und schenkt mir ein breites Lächeln. Unser Desinteresse an den technischen Details scheint ihn nicht im Geringsten beunruhigt zu haben. "Für uns waren es nur eine zufällige Karte und Koordinaten."

"Welche Karte und welche Koordinaten?", fragt Pareena und setzt sich aufrecht hin.

Rodion aktiviert ein Display in der Mitte von uns, aber es ist nicht dasselbe wie vorher. Er hat in den letzten Stunden hart gearbeitet und es offenbar neu kalibriert, damit er uns die Karte im Licht zeigen kann. Die Galaxie, wie ich sie vorher gesehen habe, erscheint und dann gibt es eine Zoomfunktion, die mich ein wenig bewegungsunfähig macht, bevor die Erde ins Blickfeld blinkt.

Dawn keucht und bedeckt ihren Bauch mit ihrer Hand. "Ist es das, was ich denke, dass es ist?"

Pareena schaut ausdruckslos. Neben ihr runzelt Bogdan die Stirn, aber soweit ich das beurteilen kann, hat er eine ruhige Miene.

"Es ist die Erde", bestätige ich. "Und es gibt Koordinaten. Das ist es, was die Karte ist. Sie zeigt uns den Weg zurück. Wir können nach Hause gehen." Ich werfe meine Hände in die Luft und strahle. Wenn ich Konfetti hätte, würde ich es werfen.

Schweigen.

Ich schaue mir die Gesichter an, aber niemand scheint begeistert zu sein. Was soll der Scheiß?

Dann bricht Dawn in Tränen aus. Laut, geräuschvoll.

"Gib uns einen Moment", sagt Gavrill, hebt sie hoch und verlässt den Raum.

Pareena scheint von diesem Ausbruch nicht überrascht zu sein. Überhaupt nicht. "Lass uns eine Pause machen", verkündet sie und wendet sich an ihren Gefährten.

Ich erhebe mich bereits von meinem Stuhl. Arkdhem folgt mir in die Ecke des Raums, wo ich die Knöpfe des Replikators drücke, um eine Tasse *Cafezinho* zu bestellen - *oder* ein Getränk, das dem süßen schwarzen Kaffee so nahe kommt, wie es der Replikator herstellen kann.

"Das ist nicht die Reaktion, die ich erwartet habe", murre ich. "Ich dachte, sie würden sich alle darüber freuen."

"Gib ihnen Zeit", antwortet Arkdhem leise. Er klingt so traurig, dass ich herumwirble.

"Arkdhem, was ist los? Was verschweigst du mir?"

"Es ist alles in Ordnung", sagt er steif. "Ich bin froh, dass du zur Erde zurückkehren kannst."

Ein Flüstern der Einsamkeit hallt in unserer Verbindung wider. *Verlass mich nicht.*

Und mir wird alles klar. Er denkt, ich will allein zur Erde zurückkehren.

"Oh, nein." Ich nehme seine Hand. "Du missverstehst mich. Ich will dich nicht verlassen."

"Nein?"

"Natürlich nicht. Wie kommst du denn darauf? Du bist mein Gefährte." Ich nehme einen tiefen Atemzug. Emotionen sind nicht meine Lieblingsbeschäftigung, aber ich muss ihn überzeugen. Ihm zeigen, dass er mir etwas bedeutet. Ich hätte sterben können, ohne dass er je erfahren hätte, was ich für ihn empfinde und damit war ich nicht einverstanden. "Du bist die andere Hälfte meines Herzens. Alles, was wir tun, tun wir gemeinsam."

 arta

Als Gavrill und Dawn zurückkommen, habe ich für alle ein paar Kekse und Tee gemacht und sie auf den Tisch gestellt. Rodion setzt sich und nimmt unbeholfen eine Tasse, die er in den Händen hält, anstatt daraus zu trinken, als wüsste er nicht genau, was er damit tun soll.

In Gedanken setzte ich Benimm- und Etikettekurse für die Krieger auf meine To-do-Liste.

"Das tut mir leid", sagt Dawn und nimmt eine Tasse Tee in die Hand. Sie lächelt ein wenig schwach. "Ich bin einfach emotional."

"Verständlich", sagt Pareena. "Es ist eine Menge zu verkraften." Sie sitzt direkt auf Bogdans Schoß und tunkt in aller Ruhe einen Keks in ihren Tee. "Vor allem, wenn man sich mit dem Gedanken abgefunden hat, für den Rest seines Lebens bei den Tsenturion zu leben. Die Chance, nach Hause zu gehen, ist fast überwältigend."

"Tut mir leid, Leute", sage ich. "Ich hätte es euch schonender beibringen sollen. Ich dachte, es wären gute Neuigkeiten."

"Das sind gute Nachrichten", sagt Pareena. "Es gibt Dinge, die ich von der Erde vermisse. Es wäre schön, meine Familie und Freunde wiederzusehen. Damit sie wissen, dass ich nicht gestorben bin."

"Aber was ist mit unseren Gefährten?", platzt Dawn heraus. Gavrill umfasst ihre Hand mit seiner eigenen.

"Wenn du nach Hause gehen willst, werde ich dich nicht aufhalten", sagt er.

Sie schüttelt den Kopf und hat noch mehr Tränen in den Augen. "Ich werde dich auf keinen Fall verlassen. Ich habe diese Entscheidung schon vor langer Zeit getroffen."

"Dios mio", platzte ich heraus. "Was meinst du damit, ohne unsere Tsenturion-Gefährten zurückgehen? Warum denkt jeder, dass ich das gemeint habe? Wir können die Schiffe der Tsenturion benutzen, um dorthin zu gelangen. Wir können alle zurückgehen - alle zusammen. Wir können den Tsenturion beibringen, wie man sich verabredet. Sie können uns helfen, unseren Planeten und die Menschen auf ihm zu retten. Das Leben von allen verbessern."

Und ich kann die Reporterin sein, die die Nachricht verkündet und alle davon überzeugt, dass die Außerirdischen nicht gekommen sind, um über uns zu herrschen und dass wir alle miteinander auskommen sollten. Ich habe das Gefühl, dass es eine ganze Reihe von Alien-Romantik-Lesern geben wird, die voll und ganz damit einverstanden sind, mit einem zweieinhalb Meter großen goldenen Alien mit Tentakelschamhaaren und riesigen Alien-Penissen auszugehen. Die Tsenturion werden von einer hoffnungslosen Zukunft für ihre Spezies zu Unmengen von Kandidatinnen wechseln können.

"Was ist mit den temporalen Fähigkeiten?", fragt der Oberkommandierende und sieht Rodion an.

"Die zeitlichen Möglichkeiten sind in Ordnung", mischt sich Rodion ein und nickt so heftig mit dem Kopf, dass seine Teetasse wackelt und etwas Flüssigkeit über den Rand schwappt. Schnell stellt er sie auf dem Tisch vor sich ab. "Es wird ein paar Menschenjahre dauern, aber wir können es schaffen."

"Wir müssen vorsichtig sein", mahnt Pareena nachdenklich. "Die Menschen sind nicht dafür bekannt, dass sie etwas Neues tolerieren. Außerirdische - echte Außerirdische... nun, nicht jeder wird sie willkommen heißen. Manche Menschen können nicht einmal mit den Unterschieden zwischen ihnen und anderen Menschen umgehen, geschweige denn mit einer völlig anderen Spezies."

"Die meisten Leute werden mitmachen, wenn wir ihnen zeigen, wie die Technologie von Tsenturion Krankheiten ausrotten und ihre Technologie verbessern kann", argumentiere ich. "Vertraut mir, ich weiß genau, wie ich das drehen muss. Das war - und ist - mein Job."

"Es wird nicht einfach sein." Der Oberkommandierende sieht nachdenklich aus und wendet seine Aufmerksamkeit mir zu. "Wir werden eine gute Verbindung zwischen den Tsenturion und den menschlichen Medien brauchen."

Pareena gluckst. "Ich würde sagen, dass Marta der Aufgabe mehr als gewachsen ist. Ganz zu schweigen davon, dass sie es will. Und sie hat Recht, wenn es darum geht, die Geschichte richtig zu präsentieren. Das wird unglaublich wichtig sein."

"Und ich kann dich als Quelle befragen", sage ich ihr. "Deine Referenzen sind sehr gut. Du kannst den Leuten all das so erklären, dass sie es verstehen." Ich gebe es auf, cool zu bleiben, und reibe meine Hände aneinander. "Ist es falsch, dass ich mich freue?"

"Nein, nein", sagt Dawn, obwohl ihr die Tränen auf den Wangen glänzen. "Das ist die Berichterstattung deines Lebens."

Am Tisch kommt es zu verschiedenen Gesprächen. Der Oberbefehlshaber befragt Rodion, während Arkdhem und Bogdan zuhören und von Zeit zu Zeit etwas einwerfen, während sie gleichzeitig Pareena und Dawn belauschen, die sich darüber unterhalten, was sie gerne sehen würden, wenn sie zurückkommen. Pareena möchte ihre Familie sehen. Dawn möchte das Haus ihrer Großmutter sehen. Ich? Ich möchte meinen Redakteur sehen. Ja, ich habe ein paar Probleme.

Pareena steht auf, um mehr Kekse zu backen und ich folge ihr.

"Was hältst du von der Fortsetzung des Tribut-Programms?", frage ich. "Mit ein paar Änderungen. Es soll mehr wie eine Dating-App sein." Ich halte meine Hände hoch, um falsche Anführungszeichen zu machen. "'Wisch nach rechts für Entführung.'"

"Es müssten mehrere Änderungen vorgenommen werden", sagt Pareena.

"Du könntest es zusammenstellen", schlage ich vor. "Du hast genug Studien über die Tsenturion-Männer gemacht... sie werden Hilfe brauchen, um sich an die menschlichen Sitten anzupassen. Ähm und wir müssen ihnen vielleicht ein paar neue Handbücher besorgen."

Pareena lacht, aber ihre Augen haben bei dem Gedanken an diese neue Herausforderung von innen heraus geleuchtet. Ich weiß genau, wie sie sich fühlt.

"Ja... hm... es gibt einige Möglichkeiten, die ich mir überlegt habe, um den Kriegern und Tributen zu helfen, sich gegenseitig zu verstehen. Ich war mir nicht sicher, wie bereitwillig die Krieger sein würden, wenn die Tribute einzeln zu ihnen kämen, aber auf der Erde sind sie ja in unserem Heimatland... hm..." Pareena wandert zurück zum Tisch, bereits tief in Gedanken versunken und ich lache, kehre auf Arkdhems Schoß zurück und höre zu, wie meine Freunde darüber sprechen, was sie von der Erde in Erinnerung haben.

Ich habe keine Familie oder Freunde, die Arkdhem kennenlernen könnte, aber es gibt einige Dinge, die ich ihm zeigen möchte ... Und ich möchte auf jeden Fall dabei sein, wenn er zum ersten Mal Moqueca und andere brasilianische Gerichte probiert. Es gibt ein paar Dinge, die der Replikator *nicht* nachmachen kann.

* * *

MARTA

"NA, DAS IST JA TOLL GEWORDEN." Ich bin immer noch gut gelaunt, als wir unser Quartier erreichen.

"Ich bin froh." Arkdhem klingt immer noch müde.

"Hey." Ich stupse ihn an. "Du dachtest, ich würde dich verlassen? Ich würde dich nie verlassen."

Er setzt sich auf das Bett und ich klettere auf seinen Schoß und rittlings auf ihm herum. Seine großen Hände streicheln meinen Hintern. Meine Haut summt bei der Berührung - die Nanotechnologie erwacht.

"Das weiß ich jetzt", sagt er. Seine Hände wandern auf und ab, streicheln meinen Hintern und meinen Rücken. Ich wiege mich leicht, bereit, erregt zu werden, aber noch nicht ganz. Ich will unsere Nähe genießen.

"Worüber wollte Gavrill mit dir sprechen?" Der Oberbefehlshaber hatte Arkdhem zur Seite genommen, während Pareena und ich über Alien-Dating-Apps diskutierten.

"Der Rat ist zusammengekommen, um eine Entscheidung

zu treffen und hat beschlossen, dass der Prozess unnötig war. Es sieht so aus, als würde ich für immer von meinem Kommando entbunden werden."

Ich versteife mich. "Was?"

Arkdhem fährt fort, als ob er nicht gerade eine Bombe hat platzen lassen. "Ich werde viel Zeit haben, mich um deine Karriere zu kümmern." Er lächelt, obwohl ich sehen kann, dass er zerrissen ist. "Ich werde die tsenturionische Hälfte der Verbindung zwischen deinem Volk und dem meinen sein. Es ist eine wichtige Aufgabe."

"Aber du wirst kein Krieger mehr sein."

"Nein."

Ich greife durch das Band nach seinen Gefühlen und versuche zu ermessen, was er fühlt. Traurigkeit. Resignation. Aber auch eine Art von Entschlossenheit.

"Es tut mir sehr leid."

"Mir nicht", entgegnet er sanft und streicht mein Haar zurück. "Ich würde nichts von dem ändern, was mir widerfahren ist, weil es mich zu dir geführt hat. So sollte das Leben der Tsenturion immer sein... die Zeit, ein Krieger zu sein, endet und die Zeit, eine Familie zu haben, beginnt."

Awww.

"Dann haben wir wohl mehr Zeit, um zusammen zu sein." Ich wippe nach vorne und reibe mich ein wenig an seinem Schwanz. Ein Hitzeschub schießt durch mich hindurch, der zwischen uns widerhallt, als die Leidenschaft unsere Verbindung durchflutet. "Und mach Pläne für die Zeit, wenn wir auf der Erde sind. Die Menschen sind nicht gerade für ihre Gelassenheit bekannt, wenn sie mit etwas Neuem konfrontiert werden. Wir müssen eine exzellente Medienkampagne entwerfen, die wir den Staatsoberhäuptern und den Nachrichtenagenturen präsentieren."

"Du bist die perfekte Besetzung für diese Aufgabe", betont er. "Ich habe größtes Vertrauen in dich, mein Herz."

Ich summe und schaukle ein bisschen schneller. Arkdhems Rüstung ist verschwunden und seine *Seela* haben irgendwie meine Kleidung zerrissen, sodass sie an meinem Geschlecht saugen können. Eine von ihnen setzt sich an meiner Klitoris fest und zieht mit einer starken, saugenden Bewegung daran. Ich stöhne und schmelze ihm entgegen. Sterne zerplatzen hinter meinen Augen, als meine Klitoris unerbittlich stimuliert wird und mich auf ihm schaudernd zurücklässt.

"Oh, Arkdhem, das ist so gut", keuche ich.

"Nenn mich Meister", befiehlt er und als ich das tue, hebt er mich ein wenig an, setzt mich auf seinen Schwanz und stößt mit einem bebenden Stoß in mich. Der Braut Trainer macht sich an die Arbeit, gleitet meinen Bauch hinauf, um meine Brustwarzen zu zwicken und schwillt hinten an, um meinen Anus zu füllen. Ekstase durchflutet das Band zwischen uns. Meine. Seine.

Die Verbindung ist so intensiv, dass ich weinen muss. Und lachen. Ich bin gefangen zwischen Freude und Verzweiflung und sehne mich nach der Intimität zwischen uns. Ich brauche sie, um die Dunkelheit in mir zurückzudrängen.

Die *Seela* saugen sich an meinen Beinen fest und springen ab, als Arkdhem mich von seinem Schwanz hebt und mir hilft, mich wieder auf seinen Schoß zu setzen.

"Nein, hör nicht auf. Mir geht es gut." Ich schlucke hart.

"Lüg mich nicht an." Er fasst mein Kinn an. "Marta. Sag mir, was du brauchst. Irgendetwas und ich werde es tun."

Ich schlucke beschämt.

"Ich fühle mich immer noch schuldig wegen Frllil. Und Medik. Ich fühle mich schuldig, dass ich mich darauf freue, zur Erde zurückzukehren, während sie für immer weg sind... dass ich Dinge tun kann, die ich schon immer tun wollte, während sie es nicht können." Ich weiß, dass es das Schuldgefühl der Überlebenden ist, aber einen Namen dafür zu finden, macht die Gefühle nicht leichter.

"Wenn du an ihrer Stelle gewesen wärst, würdest du wollen, dass sie ihr Leben beenden oder tun, was sie wollen?"

Ich rümpfe die Nase wegen seiner Frage. "Nein, natürlich nicht. Und ich weiß, dass sie das nicht von mir erwarten würden... Ich habe nur immer das Gefühl, dass ich etwas mehr hätte tun sollen."

Arkdhems Augenbrauen heben sich. "Mehr? Mehr als zu überleben, während es auch dich hätte erwischen können? Nicht nur jetzt, sondern mehrere Male?"

"Ich habe aber nicht allein überlebt, sondern nur, weil Frllil mich gerettet hat. Beide Male. Ich war nutzlos", gestehe ich leise. Ich habe mich nie als die Jungfrau in Nöten gesehen, aber genau das war ich gewesen. Ich war der Gnade des Universums ausgeliefert und es hatte sich aus irgendeinem Grund entschieden, mich zu retten, aber es hätte auch ganz anders kommen können. Ich hatte keinen Einfluss, kein Mitspracherecht und wenn Frllil nicht gewesen wäre, wäre ich jetzt nicht hier.

"Du warst nicht nutzlos." Arkdhem seufzt verärgert und schüttelt den Kopf. "In der Schlacht muss ich mich immer auf meine Kriegergefährten verlassen können, die mir den Rücken freihalten. Die Personen um mich herum haben mich schon öfter gerettet, als ich zählen kann und ich habe sie auch gerettet. Heißt das, dass wir alle nutzlos sind?"

"Nein, natürlich nicht, aber das ist etwas anderes. Ihr verlasst euch aufeinander. Keiner hat sich auf mich verlassen können."

"Nein?" Er neigt seinen Kopf zu mir, seine Hände gleiten an meinen Seiten auf und ab. Es ist nicht gerade eine erotische Berührung, aber sie ist auch nicht gerade beruhigend. "Frllil hat sich darauf verlassen, dass du seine Botschaft weitergibst, sowohl die mündliche als auch die auf dem Stab. Ohne dich wäre sein Plan gescheitert. Die Jabol, die für die Zerstörung Tsurus verantwortlich sind, wären entkommen. Wir hätten unsere Rache an völlig unschuldigen Jabol nehmen können."

"Alles, was ich getan habe, war, eine Nachricht herauszuschreien, die ihn umgebracht hat, weil ich zu ausgeflippt war, um darüber nachzudenken, was ich gesagt habe", brumme ich. Und dann quietsche ich, weil ich plötzlich umgedreht werde. Ich sitze nicht mehr auf Arkdhems Schoß, sondern liege darüber, mit dem Hintern in der Luft und seine große, außerirdische Hand streichelt meine Pobacken statt meine Seite.

Oh, oh.

* * *

Arkdhem

JETZT, da ich verstehe, was meinen Tribut quält, weiß ich, was ich tun muss. Ein Teil von mir zögert auch, denn ich hatte mir zuvor Sorgen gemacht, sie zu hart bestraft zu haben und diese Sorge hat zu weiteren Ereignissen geführt ... Aber ich weiß, dass Medik mit Freuden sein Leben gegeben hätte, um ihres zu retten. Er würde es nicht bedauern, dass er auf dem Jabol-Schiff gelandet ist und dass sein Tod Frllil dazu gebracht hat, seine Vorgesetzten als das zu sehen, was sie sind. In gewisser Weise war es vielleicht sogar eine Erleichterung, endlich seine Pflicht ablegen und sich seiner Familie anschließen zu können. Er hatte weit mehr gedient, als ihm zustand und ich würde weder diese langen Jahre noch sein letztes Opfer schmälern, wenn ich sie als das ansehen würde, was sie waren.

Er würde nicht wollen, dass Marta von Schuldgefühlen geplagt wird, oder ich.

Er würde wollen, dass wir die langen Jahre des Glücks erleben, die die Tsenturion einst hatten.

Und ich bin jetzt der erste Tsenturion, der sich nach Tsenzyklen in das zivile Leben zurückziehen kann. Ich werde das nicht vergeuden und wir werden jeden Tag zu Ehren von Medik und Frllil leben, in Dankbarkeit für die Opfer, die sie für unsere Zukunft gebracht haben.

"Du hast die Botschaft übermittelt, um die Frllil dich gebeten hat. Du hast genau das getan, was du tun solltest."

Es gibt einen Moment der Stille und ich weiß sofort, dass sie mir nicht zustimmt.

Klatsch!

Meine Hand kribbelt von dem Schlag, den ich auf ihrer Haut platziert habe.

"Autsch! Ich habe doch gar nichts gesagt!"

"Stimmt, das hast du nicht. Hast du getan oder hast du nicht getan, was Frllil von dir verlangt hat?"

"Das habe ich." Sie seufzt. Zappelt. "Aber ich hätte mehr tun sollen."

"Wer sagt das? Abgesehen von dir? Du warst in feindlichem Gebiet, nackt und waffenlos, ganz zu schweigen davon, dass du desorientiert warst. Medik war nicht in der Lage, sich zu verteidigen. Er war vielleicht kein Krieger mehr, aber er war es einmal gewesen. Er war mit einer Rüstung versehen. Was glaubst du, hättest du tun können, was er nicht konnte?"

Diesmal, während sie über das Gesagte nachdenkt, versohle ich sie erneut - viel leichter als zuvor, aber immer noch hart genug, damit es schmerzt und ihren Hintern zum Wackeln bringt.

"Okay, okay! Du hast Recht!" Die Worte kommen zähneknirschend.

"Braves Mädchen." Trotz allem spüre ich, wie sie sich bei diesem Lob an mich schmiegt. Sie ist ein gutes Mädchen. "Aber ich werde dir trotzdem den Hintern rot färben und du kannst jedes Mal an diesen Moment zurückdenken, wenn du anfängst, dir die Schuld für Situationen zu geben, die außerhalb deiner Kontrolle liegen. Die einzige Person, die meint, dass du mehr hättest tun können, bist du selbst und es ist inakzeptabel, dass du nicht einsiehst, wie viel du unter den gegebenen Umständen getan hast."

 arta

WAS HABE ICH GETAN?

Und hätte ich von Dawn oder Pareena erwartet, dass sie an meiner Stelle dasselbe getan hätten?

Medik war nicht in der Lage gewesen, sich zu verteidigen. Glaube ich wirklich, dass ich ihn hätte retten können, wenn er, ein vollwertiger Tsenturion-Krieger in Kampfrüstung, dazu nicht in der Lage gewesen wäre?

Das nenne ich Selbstüberschätzung.

Und Frllil... Ich hätte nie tun können, was er getan hat. Ich wusste nicht, wie man die Jabol-Technologie so einsetzt, wie er es tat. Ich bin nicht mal sicher, ob ich die richtigen Teile dafür hatte. Ich hätte niemals ihre Schilde runterfahren und sie dem Angriff der Tsenturion aussetzen können. Selbst wenn ich es getan hätte, hätten die Tsenturio niemals ohne Grund auf die Jabol geschossen.

Ich hatte ihnen diesen Grund gegeben. Sie hatten mir zugehört, weil ich ein Tribut war.

Jedes Mal, wenn Arkdhems Hand auf meinem Hintern landet, wird die Botschaft verstärkt.

Ich habe getan, was ich konnte und ich habe getan, was von mir verlangt wurde.

Klatsch!

Zappelnd winde ich mich auf Arkdhems Schoß und wimmere, als er weiterhin harte Schläge auf meinem Hintern verteilt. Ich spüre, wie sich die Hitze in meinem Po ausbreitet, der sich um den Nanotech-Plug, der mich ausfüllt, zusammenzieht und mein erotisches Unbehagen verstärkt.

Und meine Pussy ist sehr, sehr feucht. Eine Tatsache, die Arkdhem entdeckt, als er danach greift, um nachzusehen. Seine Finger streichen über meine empfindlichen Falten und er grinst über meinen Kopf hinweg. Die Lust durchströmt mich und verwandelt selbst meinen brennenden Hintern in ein köstliches Inferno. Ich halte den Atem an und hoffe, dass er mich weiter streicheln wird.

Leider erfahre ich kein solches Glück. Er versohlt mir wieder den Hintern, aber die Schmerz- und Lustschalter in meinem Gehirn sind wieder durcheinander geraten. Jeder strenger Hieb lässt Hitze in meinem Inneren aufblühen. Mein Kitzler pulsiert. Anstatt mich wegzuwinden, hebe ich meinen Hintern, um seine Schläge zu empfangen.

"Hast du deine Lektion gelernt?"

"Ja, Meister", murmle ich. Meine Stimme kommt von weit her. Ich schwebe ein wenig. Aber dann beginnt der Plug in meinem Po zu wachsen... und zu vibrieren.

"Ich glaube, du genießt das zu sehr." Der Plug schiebt sich in meinen Arsch hinein und wieder heraus - Arkdhem muss ihn benutzen, um mich zu ficken. "Vielleicht sollte ich einen neuen Weg finden, dich zu bestrafen."

In diesem Moment, in dem mein Hintern und meine innere Mitte von Empfindungen überwältigt sind, die kurz vor einer Explosion stehen, klingt eine weitere Bestrafung *großartig*.

"Ja, bitte, Meister", stöhne ich. Dann werde ich hochgehoben und mit dem Rücken auf das Bett gelegt, wobei mein Haar mein Gesicht umspielt. Ich zische und versuche, meine Fersen in die Matratze zu stemmen, drücke meine Hüften nach oben, damit mein armer gequälter Hintern nicht die Decke berührt.

"Spreiz deine Beine." Arkdhem klopft leicht auf die Innenseite meiner Oberschenkel und richtet mich mit angewinkelten Knien und weit gespreizten Schenkeln wieder auf. Er thront über mir, nackt und herrlich. Meine Muschi pulsiert, sie will gefüllt werden – ist eifersüchtig auf das dicke, harte Stück in meinem Arsch.

Arkdhems Schwanz ragt zwischen seinen Beinen hervor, seine *Seela* streckt sich, als wolle sie sich verzweifelt an mir festhalten. Diese Verzögerung ist für ihn genauso unangenehm wie für mich.

"Halte die Beine auseinander", befiehlt er. "Gefesselt durch meinen Willen."

Ich strecke meine Arme über meinen Kopf und biete mich ihm an. Völlige Hingabe. Er hält inne und betrachtet meine nackte Darbietung. Meine Brust ist angespannt, meine Beine zittern von der Anstrengung, meine Knie weit zu spreizen. Meine Muschi ist für ihn offen.

Seine Augen verdunkeln sich und dann murmelt er meine Belohnung. "Du bist perfekt für mich."

Seine großen Hände legen sich auf meine Innenseiten der Oberschenkel und spreizen sie noch ein wenig weiter. Dann... "Halt still." Und er schlägt mir auf die Pussy.

Mein Körper zuckt, meine Schenkel beben, aber ich halte sie gespreizt. Ein kleines Lächeln umspielt Arkdhems Lippen.

Sadist!

"Braves Mädchen", trällert er. Und er schlägt mir wieder auf die Muschi. Diesmal ist der Schlag kaum zu spüren. Hitze entlädt sich zwischen meinen Beinen und steigt meine Stirn hinauf. Meine Lippe zittert.

"Meister!" Ich stehe kurz vor dem Abgrund...

Und er weiß es. "Komm." Er berührt meine Mitte wieder und wieder, verteilt leichte Schläge, die an Intensität zunehmen, bis zum letzten, harten *Pop!* Die Ekstase breitet sich von meiner Klitoris aus.

Ich zucke zusammen, Funken fliegen durch meinen Körper, zischen von den Rückseiten meiner Beine auf und brennen durch meinen Oberkörper. Mein Mund steht offen, als ich aufschreie.

Arkdhems Gewicht lastet auf mir. Er ergreift meine Handgelenke und presst seine Hüften auf meine, erdet mich, während er in meinem Körper eintaucht. Ich zucke erneut zusammen. Sein Schwanz füllt mich aus, drückt gegen den Plug, der in meinem hinteren Kanal erhitzt ist und *vibriert.* Ich bin komplett ausgefüllt. Mein Mund steht offen, als ob ich zusätzliche Luft schlucken könnte, um mehr Platz in meinem Körper zu schaffen. Aber es gibt keinen Platz in meinem Körper außer für ihn.

Meine eigenen Ohren schmerzen von der Heftigkeit meiner Schreie, als Arkdhem mich auf das Bett stößt.

Die *Seela* saugen an meinen malträtierten Schamlippen. Eine findet meine Klitoris und saugt so stark, dass ich zu den Sternen aufsteige, auf einen anderen Planeten. Planet der Begierde.

Als ich wieder zu Bewusstsein komme, ist Arkdhem immer noch in mir, aber er bewegt sich kaum. Sein schwerer Körper ruht mit köstlichem Gewicht auf dem meinen. Seine Lippen streifen mein Gesicht. "Marta. Meine Schöne. Meine Gefährtin."

Langsam hebe ich mein Kinn, erwidere seinen Kuss und knabbere an seinen Lippen. Der Braut Trainer ist in meinem Hintern geschrumpft, was das Gefühl der Fülle vermindert. Arkdhem, der immer noch in mir steckt, rollt sich so, dass ich auf ihm liege, wie eine schwerelose Decke. Mein Körper zittert, während ich mich an seinen immer noch harten Schwanz gewöhne, der meine Muschi aufspießt. Bald ist er bereit für Runde zwei, aber in der Zwischenzeit gönnt er mir eine Gnadenfrist. Und er ist hinreißend, wie er zu mir aufschaut, als wäre ich die Sonne, die er umkreist. Meine Zimtschnecke. Mein heimlicher Sadist.

"Danke, dass du diesmal härter warst", flüstere ich.

"Jederzeit." Seine Handfläche drückt auf meinen erhitzten Hintern und massiert ihn grob. Ich wimmere und meine inneren Wände ziehen sich enger zusammen. Es tut so weh. "Küss mich, mein Herz."

Ich neige meinen Kopf und gehorche, nur um mich von ihm zu lösen und gegen seine Lippen zu hauchen: "Ich liebe dich."

"Und ich dich", murmelt er. "Egal, was die Zukunft bringt, ich stelle mich ihr gerne. Solange ich bei dir bin."

 arta

MEHRERE LICHTJAHRE UND EIN RAUM/ZEIT-KONTINUUM später...

ICH HABE den Exklusivbericht meines Lebens geliefert. In jedem Land und in jeder Sprache hieß es, dass es Außerirdische gibt und dass wir uns mit ihnen treffen können. Sie sind hier, um zu helfen.

Dawn und Pareena haben auf der Reise hierher die ersten Tsenturion/Menschen-Babys zur Welt gebracht. Stella und Aadhya - zwei kleine Kriegerinnen, die bereits wissen, wie sie ihre Tsenturion-Rüstung vollständig formen können. Gavrill und Bodgan sind hin- und hergerissen zwischen Stolz und Sorge und feuern ihre kleinen Kriegerinnen immer wieder an.

Ich war damit beschäftigt, Artikel zu schreiben und die

Tsenturion allen führenden Politikern der Welt vorzustellen. Die außerirdische Technologie und das medizinische Wissen, das Medik hinterlassen hat, hat die meisten menschlichen Krankheiten geheilt und einen großen Beitrag zum guten Verständnis zwischen unseren Spezies geleistet.

Arkdhem wurde von seinem Dienst als Tsenturion-Offizier dauerhaft entbunden, dient aber als mein Leibwächter. Wir sind beide Verbindungspartner zwischen der menschlichen und der außerirdischen Rasse. Botschafter des Friedens.

Und in sechs Monaten erwarten wir unser erstes Kind.

Die gesamte Flotte der Rasse Tsenturion konnte an einem Dating-Programm zwischen Menschen und Tsenturion teilnehmen. Es gibt viele Männer und Frauen, die schon immer davon geträumt haben, mit einem Außerirdischen gepaart zu werden und dies ist ihre Chance.

Die Vgotha haben ebenfalls beschlossen, mit uns auf die Erde zu reisen und einige ihrer Krieger sind in das Dating-Programm aufgenommen worden. Einige von ihnen sind furchterregend, mit Flügeln und Schwänzen - aber anscheinend gibt es viele Menschen, für die "sexy Flügel" und "frecher Schwanz" auf der Liste ihrer Dating-Vorlieben stehen.

Tor war der erste aus seinem Volk, der die Erde besuchte. Auf Jamaika verliebte er sich in eine Lehrerin der zweiten Klasse und nach einigen Fehlstarts haben sie sich gut eingelebt. Die Hälfte des Jahres leben sie auf seinem Schiff, die andere Hälfte verbringen sie in einem Haus angepasst an die Größe von Vgotha bei ihrer Mutter. Tors Lieblingsessen ist jetzt Curry-Ziegenpastete.

Außerdem haben die Jabol eine neue Führung gewählt. Eine bessere Führung. Und das Beste ist, sie haben uns ein kleines Geschenk geschickt. Offenbar konnte Frillil vor der Explosion sein Bewusstsein in einen Speicher auf einem weit entfernten Mond hochladen. Die Jabol fanden es und schickten es zu uns. Rodion hat herausgefunden, wie man Frllils Bewusstsein in einen Roboter lädt, der nach Frllils eigenen Vorstellungen entworfen wurde. Er sieht genauso aus wie Chris Hemsworth. Er hofft, bald in das Tsenturion-Tribut-Programm aufgenommen zu werden, um seine eigene Partnerin zu finden.

Wir haben also alle unser Happy End. Und mit dem Tsenturion-Tribut-Programm können auch alle anderen ihr Glück finden.

* * *

Wir laden Sie jetzt ein, am Tsenturion Tribut Programm teilzunehmen.

Basierend auf dem genialen System von Medik und Frllil haben wir eine Reihe von Büchern für all jene erstellt, die einen Tsenturion-Meister haben wollen. Ihre Reaktionen auf diesen Text sind aufgezeichnet worden.

Seien Sie versichert, dass alle potenziellen Tsenturion-Meister die Handbücher für Beziehungen zwischen den Spezies, einschließlich [Alien Captive], [Alien Tribute] und [Alien Abduction], gründlich gelesen haben. Sie sind in der Kunst des Brauttrainings gut geübt. 😈

Unser System hat eine 100%ige Wirksamkeitsrate.
Zufriedenheitsgarantie.

Klicken Sie hier, um sich auf die Warteliste für einen Partner aus dem Ausland setzen zu lassen: https://www.subscribepage.com/tsenturionbridesprogram

ÜBER LEE SAVINO

Lee Savino ist eine USA Today-Bestsellerautorin von Smexy-Romanzen. Smexy, wie in "smart und sexy". Finden Sie sie in der Goddess Group auf Facebook und laden Sie ein kostenloses Buch unter www.leesavino.com herunter!

Sie finden sie unter:
www.leesavino.com

Sie lieben knurrige Alphas? Dann schau dir die Berserker-Saga an. Beginne mit *Verkauft an die Berserker.*

VERKAUFT AN DIE BERSERKER

Am Tag, als mich mein Stiefvater an die Berserker verkaufte, erwachte ich im Morgengrauen, und er blickte anzüglich auf mich herab. »Steh auf.« Als er dazu ansetzte, mich zu treten, schüttelte ich hastig die schlaftrunkene Benommenheit ab und rappelte mich auf die Beine.

»Ich brauche deine Hilfe bei einer Lieferung.«

Nickend spähte ich zu meiner Mutter und meinen Geschwistern, die tief und fest schliefen. Mir gefiel es nicht, wenn sich mein Stiefvater in der Nähe meiner drei jüngeren Schwestern aufhielt, aber wenn ich den ganzen Tag mit ihm unterwegs wäre, dann wären sie in Sicherheit. Ich hatte mir angewöhnt, einen Dolch bei mir zu tragen. Zwar wagte ich nicht, den Mann zu töten – wir brauchten ihn, damit er uns ernährte und beschützte –, aber wenn er mich noch einmal angriffe, würde ich kämpfen.

Der zweite Gemahl meiner Mutter hasste mich, seit er zuletzt versucht hatte, mich zu nehmen, und ich mich zur Wehr gesetzt hatte. Damals war meine Mutter zum Markt gegangen, und als er versuchte, mich zu packen, schnappte etwas in mir über. Ich wollte mich nicht noch einmal von ihm anfassen lassen. Erbittert setzte ich mich zur Wehr, trat um mich und kratzte, bis ich schließlich einen Topf aus Eisen zu fassen bekam und meinen Stiefvater mit heißem Wasser versengte.

Er brüllte wie am Spieß und sah aus, als wollte er mich verletzen, aber er blieb auf Abstand. Als meine Mutter zurückkam, tat er so, als wäre alles in Ordnung, aber seine Blicke folgten mir voll Hass und mit einem verschlagenen Ausdruck.

Er bezeichnete mich offen als hässlich und machte sich über die Narben lustig, die meinen Hals verunstalteten, seit mich ein wilder Hund angegriffen hatte, als ich klein war. Ich achtete nicht darauf und hielt mich von ihm fern. Hänseleien wegen meines hässlichen Gesichts hörte ich schon, seit die Wunden verheilt und zu einer Masse silbrigen Narbengewebes an meinem Hals geworden waren.

An jenem Morgen wickelte ich mir ein Kopftuch über die Haare und meinen narbigen Hals, dann folgte ich meinem Stiefvater, trug seine Waren die alte Straße hinab. Zuerst dachte ich, wir wären unterwegs zum großen Markt. Als wir jedoch die Gabelung erreichten und er einen mir unbekannten Pfad einschlug, zögerte ich. Irgendetwas stimmte nicht.

»Hier lang, Töle.« Er hatte sich angewöhnt, mich mit verschiedenen Bezeichnungen für »Hund« anzusprechen. Als Begründung hatte er mir genannt, dass ich nur noch Laute von mir gab, die sich wie das Grunzen eines Tiers anhörten, ich also praktisch ein Tier wäre. Er hatte recht. Der Angriff damals hatte mir durch die Verletzung am Hals die Stimme geraubt.

Wenn ich ihm in den Wald folgte und er mich zu töten versuchte, könnte ich nicht einmal schreien.

»Ein reicher Mann hat darum ersucht, dass ihm die

Waren vor die Tür geliefert werden.« Er marschierte weiter, ohne zurückzuschauen, ob ich ihm folgte.

Ich habe mein gesamtes Leben im Königreich Alba verbracht, aber als meine Mutter nach dem Tod meines Vaters wieder geheiratet hatte, waren wir ins Dorf meines Stiefvaters im Hochland am Fuß der hohen, abschreckenden Berge gezogen. Es kursierten Geschichten über etwas Böses, das angeblich in den dunklen Winkeln des Höhenzugs hauste, aber ich hatte sie nie geglaubt.

Dafür wusste ich, dass genug Monster direkt vor unseren Augen lebten.

Je länger wir marschierten, desto tiefer sank die Sonne am Himmel und desto ausgeprägter wurde meine Ahnung, dass mich mein Stiefvater überlisten wollte. Es gab keinen reichen Mann, der auf diese Waren wartete. Mittlerweile war mein Stiefvater so weit vorausgegangen, dass ich ihn nicht mehr sehen konnte.

Als der Weg eine Kurve beschrieb und mein Stiefvater hinter einem Felsblock hervorsprang, um mich zu überrumpeln, war ich zwar halb darauf gefasst, doch bevor ich meinen Dolch ziehen konnte, schlug er mich so hart, dass ich fiel.

* * *

Ich erwachte an einen Baum gefesselt.

Das Licht der Sonne war geschwunden, die Abenddämmerung setzte ein. Stumm kämpfte ich gegen die Fesseln an. Panische Laute drangen aus meiner Kehle. Mein Stiefvater trat in Sicht. Einen Wimpernschlag lang verspürte ich Erleichterung über ein vertrautes Gesicht – bis mir einfiel, welche Gräuel dieser Mann meinem Körper antun wollte. Was immer er vorhatte, es verhieß nichts Gutes für mich und meine jüngeren Schwestern. Wenn ich nicht überlebte, würde sie letztlich dasselbe Schicksal ereilen wie mich.

»Du bist wach«, stellte er fest. »Gerade rechtzeitig für den Verkauf.«

Wieder zerrte ich an den Fesseln, doch sie gaben nicht nach. Als sich mein Stiefvater näherte, bemerkte ich, dass mein Kopftuch fehlte, das ich mir um den Hals gewickelt hatte, um die Narben zu verstecken. Aus Gewohnheit drehte ich den Kopf weg, zog die hässliche Seite an die Schulter.

Mein Stiefvater schmunzelte.

»So hässlich«, verhöhnte er mich. »Einen Ehemann könnte ich niemals für dich finden, aber wenigstens habe ich jemanden aufgetan, der dich überhaupt nimmt. Eine Gruppe Krieger auf der Durchreise hat dich gesehen. Sie wollen ihre Lust an deinem Körper ausleben. Wer weiß, wenn du sie erfreust, lassen sie dich vielleicht am Leben. Aber ich bezweifle, dass du diese Männer überleben wirst. Sie sind Fremde, Söldner, hergekommen, um für den König zu kämpfen. Berserker. Falls du Glück hast, stirbst du schnell, wenn sie dich in Stücke reißen.«

Ich hatte die Geschichten über die Berserker gehört. Furchterregende Krieger aus alten Zeiten. Sie schienen nie zu altern und segelten über die Meere in unser Land, plünderten, töteten, versklavten, kämpften für unsere Könige ebenso wie für ihre eigenen. Nichts vermochte, sie aufzuhalten, wenn sie in blutrünstige Raserei verfielen.

Ich bemühte mich, mir meine Angst nicht anmerken zu lassen. Berserker waren ein Mythos. Viel eher hatte mich mein Stiefvater an einen Trupp vorbeiziehender Soldaten verkauft, die sich mit meinem Körper vergnügen wollten, bevor sie mich tot zurücklassen oder weiterverkaufen würden.

»Ich hätte dich schon längst verscherbeln können, wenn

ich dich nackt ausgezogen und dir einen Sack über den Kopf gestülpt hätte, um diese Narben zu verbergen.«

Seine Hände betatschten mich, und ich schrak vor seinem widerlichem Atem zurück. Er schlug mich, dann zerrte er an meinem Zopf, bis mir die Haare offen über das Gesicht und die Schultern fielen.

Da ich gefesselt war, konnte ich ihn nur vernichtend anstarren. Ich konnte zwar nichts tun, um den Verkauf zu verhindern, aber ich hoffte, mein wilder Gesichtsausdruck würde ihm verraten, dass ich bis zum Tod kämpfen würde, falls er versuchte, mich mit Gewalt zu nehmen.

Seine Hand wanderte abwärts auf meine Brüste zu, als sich am Rand der Lichtung ein Schatten regte. Die Bewegung erregte meine Aufmerksamkeit, und ich erschrak. Mein Stiefvater trat zurück, als die Krieger zwischen den Bäumen hervorströmten.

Mein erster Gedanke war, dass es sich nicht um Menschen, sondern um Tiere handelte. Sie schlichen vorwärts, dunkle Schemen, beinah eins mit den Schatten. Einige trugen Tierfelle und blieben im Hintergrund, drücken sich am Rand des Walds herum. Zwei in Kriegeraufmachung kamen näher, bis an die Zähne bewaffnet. Einer besaß dunkles Haar, der andere eine lange, schmutzig-blonde Mähne und einen dazu passenden Bart.

Ihre Augen leuchteten mit einem furchterregenden Licht.

Als sie sich näherten, erfasste uns der Geruch von rohem Fleisch und Blut, und mir drehte sich der Magen um. Ich war froh, dass mir mein Stiefvater den ganzen Tag nichts zu essen gegeben hatte, sonst hätte ich meine Eingeweide auf den Boden entleert.

Die Züge meines Stiefvaters und sein Ton nahmen diesen schmeichlerischen Ausdruck an, den er immer dann hatte, wenn er auf dem Markt etwas verkaufte.

»Guten Abend, meine Herren.« Kriecherisch verbeugte er

sich vor dem Größten der Neuankömmlinge, dem Blonden mit Haar, das sich über seine Brust ergoss.

Die Männer blieben stumm, aber der Blonde trat näher, richtete den Blick seltsamer, goldener Augen auf mich.

Die Gesichter dieser Fremden erwiesen sich als recht ansehnlich, aber ihre muskelbepackten Gestalten und ihre schnelle, geschmeidige Art, sich zu bewegen, ließen mir den Atem stocken. So kraftstrotzende Männer hatte ich noch nie zuvor gesehen. Neben ihnen nahm sich mein Stiefvater wie ein hässlicher Zwerg aus.

»Das ist die Frau, die ihr wolltet«, sagte meine Stiefvater. »Sie ist gesund und stark. Sie wird euch eine gute Sklavin sein.«

Wären meine Fesseln nicht so fest angezogen gewesen, mein Körper hätte vor Grauen gezittert.

Ein dunkelhaariger Krieger stellte sich neben den Blonden, und die beiden wechselten einen Blick.

»Ihr habt nach der mit den Narben verlangt.« Mein Stiefvater nahm mein Haar und zog mit einem Ruck meinen Kopf zurück, entblößte die schrecklich anzusehende, silbrige Haut. Ich schloss die Augen, presste vor Schmerz und Erniedrigung bittere Tränen zwischen den Lidern hervor.

Als Nächstes bemerkte ich, dass sich der Griff meines Stiefvaters lockerte. Ein Grunzen ertönte. Als ich die Augen aufschlug, stellte ich fest, dass der dunkelhaarige Krieger an meiner Seite stand. Mein Stiefvater lag ausgestreckt auf dem Boden, als wäre er gestoßen worden.

Der blonde Anführer stupste mit einem Stiefel die Seite meines Stiefvaters.

»Steh auf«, verlangte der Blonde mit einer Stimme, die eher einem Knurren glich als einem menschlichen Laut. Mir gerann das Blut in den Adern. Mein Stiefvater rappelte sich auf die Beine.

Der Schwarzhaarige schnitt meine Fesseln durch, und ich

sackte nach vorn. Ich wäre gefallen, aber er fing mich mühelos auf, stellte mich auf die Füße und ließ die Arme um mich gelegt. Es gab gewiss kleinere Frauen als mich, doch er war ein Riese. Muskeln traten an seinen Armen und seiner Brust hervor, während er mich behutsam festhielt. Ich starrte ihn an, ließ sein rabenschwarzes Haar und die seltsam goldenen Augen auf mich wirken.

Er zog mich näher an seinen kraftvollen Körper.

Mein Stiefvater stimmte indes Gewimmer an. »Ich wollte euch nur die Narben zeigen ...«

Wieder dieses furchterregende Knurren von dem Blonden. »Du rührst nicht an, was uns gehört.«

»Ich will sie gar nicht anrühren«, spie mein Stiefvater hervor.

Unwillkürlich schmiegte ich mich an den Mann, der mich festhielt. Ein Fremder, dem ich noch nie zuvor begegnet war, fühlte sich für mich sicherer an als mein Stiefvater.

»Ich will mich nur vergewissern, dass ihr zufrieden seid, meine Herren. Wollt ihr sie ausprobieren?«, erkundigte sich mein Stiefvater in gehässigem Ton. Er hätte zu gern gesehen, wie ich in Stücke gerissen wurde.

Ein Knurren rumorte unter meinem Ohr, und ich hob den Kopf. Wer waren diese Männer, diese großen Krieger, die mich gekauft, für mich bezahlt hatten? Die Arme um meinen Körper waren stark, mächtig. Aus ihrem Griff gab es kein Entrinnen. Aber die goldenen Augen, die auf mich herabblickten, wirkten freundlich. Der Krieger fuhr mit dem Daumen über meine Lippen. Seine Finger fühlten sich viel zu zärtlich für einen so großen, gewalttätig aussehenden Kämpfer an. Unter dem Mief von Blut verströmte er einen sauberen Geruch von Schnee und klirrender Kälte.

Er drückte das Gesicht an meinen Kopf und atmete tief ein.

Der Blonde beobachtete uns.

»Sie ist es«, verkündete der Schwarzhaarige mit knurrender, so unglaublich kehliger Stimme. »Das ist die Richtige.«

Eine seiner Hände legte sich seitlich an meinen Kopf und meinen Hals, drückte mein Gesicht in einer schützenden Geste an seine Brust.

Ich schloss die Augen und entspannte mich an der soliden Wärme des Kriegerkörpers.

Gold klimperte, und der Handel wurde vollzogen. Ich war verkauft.

* * *

FAST SOFORT BEGANN DER KRIEGER, mich wegzuziehen.

Ich kämpfte gegen aufsteigende Panik an und wünschte, mein Stiefvater wäre nicht das letzte vertraute Gesicht, das ich sah.

»Leb wohl, Brenna.« Mein Stiefvater grinste, als die Krieger an ihm vorbeiströmten und ihrem blonden Anführer in den Wald folgten.

»Wartet.« Der Blonde blieb stehen. Prompt packten die anderen Krieger meinen Stiefvater. »Ihr Name ist Brenna?«

»Ja. Aber ihr habt sie gekauft. Nennt sie, wie ihr wollt.«

Der dunkelhaarige Krieger zog mich weiter. Halb folgte ich ihm, halb stolperte ich neben ihm einher. Meine Fingernägel bohrten sich in meine Handflächen, um zu verhindern, dass ich in Panik verfiel. Gegen den Hünen neben mir zu kämpfen, kam nicht infrage. Ebenso wenig Sinn hätte der Versuch, vor ihm wegzulaufen.

Der Blonde gesellte sich zu uns, und die beiden Krieger zogen mich in den dunklen Hain. Schreckliche Gedanken fluteten meinen Geist. Ich gehörte diesen Männern – sie würden sich an mir vergehen, ihre Lust an meinem Körper befriedigen und mir dann die Kehle durchschneiden, bevor sie mich für die Wölfe zurücklassen würden.

Tränen traten mir in die Augen, sowohl vor Zorn als auch vor Angst.

Plötzlich blieben die zwei Männer im Einklang stehen und hielten mich zwischen ihnen fest. Trotzig schloss ich die Augen, und Tränen quollen unter den Lidern hervor.

Während der Heilung damals nach dem Angriff brachte ich noch ein paar Laute heraus – grausige Geräusche, die wie von einem Tier klangen. Ich fand sie so hässlich, dass ich gänzlich aufgehört hatte, etwas von mir zu geben. Manchmal, wenn ich allein war, tauchte ich in den Fluss, öffnete den Mund und versuchte zu schreien. Aber es drang kein Mucks mehr hervor. Meine Kehle schien meine Stimme vergessen zu haben.

Im Augenblick hörte man in dem Hain nur meine raue Atmung.

Ich spürte die Krieger zu meinen beiden Seiten. Ihre imposanten Gestalten ragten hoch über meinen zierlichen Körper auf. Ich war wesentlich kleiner als sie, nahm mich neben ihren hünenhaften Erscheinungen winzig aus.

Im Moment hielt ich mir vor Augen, dass ich weiteratmen und mich diesen Männern unterwerfen musste. Sie könnten mich mit einem einzigen Hieb töten.

Mein Herz hämmerte so wild, dass es schmerzte. Ich war bereit zu sterben.

Aber als sie mich berührten, erwiesen sie sich als zärtlich. Eine Hand strich erst über mein Haar, dann streichelte sie meine Kieferpartie. Eine andere stützte mich von hinten, während wieder eine andere mein Kinn ergriff und meinen Kopf hin und her drehte. Die Hand hinter mir sammelte mein Haar zusammen. Ich hielt den Atem an, während mich die zwei mächtigen Krieger betasteten.

Mir fiel auf, dass sich der Geruch von Blut verflüchtigt hatte, abgelöst von etwas anderem, einem animalischen Moschusduft, den ich als wesentlich angenehmer empfand.

Ein Finger fuhr meinen Hals entlang, näherte sich dem Narbengewebe, und ich atmete scharf ein. Dann fielen die Hände von mir ab.

Die Gesichter neigten sich mir zu. Ich spürte den Atem auf der Haut, als sie ausgiebig an meinem Haar schnupperten.

»So gut«, meinte einer der beiden und stöhnte.

Ich konnte nicht verstehen, was vor sich ging. Einerseits fürchtete ich mich davor, von ihnen genommen zu werden, aber ich konnte mir nicht erklären, warum sie es nicht taten.

»Es wirkt«, murmelte der eine zum anderen. »Die Hexe hatte recht.«

Als sie die Köpfe neigten und beide an mir rochen, schlug mein Herz durch ihre Nähe plötzlich schneller. Tief in mir regte sich etwas. Verlangen. Nur ein paar Minuten allein mit diesen Männern, und ich würde mit ihnen intimer werden, als ich es je mit jemandem geworden war.

Zugleich beugten sie mir die Köpfe zu. Als sie sich dicht an meinen Hals schmiegten, breitete sich ein Kribbeln über meine Haut aus.

Da spürte ich sie, diese ungebetene Regung in meinen Lenden. Schon seit ich zu einer Frau geworden war, erfüllte mich ein ausgeprägtes Verlangen. Jeden Monat musste ich gegen den Drang ankämpfen, mir einen Mann zu suchen und mich mit ihm zu vereinen. Ich sah abscheulich aus und war zu einem Dasein als einsame Ausgestoßene verdammt. Dennoch erwachte mein Körper bei jedem Vollmond zum Leben und wurde von Wogen brodelnder Lust heimgesucht, bis ich beinah verzweifelt genug wurde, mir den nächstbesten Mann zu schnappen und ihn anzuflehen, mir Söhne zu schenken.

Hitze breitete sich durch mich aus, bis ich ein Japsen hörte – einer der Krieger zuckte weg und trat einen Schritt zurück.

»Sie ist bereit«, ertönte sein Grollen. Statt mir Angst einzujagen, erregte mich der Klang seiner Stimme.

Was ging bloß vor sich?

»Nicht hier, Bruder«, brummte der Blonde.

Ohne eine Erwiderung zog mich der Dunkelhaarige weiter.

Eine Weile marschierten wir vor uns hin, rückten durch den Wald vor und überquerten einen Bach. Die Lust in mir ließ unterwegs nach, denn ich fühlte mich schwach vor Hunger und Furcht. Schließlich stolperte ich nur noch auf vor Erschöpfung tauben Füßen vor mich hin.

Der dunkelhaarige Krieger blieb stehen. Ich zuckte zusammen, denn ich rechnete damit, dass er mich mit Gewalt dazu anspornen würde, den Weg fortzusetzen.

Stattdessen drehte er meinen Kopf so, dass ich ihn ansehen musste. Wieder näherten sich mir seine Hände, strichen mein Haar zurück. Mir zog sich alles zusammen, als ich erkannte, was er tat: Er betrachtete meine Narbe.

Unwillkürlich ruckte ich mit dem Kopf, und er ließ mein Kinn los, bot mir Wasser an. Er hielt den Schlauch, während ich trank, und als ich genug hatte, hielt er mir Dörrfleisch hin, fütterte mich aus seiner Hand. Ich starrte in die seltsamen goldenen Augen, konnte nicht verhindern, dass sich die Fragen in meinem Gesicht zeigten: *Wer seid ihr? Was habt ihr mit mir vor?*

Als ich fertig war, legte er eine Hand auf seine Brust und gab einen kehligen Laut von sich, den ich nicht verstand. Er wiederholte ihn zweimal, bevor er die Hand stattdessen auf meine Brust legte.

»Brenna.« Ich konnte meinen Namen zwar kaum verstehen, dennoch nickte ich.

Der Ansatz eines Lächelns krümmte seine vollen Lippen. Mit einem Schulterzucken streifte er das graue Fell ab, das er trug, und wickelte es um meine Schultern, bevor er mich wieder in den Kreis seiner starken Arme zog.

Mein Herz schlug schneller. Die Wärme des Fells sickerte in meinen müden Körper, und der große Mann hielt mich weiter fest. Obwohl ich mich immer noch fürchtete, wartete ich gehorsam in der Umarmung des dunkelhaarigen Kriegers. Ich wagte nicht, mich zu wehren.

Ein Rascheln ging durch das Unterholz um uns herum, und die anderen Krieger umzingelten uns. Ich schmiege mich an meinen schwarzhaarigen Aufpasser. Er hielt mich fest und drehte mich zu dem Krieger herum, bei dem es sich um den Anführer zu handeln schien.

Der Blonde war so riesig, dass ich den Kopf weit in den Nacken legen musste, um ihm ins Gesicht zu sehen. Er kam näher, und ich erzitterte so heftig, dass ich wohl gefallen wäre, wenn mich der Dunkelhaarige losgelassen hätte. Jeder Instinkt in mir schrie, dass ich einen Wilden vor mir hatte, eine Bestie, ein gefährliches Monster, und dass ich die Flucht ergreifen müsste.

Als er sich mir entgegenstreckte, zuckte ich zusammen.

Seine Hand hielt inne.

Er schluckte, als müsste er sich erst daran erinnern, wie man die Stimme benutzte.

»Brenna.« Mein Name gleich einem leisen Knurren. »Wir wollen dir nichts tun.«

Ich musterte ihn. So groß die anderen Krieger sein mochten, der Blonde gehörte zu den beeindruckendsten. Er bewegte sich leichtfüßig und anmutig, seine Muskeln traten dabei deutlich hervor. Lange Strähnen blonder Haare streiften seine breiten Schultern. Die Hälfte seiner kantigen Gesichtszüge bedeckte ein Bart. Am hervorstechendsten fand ich die breiten, goldenen Brauen über den verblüffenden Augen.

Als sein Blick dem meinen begegnete, leuchteten sie.

Seine Hände berührten mein Gesicht, ein Daumen streichelte meine Lippen. Er drehte meinen Kopf hin und her, strich mir das Haar vom Hals. Ich schloss die Augen und wusste, was er sah, nämlich die silbrig-weißen Striemen und das knorrige Gewebe – Narben einer Wunde, die mir die Stimme genommen hatte und beinah auch das Leben.

An den Angriff selbst erinnerte ich mich kaum noch. Ein großer, dunkler Schemen hatte mich aus den Schatten angefallen. Dann waren Schmerzen gefolgt. Heftige Schmerzen. Meine Mutter hatte mir später erzählt, dass ich tagelang an der Schwelle zum Tod gewesen war. Niemand dachte, dass ich überleben würde, doch das tat ich.

Einige hätten es anders für besser gehalten. Obwohl ich mich von dem Angriff erholte, blieben mir die Narben, die mein Gesicht und mein Leben verunstalteten. Die Jungen jagten mich gern die Straße entlang und warfen mit Dingen nach mir. Als ich heranwuchs, lernte ich, mit den Schatten zu verschmelzen. Und wie man sich unscheinbar bewegte, ohne Aufmerksamkeit zu erregen. Und später, nachdem meine Mutter meinen Stiefvater geheiratet hatte, musste ich zudem lernen, wie man kuschte und sich versteckte.

Ihr Körper ist ja recht hübsch anzusehen, hatte mein Stiefvater einmal gemeint. *Man braucht ihr nur einen Sack über den Kopf zu ziehen, damit man ihren Anblick ertragen kann.*

Mein neuer Besitzer neigte meinen Kopf weiter hin und her, betrachtete die Narbe eingehend. Er nickte, wirkte zufrieden. »Das Mal des Wolfs«, brummte er.

Ein Raunen ging durch die versammelten Krieger, und sie rückten näher. Der Schwarzhaarige hielt mich mit den kräftigen Armen um meinen Körper fest.

Ich wünschte, ich könnte fragen, was der blonde Krieger damit meinte.

Die Männer umzingelten mich, starrten auf meine abscheulichen Narben.

Als der Blonde mein Kinn losließ, senkte ich schnell den Kopf und schämte mich. Wieder spürte ich seine großen, rauen Handflächen, die mich zwangen, aufzuschauen, doch diesmal hielten sie mein Gesicht.

Ich schloss die Augen. Nicht einmal schreien konnte ich. Von nun an gehörte ich diesem Mann. Wenngleich ich mich mit einem Leben als entstellte Außenseiterin abgefunden hatte, unerwünscht und ungeliebt, hätte ich nie gedacht, einmal zur Sklavin zu werden.

»Brenna.« Ein Befehl folgte als raues Knurren. »Sieh mich an.«

Irgendwie gehorchte ich und begegnete dem steten Blick des Anführers. Etwas in jenem goldenen Schimmer bannte mich, und ich fühlte mich ruhiger.

»Fürchte dich nicht.« Sein Adamsapfel hüpfte einen Herzschlag lang auf und ab, als müsste er überlegen, wie man Worte bildete. »Ist es wahr, dass du nicht sprechen kannst?«

Ich nickte.

»Kannst du lesen oder schreiben?«

Ich schüttelte den Kopf. Eine seltsamere Unterhaltung hatte ich in meinen neunzehn Lebensjahren noch nie geführt.

Der Blonde wirkte enttäuscht und wechselte einen Blick mit dem Krieger, der mich festhielt.

Eine Stimme ertönte an meinem Ohr, immer noch rau und kehlig, aber etwas deutlicher als zuvor. »Wir möchten einen Weg finden, mit dir zu reden.« Der Sprecher drehte mein Gesicht zu ihm. Wieder zuckte ich zusammen, als er die Hand hob, doch er untersuchte nur die Narben so, wie zuvor der Blonde.

Als er fertig war, hatten sich alle Krieger bis auf den Blonden entfernt. Dunkles Haar berührte meine Wange. Erschrocken wurde mir klar, dass ich einen Bluterguss im

Gesicht haben musste, wo mich mein Stiefvater geschlagen hatte.

Der Blond rückte näher. Aus seiner mächtigen Brust drang ein Laut, der stark einem Knurren ähnelte.

»Brenna«, sagte er. »Wir werden dir nicht wehtun. Das schwöre ich. Niemand wird dir je wieder wehtun.«

Der Dunkelhaarige nahm einige Strähnen meines Haars in die Hand, hielt sie zart fest und hob sie vor sein Gesicht. Nachdem er meinen Geruch eingeatmet hatte, sah er mich mit leuchtenden Augen an und sagte mit klarer Stimme: »Du gehörst jetzt uns.«

* * *

DER REST der Nacht blieb mir nur verschwommen in Erinnerung. Wir marschierten in dichter Dunkelheit durch die Wälder, folgten einem Pfad. Die Krieger gingen vor und hinter mir, ich befand mich wohlbehalten in der Mitte.

Letztlich überwältigte mich die Erschöpfung, und ich stolperte. Sofort hob mich der Dunkelhaarige auf seine Arme, und die Gruppe beschleunigte die Schritte. Er drückte mein Gesicht an seinen Hals.

Ich musste eingeschlafen sein, denn als ich erwachte, trug mich der Blonde. Ich schaute auf, blinzelte im Licht der Sterne und der kalten Nachtluft. Die Krieger mussten die Nacht hindurch gelaufen sein und waren noch immer in Bewegung, folgten einem Weg, der einen Berg hinaufführte. Als ich ein wenig mehr erwachte, starrte ich in die goldenen Augen des Anführers.

»Schlaf«, brummte er. »Wir sind fast zu Hause.«

* * *

ICH WUSSTE NICHT, wie lange ich schlief, jedenfalls träumte ich dabei. Das Licht der Sterne wich tiefer Dunkelheit. Ich befand mich an einem warmen, sicheren Ort. Zwei Krieger beugten sich über mich. Große Hände strichen durch mein Haar. Einer zog einen Dolch und schnitt mein Kleid auf, das er entfernte, dann begannen die Hände, meinen Körper zu streicheln. Ihre Berührungen schürten mein heißes Verlangen, und im Traum sehnte ich mich danach, ihre Körper über meinen zu ziehen, flehte sie wortlos an, mich auszufüllen.

Stattdessen lag ich regungslos da, während ihre Finger geradezu ehrfürchtig meine Haut betasteten. Ich hörte sie reden, obwohl sie nicht laut sprachen. Sie benutzten keine Worte, dennoch verstand ich sie irgendwie.

»Die Hexe hatte recht. Sie beruhigt den Wolf.«

Eine gebrummte Zustimmung, danach eine Pause. »Ich kann ihre Lust riechen.«

»Geduld, Bruder. Wir haben so lange darauf gewartet.«

Sie legten sich zu meinen beiden Seiten hin, berührten mich nach wie vor. Ihre Augen leuchteten in der Dunkelheit.

»Bruder«, sagte einer in ehrfürchtigem Ton. »Die Bestie ruht.«

»Bei mir auch.«

»Es ist so lange her.«

»Zu lange. Aber der Kampf ist vorbei. Die Bestie schläft jetzt.«

✳ ✳ ✳

EIN BLICK, und wir wussten, sie gehört uns.

Wir sind Berserker. Furchtlose Krieger.

Und sie ist unsere Gefangene.

Die Frau, die uns zähmen kann.

Die Einzige, die unsere inneren Bestien bändigen kann.

Ihre Narben führen zu ihrer Vergangenheit.
Sie wurde verletzt.
Wurde mitten in der Wildnis an uns verkauft.
Jetzt gibt es keine Grenzen mehr.
Es liegt an uns, sie zu beschützen.
Ihr endlose Freuden zu bereiten.
Wir brauchen sie, um den Fluch zu brechen.
Sie muss wählen.
Wird sie fliehen? Oder ihren Platz als unsere wahre Gefährtin einnehmen?

ALS BRENNAS VATER sie an eine Gruppe vorbeiziehender Krieger verkauft, gilt ihr einziger Gedanke dem eigenen Überleben. Sie rechnet nicht damit, dass die zwei furchterregenden Krieger, die den Clan der Berserker anführen, Anspruch auf sie erheben. In der Gefangenschaft wird sie verhätschelt und umsorgt. Man behandelt sie eher wie eine Heilsbringerin als wie eine Sklavin. Kann Gefangenschaft zu Liebe führen? Und kann sie ihren Platz als wahre Gefährtin der Berserker akzeptieren, als sie die Wahrheit hinter dem Mythos der furchterregenden Krieger erfährt?

Verkauft an die Berserker

Verkauft an die Berserker
Gepaart mit den Berserkern
Entführt von den Berserkern
Übergeben an die Berserker
Gefordert von den Berserkern

DIE FRAUEN DER BERSERKER

Gerettet vom Berserker – Hasel und Knut

Gefangen von den Berserkern – Weide, Leif und Brokk

Verschleppt von den Berserkern – Salbei, Thorbjorn und Rolf

Gebunden an die Berserker – Laurel, Haakon und Ulf

Berserker-Nachwuchs – die Schwestern Brenna, Sabine, Muriel, Fleur und ihre Gefährten

Die Nacht der Berserker – die Geschichte der Hexe Yseult

Eigentum der Berserker – Farn, Dagg und Svein

Gezähmt von den Berserkern – Ampfer, Thorsteinn und Vik

Beherrscht von den Berserkern

Draekons mit Lili Zander (Eine Sci-Fi Dreierbeziehung
Romanze)

Draekon Krieger
Draekon Eroberer

Drachen im Exil:

Draekon Gefährtin
Draekon Feuer
Draekon Herz
Draekon Entführung
Draekon Schicksal
Tochter der Dragons
Draekon Fieber
Draekon Rebellin
Draekon Festtag

Bad Boy Alphas

Alphas Versuchung: Eine Milliardär-Werwolf-Romanze
Alphas Gefahr
Alphas Preis
Alphas Herausforderung
Alphas Besessenheit
Alphas Verlangen
Alphas Krieg

***

Der Soldat, der mich verführt

Ihre Daddys – zwei Rivalen

Die Schöne und die Holzfäller

***

Unschuld mit Stasia Black (Eine dunkle Liebesgeschichte)
Das Erwachen (Unschuld 2)
Königin der Unterwelt: Eine Dunkle Liebesgeschichte
(Unschuld 3)

Die Gefangene des Biestes: Eine dunkle Romanze (Die Liebe des
Biestes 1)
Die Rache des Biestes: Eine dunkle Romanze (Die Liebe des
Biestes 2)

ÜBER GOLDEN ANGEL

Angel ist eine internationale Bestseller-Autorin von BDSM-und interrassischen Liebesromanen und selbsternannte Bibliophile mit einer "perversen" Neigung, die es liebt, Geschichten für die Figuren in ihrem Kopf zu schreiben. Sie ist sich ziemlich sicher, dass sie ein bisschen verrückt werden würde, wenn sie sie nicht herausbekäme.

Sie ist glücklich verheiratet, alt genug, um es besser zu wissen, aber immer noch zu jung, um sich darum zu kümmern, und ein großer Fan von Happy Ends, starken Helden und Heldinnen und knisternder Chemie.

Sie glaubt, dass die Welt ein besserer Ort ist, wenn sie ein wenig Magie in sich trägt.